CORAZÓN

Diario de un niño

Edmundo de Amicis

Corazón

Diario de un niño

Editorial Época, S.A. de C.V.
Emperadores núm. 185
Col. Portales
C.P. 03300, México, D.F.

1ª edición, 2011

Emperadores núm. 185, Col. Portales
C.P. 03300, México, D.F.
www.editorialepoca.com
Tels: 56-04-90-46
56-04-90-72

Diseño de portada: Adriana Velázquez Cruz.
Formación tipográfica: Ana M. Hdez. A.

ISBN: 970-627-199-X
ISBN: 978-970-627-199-0

Impreso en México—*Printed in Mexico*

Prólogo

Si hubiera que preguntarse por qué esta novela —publicada en 1886— sigue despertando el interés de todo el público, habría que referirse, particularmente, al sistema de valores personales que Edmundo de Amicis imbuye en sus personajes: la honradez, el altruismo desinteresado, la piedad hacia el prójimo, el compañerismo a toda prueba, el afán de superación, el respeto a la figura del maestro como autoridad moral que se mantenía al tanto de la vida personal de sus alumnos —incluso a expensas de su propia salud—, la abnegación de las madres, el heroísmo, el amor ala patria; valores, en fin, que hoy en día se hallan desestimados yen evidente peligro de extinción.

Es cierto que este hombre vivió una época en que el reino de Italia estaba fragmentado en varios estados, que luchaban por reunificarse sacudiéndose el dominio de otras naciones, y era imprescindible luchar por una patria que aún estaba en gestación, pero el patriotismo de que hizo gala tanto en su carrera militar y periodística como en su faceta literaria no hizo más que reforzar su convicción de que sus compatriotas tenían el deber de velar por su propio bien, mediante símbolos como la bandera nacional y los héroes patrios. De ahí que en esta obra haya referencias constantes a los forjadores del Estado italiano de entonces, como Víctor Manuel II, el conde de Cavour y Giussepe Garibaldi, por citar a unos cuantos.

Edmundo de Amicis fue, en esencia, un patriota. Nacido en Oneglia, en 1846, aceptó el llamado de la milicia y en 1865 alcanzó el grado de oficial en la Escuela Militar de Módena. Un año más tarde, participó en la batalla de Custozza, contra las tropas de Austria, para luego dedicarse al periodismo, como director de una publicación especializada en temas castrenses. Sin embargo, una vez que el ejército italiano tomó posesión de Roma, decidió probar suerte como corresponsal en Europa, descubriendo su vena literaria y dando ala luz varios libros de viajes, entre los que destacan *Recuerdos de Londres y Recuerdos de Paris*. No obstante, fue precisamente la publicación de Corazón. Diario de un niño lo que le dio reconocimiento inmediato a nivel internacional.

Escrita en forma de diario y siguiendo el calendario escolar de la época, la obra cuenta los principales acontecimientos, sencillos y complicados, nobles y crueles, que viven cotidianamente Enrique, un muchacho turinés de clase media que cursa el tercer grado de primaria, y sus singulares compañeros de grupo. Narrada en primera persona, con prosa segura y agudo poder de observación como valores literarios, a los que se suman personajes de carne y hueso que inmediatamente se ganan la simpatía o el desdén del lector, incorpora no sólo las cartas que le envían sus padres sino los cuentos mensuales que dictan los maestros a sus alumnos, varios de los cuales se han vuelto célebres , como el que se intitula "De los Apeninos a los Andes', que aborda el problema de la emigración y del cual se han hecho varias adaptaciones para cine y televisión, incluso en *anime*.

A dos meses y medio de publicarse, *Corazón. Diario de un niño* alcanzó 40 reimpresiones, y se dice que para 1896 llegó a 197, siendo traducido a más de 40 idiomas. Tan vívida es la experiencia del lector, que aun después de terminada la lectura quedan en la mente los nombres de Precusa, el albañilito, Garofi, Deroso, Estardo, Garrón, Nelle, Coreta y muchos otros personajes con los que el lector se va familiarizando hasta que termina el curso y los alumnos reciben su certificado, con la presencia de sus padres.

De Amicis se dio tiempo para escribir otras obras de corte didáctico y nacionalista, pero ninguna de ellas alcanzó el éxito que le estaba reservado a su obra cumbre, la cual fue convirtiéndose en la novela italiana más leída de todos los tiempos. En 1908, sumamente desgastado por la muerte de un hijo, murió en la ciudad de Bordighera, en la riviera italiana. No obstante, su legado literario sigue vigente, dispuesto a seducir y convencer al lector más exigente.

Amador Guillén Peña

Octubre

El primer día de escuela

Lunes 17.

Hoy, ¡primer día de clases! ¡Pasaron como un sueño aquellos tres meses de vacaciones consumidos en el campo! Mi madre me condujo esta mañana a sección Bareti para inscribirme en la tercera elemental. Recordaba el campo, e iba de mala gana. Todas las calles que desembocan cerca de la escuela hormigueaban de chiquillos; las dos librerías próximas estaban llenas de padres y madres que compraban carteras, cuadernos, cartillas, plumas, lápices; en la puerta misma se agrupaba tanta gente, que el bedel, auxiliado de los guardias municipales, tuvo necesidad de poner orden. Al llegar a la puerta sentí un golpecito en el hombro; volví la cara: era mi antiguo maestro de la segunda, alegre, simpático, con su pelo rubio rizoso y encrespado, que me dijo:

—Conque, Enrique, ¿es decir que nos separamos para siempre?

Demasiado lo sabía yo; y, sin embargo, ¡aquellas palabras me hicieron daño! Entramos, por fin, a empellones. Señoras, caballeros, mujeres del pueblo, obreros, oficiales, abuelas, criadas, todos con niños de la mano y cargados con los libros y objetos de que antes hablé, llenaban el vestíbulo y escaleras, produciendo un rumor como cuando se sale del teatro. Volví a ver con alegría aquel gran zaguán del piso bajo, con las siete puertas y las siete clases, por donde pasé casi todos lo días durante tres años. Las maestras de los párvulos iban y venían entre la muchedumbre. La que fue mi profesora de la primera superior me saludó diciendo:

—¡Enrique, tú vas este año al piso principal, y ni siquiera te veré al entrar o salir! —y me miró con tristeza.

El director estaba cercado por una porción de madres que le hablaban a la vez, pidiendo puesto para sus hijos; y por cierto que me pareció que tenía más canas que el año pasado… Encontré algunos chicos más gordos y más altos de como los dejé, abajo, donde ya cada cual estaba en su sitio, vi algunos pequeñines que no querían entrar en el aula y se detenían como potrillos, encabritándose, pero a la fuerza les hacían entrar en clase, y aun así, algunos se escapaban después de estar sentados en los bancos; otros, al ver que se marchaban sus padres, rompían a llorar, y era preciso que volvieran las mamás, con lo que la profesora se desesperaba. Mi hermanito se quedó en la clase de la maestra Dercato; a mí me tocó el maestro Perbono, en el piso primero. A las diez, cada cual estaba en su sección; cincuenta y cuatro en la mía; sólo quince o dieciséis eran antiguos compañeros míos de la segunda, entre ellos Deroso, el que siempre sacaba el primer premio. ¡Qué triste me pareció la escuela recordando los bosques y las montañas donde acababa de pasar el verano! Hasta me acordaba con pena de mi antiguo maestro, tan bueno, que se reía tanto con nosotros; tan chiquitín, que casi parecía un compañero; y sentía no verlo allí con su cabeza rubia enmarañada.

Nuestro profesor de ahora es alto, sin barba, con el cabello gris, es decir, con algunas canas, y tiene una arruga recta que parece cortarle la frente; su voz es ronca y nos mira fijo, fijo, uno después de otro, a todos, como si quisiera leer dentro de nosotros; no se ríe nunca. Yo decía para mí: "He aquí el primer día. ¡Nueve meses por delante! ¡Cuántos trabajos, cuántos exámenes mensuales, cuántas fatigas!"

Sentía verdadera necesidad de encontrar a mi madre a la salida, y corrí a besarle la mano. Ella me dijo:

–¡Ánimo, Enrique, estudiaremos juntos las lecciones!

Y volví a casa, contento. Pero no tengo el mismo maestro, aquél tan bueno, que siempre sonreía, y no me ha gustado tanto esta clase de la escuela como la otra.

Nuestro maestro

Martes 18.

También me gusta mi nuevo maestro desde esta mañana. Durante la entrada, mientras él se colocaba en su sitio, se iban asomando a la puerta de la clase, de cuando en cuando, varios de sus discípulos del año anterior para saludarle:

—Buenos días, señor maestro; buenos días, señor Perbono.

Algunos entraban, le asían la mano y escapaban. Se veía que lo querían mucho y que habrían deseado seguir con él. Él les respondía:

—Buenos días —y les apretaba la mano, pero no miraba a ninguno, a cada saludo permanecía serio, con su arruga en la frente, vuelto hacia la ventana, y miraba al tejado de la casa vecina, y en lugar de alegrarse de aquellos saludos parecía que le daban pena. Luego nos miraba uno después de otro, con mucha fijeza.

Empezó a dictar, paseando entre los bancos, y al ver a un chico que tenía la cara muy encarnada y con unos granitos, dejó de dictar, le tomó la barba y le preguntó qué tenía; le tocó la frente para ver si sentía calor. Mientras tanto, un chico se puso de pie en el banco y empezó a hacer tonterías. Se volvió de pronto, como si lo hubiera adivinado; el muchacho se sentó y esperó el castigo, encarnado como la grana y con la cabeza baja. El maestro se fue a él, le colocó una mano sobre la cabeza y le dijo:

—No lo vuelvas a hacer.

Ni una palabra más. Se dirigió a la mesa, y acabó de dictar. Cuando concluyó, nos miró un instante en silencio; con voz lenta y, aunque ronca, agradable, empezó a decir:

—Escuchad: hemos de pasar juntos un año. Procuraremos pasarlo lo mejor posible. Estudiad y sed buenos. Yo no tengo familia. Vosotros sois mi familia. El año pasado todavía tenía a mi madre: se me ha muerto. Me he quedado solo. No tengo en el mundo más que a vosotros; no tengo otro afecto ni otro pensamiento. Debéis ser mis hijos. Os quiero bien, y es preciso que me paguéis en igual moneda. Deseo no castigar a ninguno. Demostrad que tenéis corazón; nuestra escuela constituirá una familia, y vosotros seréis mi consuelo y mi orgullo. No os pido promesas de palabra, porque estoy seguro que en el fondo de vuestra almas ya lo habéis prometido, y os lo agradezco.

En aquel momento apareció el bedel a dar la hora. Todos abandonamos los bancos, despacio y silenciosos. El muchacho que se había levantado de pie en el banco, se acercó al maestro y le dijo con voz trémula:

—¡Perdóneme usted!

El maestro lo besó en la frente, y le contestó:

—Está bien; anda, hijo mío.

Una desgracia

Viernes 21.

Ha empezado el año con una desgracia. Al ir esta mañana a la escuela, refiriendo a mi padre las palabras del maestro, vimos, de pronto, la calle llena de gente que se apiñaba delante del colegio. Mi padre dijo al punto:

—Una desgracia. Mal empieza el año.

Entramos con gran trabajo. El conserje estaba rodeado de padres y de muchachos, que los maestros no conseguían hacer entrar en las clases, y todos se encaminaban hacia el cuarto del director, oyéndose decir: "¡Pobre muchacho! ¡Pobre Roberto!" Por encima de las cabezas, en el fondo de la habitación llena de gente, se veían los quepís de los guardias municipales y la gran calva del señor director; después entró un caballero con sombrero de copa, y todos dijeron:

—Es el médico.

Mi padre preguntó a un profesor:

—¿Qué ha sucedido?

—Le ha pasado la rueda por el pie —respondió.

—Se ha roto el pie —dijo otro.

Era un muchacho de la clase segunda que, yendo a la escuela por la calle de Dora Grosa, viendo a un niño de la primera elemental, escapado de la mano de su madre, caer en medio de la acera a pocos pasos de un ómnibus que se echaba encima, acudió valientemente en su auxilio, lo asió y lo puso en salvo; pero no habiendo estado listo para retirar el pie, la rueda del ómnibus le había pasado por encima. Es hijo de un capitán de artillería.

Mientras nos contaban esto, entró, como loca, una señora en la habitación, abriéndose paso; era la madre de Roberto, a la cual habían llamado; otra señora salió a su encuentro, y, sollozando, le echó los brazos al cuello; era la madre del otro niño, del salvado. Ambas entraron en el cuarto, y se oyó un desesperado grito:

—¡Oh, Roberto mío, hijo mío!

En aquel momento se detuvo un carruaje delante de la puerta, y poco después se presentó el director con el muchacho en brazos, que apoyaba la cabeza sobre el hombro de aquél, pálido y cerrados los ojos. Todos permanecimos callados; se oían los sollozos de las madres. El director se detuvo un momento, levantó al niño con sus dos brazos para que lo viera la gente, y entonces, maestros, maestras, padres y muchachos exclamaron todos a un tiempo:

—¡Bravo, Roberto! ¡Bravo, pobre niño!

Y le enviaban saludos los maestros, y los niños que estaban allí cerca le besaban las manos y brazos. Él abrió los ojos y murmuró:

—¡Mi cartera!

La madre del chiquillo salvado se la enseñó llorando, y le dijo:

—¡Te la llevo yo, hermoso, te la llevo yo! —y al decirlo sostenía a la madre del herido, que se cubría la cara con las manos.

Salieron, acomodaron al muchacho en el carruaje, y el coche partió. Entonces, entramos todos silenciosos en la escuela.

El muchacho calabrés

Sábado 22.

Ayer tarde, mientras el maestro nos daba noticias del pobre Roberto, que andaría ya con muletas, entró el director con otro alumno, un niño de cara muy morena, de cabello negro, ojos también negros y grandes, con las cejas espesas y juntas; todo su vestido era de color oscuro y llevaba un cinturón de cuero negro alrededor del talle. El director, después de haber hablado al oído con el maestro, salió dejándole a su lado al muchacho, que nos miraba espantado. Entonces el maestro lo tomó de la mano, y dijo a la clase:

—Os debéis alegrar. Hoy entra en la escuela un nuevo alumno, nacido en la provincia de Calabria, a más de cincuenta leguas de aquí. Quered bien a vuestro compañero que de tan lejos viene. Ha nacido en la tierra gloriosa que dio a Italia antes hombres ilustres y hoy le da honrados labradores y valientes soldados; es una de las comarcas más hermosas de nuestra patria, en cuyas espesas selvas y elevadas montañas habita un pueblo lleno de ingenio y de corazón esforzado. Tratadlo bien, a fin de que no sienta estar lejos del país natal; hacedle ver que todo chico italiano encuentra hermanos en toda escuela italiana donde ponga el pie.

Dicho esto, se levantó y nos enseñó en el mapa de Italia el punto donde está la provincia de Calabria. Después llamó a Ernesto Deroso, que es el que saca siempre el primer premio. Deroso se levantó.

—Ven aquí —añadió el maestro.

Deroso salió de su banco y se colocó junto a la mesa enfrente del calabrés.

—Como el primero de la escuela —dijo el profesor—, da el abrazo de bienvenida, en nombre de toda la clase, al nuevo compañero: el abrazo de los hijos del Piamonte al hijo de Calabria.

Deroso murmuro con voz conmovida: "¡Bienvenido!", y abrazó al calabrés; éste le besó en las dos mejillas con fuerza. Todos aplaudieron.

—¡Silencio!... —gritó el maestro—. En la escuela no se aplaude.

Pero se veía que estaba satisfecho, y hasta el calabrés parecía hallarse contento. El maestro le designó sitio y le acompañó hasta su banco. Después, repuso:

—Acordaos bien de lo que os digo. Lo mismo que un muchacho de Calabria está como en su casa en Turín, uno de Turín debe estar como en su propia casa en Calabria; por esto lidió nuestro país cincuenta años y murieron treinta mil italianos. Os debéis respetar y querer todos mutuamente; cualquiera de vosotros que ofendiese a este compañero por no haber nacido en nuestra provincia, se haría para siempre indigno de mirar con la frente levantada la bandera tricolor.

Apenas el calabrés se sentó en su sitio, los más próximos le regalaron plumas y estampas, y otro chico, desde el último banco, le mandó un sello de Suecia.

Mis compañeros

Martes 25.

El muchacho que envió el sello al calabrés es el que me gusta más de todos. Se llama Garrón, y es el mayor de la clase; tiene cerca de catorce años, la cabeza grande y los hombros anchos; es bueno, se le conoce hasta cuando sonríe, y parece que piensa siempre como un hombre. Ahora conozco yo a muchos de mis compañeros. Otro me gusta también; se apellida Coreta, y usa un chaleco de punto de color de chocolate y gorra de piel. Siempre está alegre. Es hijo de un empleado de ferrocarril que ha sido soldado en la guerra de 1866, de la división del príncipe Humberto, y que dicen tiene tres cruces. El pequeño Nelle es un pobre jorobadito, gracioso, de rostro descolorido. Hay uno muy bien vestido que se está siempre quitando las motas de la ropa, y de nombre Votino. En el banco delante del mío hay otro muchacho que llaman "el Albañilito", porque su padre es albañil; de cara redonda como una manzana y de nariz roma. Tiene particular habilidad para poner el hocico de liebre; todos le piden que lo haga, y se ríen; lleva un sombrerillo viejo que se lo encasqueta como pañuelo. Al lado del albañilito está Garofi, un tipo alto y grueso, con la nariz de pico de loro y los ojos muy pequeños, que anda siempre vendiendo plumas, estampas y cajas de fósforo, y se escribe la lección en las uñas para leerla a hurtadillas. Hay después un señorito, Carlos Nobis, que parece algo orgulloso y se halla entre dos muchachos que me son simpáticos: el hijo de un forjador de hierro, metido en su chaqueta que le llega hasta las rodillas, pálido con palidez de enfermo, que parece siempre asustado y que no se ríe nunca; y otro con los cabellos rojos que tiene un brazo inmóvil y lo lleva pegado al cuerpo; su padre está en América y su madre vende hortalizas. Es también un tipo curioso mi vecino de la izquierda, Estardo; pequeño y tosco, sin cuello, gruñón; no habla con nadie, y creo que entiende poco; pero no quita el ojo al maestro, sin mover los párpados, con la frente arrugada y apretados los dientes; y si le preguntan cuando el maestro habla, la primera y la segunda vez no responde, y la tercera pega un cachete. Tiene a su lado a uno de fisonomía oscura y sucia, que se llama Franti, y que fue expulsado ya de otra escuela. Hay también dos hermanos, con vestidos iguales, que parecen gemelos y que llevan sombreros calabreses con plumas de faisán. Pero el mejor de todos, el que tiene más ingenio, el que también será este año el primero, con seguridad, es Deroso; y el maestro que ya lo ha comprendido así, le pregunta siempre. Yo, sin embargo, quiero más a Precusa, el hijo del herrero, el de la chaqueta larga, el que parece enfermo. Dicen que su padre le pega. Es muy tímido; cada vez que pregunta o toca a alguien, dice: "Dispénsame", y mira constantemente con ojos tristes y bondadosos. Garrón, sin embargo, es el mayor y el mejor de todos.

Un rasgo generoso

Miércoles 26.

Precisamente esta mañana se ha dado a conocer Garrón. Cuando entré a la escuela —un poco tarde, porque me había detenido la maestra de la primera clase superior para preguntarme a qué hora podía ir a casa y encontrarnos— el maestro no estaba allí todavía, y tres o cuatro muchachos atormentaban al pobre Crosi, el pelirrojo del brazo malo y cuya madre era verdulera. Le pegaban con las reglas, le tiraban a la cara cáscaras de castañas y le ponían motes y remedaban, imitándolo con su brazo pegado al cuerpo. El pobre estaba solo en la punta del banco, asustado, y daba compasión verlo, mirando ya a uno, ya a otro, con ojos suplicantes para que lo dejaran en paz; pero los otros le vejaban más, y entonces él empezó a temblar y a ponerse encarnado de rabia. De pronto Franti, el de la cara sucia, saltó sobre un banco y haciendo ademán de llevar dos cestas en los brazos, remedó a la madre de Crosi, cuando venía a esperarlo antes a la puerta, pues a la sazón no iba por estar enferma. Muchos se echaron a reír a carcajadas. Entonces Crosi perdió la paciencia, y tomando un tintero se lo tiró a la cabeza con toda su fuerza; pero Franti se agachó y el tintero fue a dar en el pecho del maestro, que entraba precisamente. Todos se fueron a su puesto y callaron atemorizados. El maestro, pálido, subió a la mesa y con voz alterada preguntó:

—¿Quién ha sido?

Ninguno respondió. El maestro gritó otra vez, alzando aún más la voz:

—¿Quién?

Entonces Garrón, dándole lástima del pobre Crosi, se levantó de pronto y dijo resueltamente:

—Yo he sido.

El maestro lo miró; miró a los alumnos, que estaban atónitos, y luego repuso con voz tranquila:

—No has sido tú —y después de un momento añadió—: El culpable no será castigado. ¡Que se levante!

Crosi se levantó y comenzó a llorar:

—Me pegaban, me insultaban, y yo perdí la cabeza y tiré…

—Siéntate —interrumpió el maestro—. ¡Que se levanten los que le han provocado!

Cuatro se levantaron, con la cabeza baja.

—Vosotros —dijo el maestro— habéis insultado a un compañero que no os provocaba, os habéis reído de un desgraciado y habéis golpeado a un débil que no se podía defender. Habéis cometido una de las acciones más bajas y más vergonzosas con que se puede manchar criatura humana… ¡Cobardes!

Dicho esto salió por entre los bancos, tomó la cara de Garrón, que estaba con la vista en el suelo, y alzándole la cabeza y mirándole fijamente, le dijo:

—¡Tienes un alma noble!

Garrón, aprovechando la ocasión, murmuró no sé qué palabra al oído del maestro, y éste, volviéndose hacia los cuatro culpables, dijo bruscamente:

—Os perdono.

Mi maestra de la primera clase superior

Jueves 27.

Mi maestra ha cumplido su promesa: ha venido hoy a casa en el momento en que iba a salir con mi madre para llevar ropa blanca a una pobre mujer, cuya necesidad habíamos leído anunciada en los periódicos. Hacía ya un año que no la habíamos visto en casa; así es que tuvimos todos grande alegría. Es siempre la misma, pequeña, con su velo verde en el sombrero, vestida a la buena de Dios y mal peinada, pues nunca tiene tiempo más que de alisarse; pero un poco más descolorida que el año último, con algunas canas y tosiendo mucho. Mi madre le preguntó:

—¿Cómo va esa salud, querida profesora? Usted no se cuida bastante.

—¡Eh! No importa —respondió con una sonrisa, alegre y melancólica a la vez.

—Usted habla demasiado alto —añadió mi madre— y trabaja demasiado con los chiquitines.

Es verdad; siempre se está escuchando su voz; lo recuerdo de cuando yo iba a la escuela; habla mucho para que los niños no se distraigan, y no está un momento sentada. Estaba bien seguro de que vendría, porque no se olvida jamás de sus discípulos; recuerda sus nombres por años. Los días de los exámenes mensuales corre a preguntar al director qué notas han sacado; los espera a la salida y pide que le enseñen sus composiciones para ver los progresos que han hecho. Así es que van a buscarla al colegio muchos que usan ya pantalón largo y reloj. Hoy volvía muy agitada del museo donde había llevado a sus alumnos, como todos los años, pues dedica siempre los jueves a estas excursiones, explicándoselo todo. ¡Pobre maestra, qué delgada está! Pero es siempre viva y se reanima en cuanto habla de su escuela. Ha querido que le enseñemos la cama donde me vio muy malo hace dos años, y que ahora es de mi hermano; la ha mirado un buen rato y no podía hablar de emoción.

Se ha ido pronto para visitar a un chiquillo de su clase, hijo de un sillero, enfermo con sarampión, y tenía después que corregir varias pruebas, toda la tarde de trabajo, y debía aún dar a primera noche una lección particular de aritmética a cierta chica del comercio.

—Y bien, Enrique —me dijo al irse—, ¿quieres todavía a tu antigua maestra, ahora que resuelves ya problemas difíciles y haces composiciones largas?

Me ha besado y me ha dicho, ya desde lo último de la escalera:

—No me olvides, Enrique.

¡Oh, mi buena maestra, no me olvidaré de ti! Aun cuando sea mayor, siempre te recordaré e iré a buscarte entre tus chicuelos; y cada vez que pase por la puerta de una escuela y sienta la voz de una maestra, me parecerá escuchar tu voz y pensaré en los dos años que pasé en tu clase, donde tantas cosas aprendí, donde tantas veces te vi enferma y cansada, pero siempre animosa, indulgente, desesperada cuando uno tomaba un vicio en los dedos al escribir, temblorosa cuando los inspectores nos preguntaban, feliz cuando salíamos airosos, y constantemente buena y cariñosa como una madre... ¡Nunca, nunca te olvidaré, maestra querida!

En una buhardilla

Viernes 28.

Ayer tarde fui con mi madre y con mi hermana Silvia a llevar ropa blanca a la pobre mujer recomendada por los periódicos; yo llevé el paquete y Silvia el diario, con las iniciales del nombre y la dirección. Subimos hasta el último piso de una casa alta y llegamos a un corredor largo, donde había muchas puertas. Mi madre llamó en la última; nos abrió una mujer, joven aún, rubia y macilenta, que al pronto me pareció haberla visto ya en otra parte con el mismo pañuelo azul en la cabeza.

—¿Es usted la del periódico? —preguntó mi madre.

—Sí, señora; soy yo.

—Pues bien, aquí le traemos esta poca ropa blanca.

La pobre mujer no acababa de darnos las gracias ni de bendecirnos. Yo, mientras tanto, vi en un ángulo de la oscura y desnuda habitación un muchacho arrodillado delante de una silla, con la espalda vuelta hacia nosotros y que parecía estar escribiendo, y escribía efectivamente, teniendo el papel en la silla y el tintero en el suelo. ¿Cómo se las componía para escribir casi a oscuras? Mientras decía esto para mis adentros, reconocí los cabellos rubios y la chaqueta de mayoral de Crosi, el hijo de la verdulera, el del brazo malo. Se lo dije muy bajo a mi madre mientras la mujer recogía la ropa.

—¡Silencio! —replicó mi madre—. Puede ser que se avergüence al verte dar una limosna a su madre; no le llames.

Pero en aquel momento Crosi se volvió; yo no sabía qué hacer, y entonces mi madre me dio un empujón para que corriese a abrazarlo. Le abracé, y él se levantó y me tomó la mano.

—Henos aquí —decía entretanto su madre a la mía—; mi marido está en América desde hace seis años, y yo, por añadidura, enferma y sin poder ir a la plaza con verduras para ganarme algunos cuartos. No me ha quedado ni tan sólo mesa para que mi pobre Luis pueda trabajar. Cuando tenía abajo el mostrador en el portal, al menos podía escribir sobre él; pero ahora me lo han quitado. Ni siquiera algo de luz para estudiar y que no pierda la vista; y gracias que lo puedo mandar a la escuela, porque el Ayuntamiento le da libros y cuadernos. ¡Pobre Luis, tú que tienes tanta voluntad de estudiar! ¡Y yo, pobre mujer, nada puedo hacer por ti!

Mi madre le dio cuanto llevaba en el bolsillo, besó al muchacho y casi lloraba cuando salimos, y tenía mucha razón para decirme:

—Mira ese chico: ¡cuántas estrecheces pasa para trabajar, y tú que tienes tantas comodidades todavía te parece duro el estudio! ¡Oh, Enrique mío, tiene más mérito su trabajo de un día que todos tus estudios de un año! ¿A cual de los dos le deberían dar los primeros premios?

La escuela

Viernes 28.

"Sí, querido Enrique; el estudio es duro para ti, como dice tu madre; no te veo ir a la escuela con aquel ánimo resuelto y aquella cara sonriente que yo quisiera. Tú eres algo terco; pero, oye, piensa un poco y considera ¡qué despreciables y estériles serían tus días si no fueses a la escuela! Juntas las manos, de rodillas, pedirías al cabo de una semana volver a ella, consumido por el hastío y la vergüenza, cansado de tu existencia y de tus juegos. Todos, todos estudian ahora, Enrique mío. Piensa en los obreros que van a la escuela por la noche, después de haber trabajado todo el día; en las mujeres, en las muchachas del pueblo, que van a la escuela los domingos, después de haber trabajado toda la semana; en los soldados, que echan mano de libros y cuadernos cuando vienen rendidos de sus ejercicios; piensa en los niños mudos y ciegos que, sin embargo, estudian, y hasta en los presos, que también aprenden a leer y escribir. Pero, ¿qué más? Piensa en los innumerables niños que se puede decir que a todas horas van a la escuela en todos los países; míralos con la imaginación cómo van por las callejuelas solitarias de la aldea, por las concurridas calles de la ciudad, por las orillas de los mares y de los lagos, ya bajo un sol ardiente, ya entre las nieblas, embarcados en los países cortados por canales, a caballo por las grandes llanuras en zuecos sobre la nieve, por valles y colinas, atravesando bosques y torrentes; por los senderos solitarios de las montañas, solos, por parejas, en grupos, en largas filas, todos con los libros bajo el brazo, vestidos de mil modos, hablando miles de lenguas; desde las últimas escuelas de Rusia, casi perdidas entre hielos, hasta las últimas escuelas de Arabia, a la sombra de las palmeras; millones y millones de seres que van a aprender, en mil formas diversas, las mismas cosas; imagina este vastísimo hormiguero de niños de mil pueblos, este inmenso movimiento, del cual formas parte, y piensa: si este movimiento cesase, la humanidad caería en la barbarie; este movimiento es el progreso, la esperanza, la gloria del mundo. Valor, pues, pequeño soldado del inmenso ejército. Tus libros son tus armas, tu clase es tu escuadra, el campo de batalla la tierra entera y la victoria la civilización humana. ¡No seas un soldado cobarde, Enrique mío!

Tu padre."

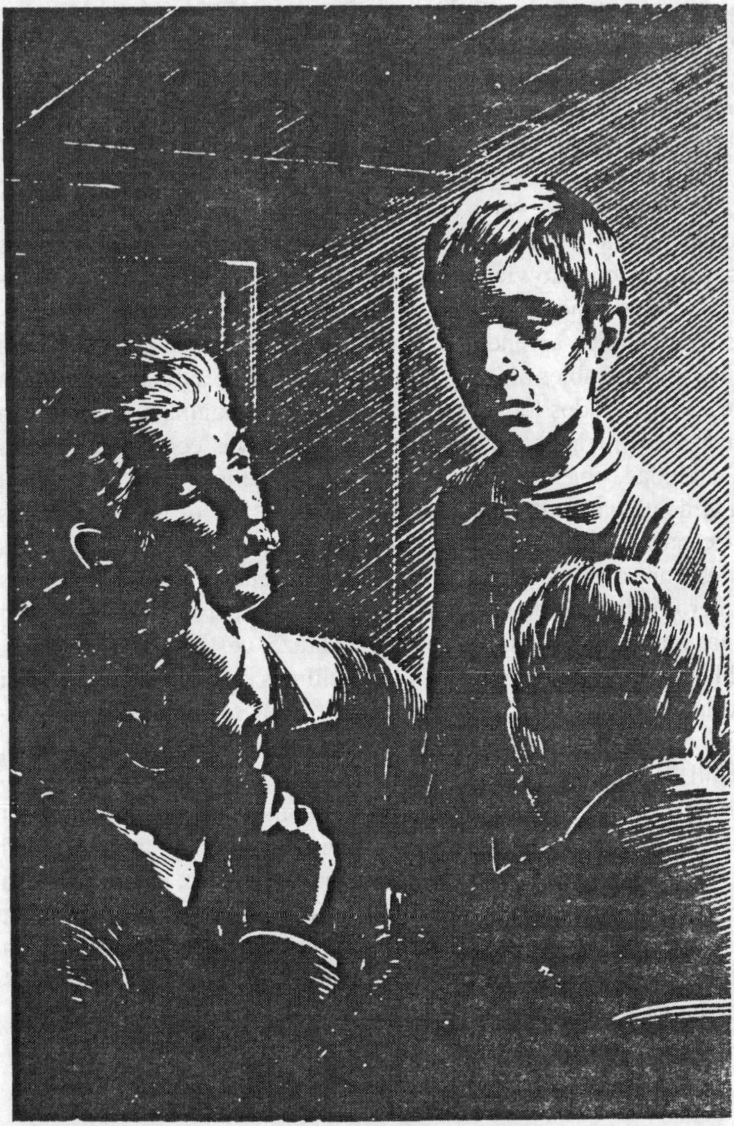

El pequeño patriota paduano
(Cuento mensual)

Sábado 29.

No seré un soldado cobarde, no; pero iría con más gusto a la escuela si el maestro nos refiriese todos los días un cuento como el de esta mañana. Todos los meses, dice, nos contará uno, nos lo dará escrito y será siempre el relato de una acción buena y verdadera, llevada a cabo por un niño. El pequeño patriota paduano se llama el de hoy. Helo aquí:

Un naviero francés partió de Barcelona, ciudad de España, para Génova, llevando a bordo franceses, italianos, españoles y suizos. Había, entre otros, un chico de once años, solo, mal vestido, que permanecía siempre aislado, como animal salvaje, mirando a todos, de reojo. Y tenía razón para mirar a todos así. Hacía dos años que su padre y su madre, labradores de los alrededores de Padua, le habían vendido al jefe de cierta compañía de titiriteros, el cual, después de haberle enseñado a hacer varios juegos, a fuerza de puñetazos, puntapiés y ayunos, le había llevado a través de Francia y España, pegándole siempre y no quitándole nunca el hambre. Llegado a Barcelona y no pudiendo soportar ya los golpes y el ayuno, reducido a un estado que inspiraba lástima, se escapó de su carcelero y corrió a pedir protección al cónsul de Italia, el cual, compadecido, le había embarcado en aquel bajel, dándole una carta para el alcalde de Génova, que debía enviarlo a sus padres, a los padres que lo habían vendido como vil bestia. El pobre muchacho estaba lacerado y enfermucho. Le habían dado billete de segunda clase. Todos le miraban, algunos le preguntaban, pero él no respondía y parecía que odiaba a todos. ¡Tanto le habían irritado y entristecido las privaciones y los golpes! Al fin tres viajeros, a fuerza de insistencia en sus preguntas, consiguieron hacerle hablar, y en pocas palabras, toscamente dichas, mezcla de español, de francés y de italiano, les contó su historia. No eran italianos aquellos tres viajeros; pero le comprendieron, y parte por compasión, parte por excitación del vino, le dieron algunos cuartos, instándole para que contase más. Habiendo entrado en la cámara en aquel momento algunas señoras, los tres, por darse tono, le dieron aún más dinero, gritando: "¡Toma, toma más!" Y hacían sonar las monedas sobre la mesa. El muchacho las tomó todas, dando las gracias a media voz, con aire malhumorado, pero con una mirada por primera vez en su vida sonriente y cariñosa. Después se fue sobre cubierta y permaneció allí solo, pensando en las vicisitudes de su vida. Con aquel dinero podía tomar algún buen bocado a bordo, después de dos años que sólo se alimentaba de pan; podía comprarse una chaqueta apenas desembarcara en Génova, después de dos años que iba vestido de andrajos, y podía también, llevando algo a su casa, tener mejor acogida del padre y de la madre que si hubiera llegado con los bolsillos vacíos. Aquel dinero era para él casi una fortuna, y en esto pensaba, consolándose, asomado a la claraboya, mientras los tres viajeros conversaban sentados a la mesa en medio de la cámara de segunda clase. Bebían y hablaban de sus viajes y de los países que habían visto, y de conversación en conversación comenzaron a hablar de Italia. Empezó uno a quejarse de sus fondas, otro de sus ferrocarriles, y después todos juntos, animándose, hablaron mal de todo. Uno hubiera preferido viajar por la Laponia; otro decía que no había encontrado en Italia más que estafadores y bandidos; el tercero, que los empleados italianos no sabían leer. "Un pueblo ignorante", decía el primero. "Sucio", añadió el segundo. "La...", exclamó el tercero; y quiso decir ladrón, pero no pudo acabar la palabra. Una tempestad de monedas cayó sobre sus cabezas y sobre el suelo con infernal ruido. Los tres se levantaron furiosos mirando hacia arriba, y aun recibieron un puñado de monedas en la cara. "Recobrad vuestro dinero", dijo con desprecio el muchacho, asomado a la claraboya; "yo no acepto limosna de quienes insultan a mi patria".

Noviembre

El deshollinador

Noviembre 19.

Ayer tarde fui a la escuela de niñas que está al lado de la nuestra, para darle el cuento del muchacho paduano a la maestra de Silvia, que lo quería leer. ¡Setecientas muchachas hay allí! Cuando llegué empezaban a salir, todas muy contentas por las vacaciones de Todos los Santos y Difuntos, y ¡qué cosa tan hermosa presencié allí!... Frente a la puerta de la escuela, en la otra acera, estaba acodado en la pared y con la frente apoyada en una mano, un deshollinador pequeño, de cara completamente negra, con su saco y su raspador, que lloraba, sollozando amargamente. Dos o tres muchachas de la segunda sección se le acercaron y le dijeron:

—¿Qué tienes que lloras de esa manera?

Pero él no respondía y continuaba llorando.

—Pero, ¿qué tienes? ¿Por qué lloras? —repetían las niñas.

Y entonces él separó el rostro de la mano, un rostro infantil, y dijo, gimiendo, que había estado en varias casas a limpiar las chimeneas, que había ganado seis reales y los había perdido porque se la escurrieron por el agujero de un bolsillo roto, y no se atrevía a volver a su casa sin los cuartos.

—El amo me pega decía sollozando; y volvió a la misma postura que antes tenía, como un desesperado.

Las chiquillas se quedaron mirándole muy serias. Entre tanto se habían acercado otras muchachas grandes y pequeñas, pobres y acomodadas, con sus carteras bajo el brazo, y una de las mayores, que llevaba una pluma azul en el sombrero, sacó del bolsillo diez céntimos y dijo:

—No tengo más que esto que ves; hagamos la colecta.

—También tengo yo diez —dijo otra, vestida de encarnado—, y podemos, entre todas, reunir hasta lo que falta.

Entonces comenzaron a llamarse:

—¡Amalia, Luisa, Anita, eh, cuartos! Tú, ¿quién tiene cuartos? ¡Vengan cuartos!

Muchas llevaban dinero para comprar flores o cuadernos, y los entregaban en seguida. Algunas más pequeñas, sólo pudieron dar céntimos. La de la pluma azul recogía todo y lo contaba en voz alta:

—¡Ocho, diez, quince! —pero hacía falta más. Entonces llegó la mayor de todas, que parecía una maestrita, dio un real y todas le hicieron una ovación. Pero faltaban aún treinta y cinco céntimos.

—Ahora vienen las de la cuarta —dijo una.

Las de la clase cuarta llegaron, y los cuartos llovieron. Todas se arremolinaban, y era un espectáculo hermoso ver a aquel pobre deshollinador en medio de aquellos vestidos de tantos colores, de todo aquel círculo de plumas, de lazos y de rizos.

Los seis reales se habían ya reunido, y aun pasaban, y las más pequeñas, que no tenían dinero, se abrían paso entre las mayores, llevando sus ramitos de flores, por darle también algo.

De allí a un rato acudió la portera gritando:

—¡La señora directora!

Las muchachas escaparon por todos lados, como gorriones, a la desbandada, y entonces se vio al pobre deshollinador, solo en medio de la calle, enjugándose los ojos, tan contento, con las manos llenas de dinero y ostentando ramitos de flores en los ojales de la chaqueta, en los bolsillos, en el sombrero y hasta había flores en el suelo rodeando sus pies.

El día de difuntos

Noviembre 2.

"Este día está consagrado a la conmemoración de los difuntos. Sabes tú, Enrique, ¿a qué muertos debéis consagrar un recuerdo en este día, vosotros los muchachos? A los que murieron por vosotros, por los niños. ¡Cuántos han muerto así y cuántos mueren de continuo! ¿Has pensado alguna vez en cuántos padres han consumido su vida en el trabajo, y en cuántas madres han bajado a la tumba antes de tiempo, extenuadas por las privaciones a que se condenaron para sustentar a sus hijos? ¿Sabes cuántos hombres clavaron un puñal en su corazón por la desesperación de ver a sus propios hijos en la miseria, y cuántas mujeres se suicidaron, murieron de dolor o enloquecieron por haber perdido un hijo? Piensa, Enrique, en este día, en todos estos muertos Piensa en tantas maestras que fallecieron jóvenes, consumidas de tisis por las fatigas de la escuela, por amor a los niños, de los cuales no tuvieron valor para separarse; piensa en los médicos que murieron de enfermedades contagiosas, de las que valientemente no se precavían por curar a los niños; piensa en todos aquellos que en los naufragios, en los incendios, en las hambres, en un momento de supremo peligro, cedieron a la infancia el último pedazo de pan, la última tabla de salvación, la última cuerda para escapar de las llamas, y expiraban satisfechos de su sacrificio, que conservaba la vida de un pequeño inocente. Son innumerables, Enrique, estos muertos; todo cementerio encierra centenares de estas santas criaturas, que si pudieran salir un momento de la fosa, dirían el nombre de un niño al cual sacrificaron los placeres de la juventud, la paz y la vejez; los sentimientos, la inteligencia, la vida; esposas de veinte años, hombres en la flor de la edad, ancianos octogenarios, jovencillos —mártires heroicos y oscuros de la infancia— tan grandes y tan nobles, que no produce la tierra flores bastantes para poderlas colocar sobre sus sepulturas. ¡Tanto se quiere a los niños! Piensa hoy con gratitud en estos muertos, y serás mejor y más cariñoso con todos los que te quieran bien y trabajan por ti, querido y afortunado hijo mío, que en el día de los difuntos no tienes aun que llorar a ninguno!

Tu padre."

Mi amigo Garrón

Viernes 4.

No han sido más que dos los días de vacaciones, ¡y me parece que he estado tanto tiempo sin ver a Garrón! Cuanto más le conozco, más le quiero, y lo mismo sucede a los demás, exceptuados los arrogantes, aunque a su lado no puede haberlos, porque él siempre los mete en cintura. Cada vez que uno de los mayores levanta la mano sobre un pequeño, grita éste: "¡Garrón!", y el mayor ya no pega. Su padre es maquinista del ferrocarril; él empezó tarde a ir a la escuela, porque estuvo malo dos años. Cualquier cosa que se le pide: lápiz, goma, papel, cortaplumas, lo presta o da en seguida; no habla ni ríe en la escuela; esta siempre inmóvil en su banco, demasiado estrecho para él, con la espalda agachada y la cabeza metida entre los hombros; y cuando lo miro, me dirige una sonrisa, con los ojos entornados, como diciendo: "¿Y bien, Enrique, somos amigos?"

Da risa verle, tan alto y grueso, con su chaqueta, pantalones, mangas y todo demasiado estrecho y excesivamente corto; un sombrero que no le cubre la cabeza, el cabello rapado, las botas grandes y una corbata siempre arrollada como una cuerda. ¡Querido Garrón! Basta ver una vez su cara para tomarle cariño. Todos los más pequeños quisieran tenerle por vecino de banco. Sabe muy bien la aritmética. Lleva los libros atados con una correa de cuero encarnado. Tiene un cuchillo con mango de concha, que encontró el año pasado en la plaza de Armas, y un día se cortó un dedo hasta el hueso, pero ninguno se lo notó en la escuela, ni tampoco rechistó en su casa por no asustar a sus padres. Deja que le digan cualquier cosa por broma y nunca lo toma a mal; pero ¡ay del que le diga "no es verdad" cuando afirma una cosa! Sus ojos echan chispas entonces, y pega puñetazos capaces de partir el banco. El sábado por la mañana dio cinco céntimos a uno de la clase primera superior que lloraba en medio de la calle porque le habían quitado el dinero y no podía ya comprar el cuaderno. Hace ocho días que está trabajando en una carta de ocho páginas, con dibujos a pluma en las márgenes, para el día del santo de su madre, que viene a menudo a buscarle, y es alta y gruesa como él. El maestro está siempre mirándole, y cada vez que pasa a su lado le da palmaditas en el cuello, cariñosamente. Yo le quiero mucho. Estoy contento cuando estrecho en mi mano la suya, grande como la de un hombre. Estoy seguro de que arriesgaría su vida por salvar la de un compañero, y que hasta se dejaría matar por defenderlo; se ve tan claro en sus ojos y se oye con tanto gusto el murmullo de aquella voz, que se conoce viene de un corazón noble y generoso.

El carbonero y el señor

Lunes 7.

No hubiera dicho nunca Garrón, seguramente, lo que dijo ayer por la mañana Carlos Nobis a Beti. Carlos es muy orgulloso, porque su padre es un gran señor; un señor alto, con barba negra, muy serio, que va casi todos los días para acompañar a su hijo. Ayer por la mañana Nobis se peleó con Beti, uno de los más pequeños, hijo de un carbonero, y no sabiendo ya qué replicarle porque no tenía razón, le dijo en voz alta:

—Tu padre es un andrajoso.

Beti se puso muy encarnado y no dijo nada; pero se le saltaron las lágrimas, y cuando fue a su casa se lo contó a su padre, y el carbonero, hombre pequeño y muy negro, fue a la lección de la tarde con el muchacho de la mano, a dar las gracias al maestro. Mientras las daba y como todos estábamos callados, el padre de Nobis, que le estaba quitando la capa a su hijo, como acostumbra, desde el umbral de la puerta oyó pronunciar su nombre y entró a pedir explicaciones.

—Es este señor —respondió el maestro— que ha venido a quejarse porque su hijo de usted. Carlos, dijo a su niño: "Tu padre es un andrajoso".

El padre de Nobis arrugó la frente y se puso algo encarnado. Después preguntó a su hijo:

—¿Has dicho esa palabra?

El hijo, de pie en medio de la escuela, con la cabeza baja delante del pequeño Beti, no respondió. Entonces el padre lo agarró de un brazo, le hizo avanzar más enfrente de Beti, hasta el punto de que casi se tocaban, y le dijo:

—¡Pídele perdón!

El carbonero quiso interponerse, diciendo:

—¡No, no!

Pero el señor no lo consintió, y volvió a decir a su hijo:

—Pídele perdón. Repite mis palabras: "Yo te pido perdón de la palabra injuriosa, insensata e innoble que dije contra tu padre, al cual el mío tiene mucho honor en estrechar su mano".

El carbonero hizo ademán, resuelto de decir: "No quiero". El señor no lo consintió, y su hijo dijo lentamente, con voz cortada, sin alzar los ojos del suelo:

—Yo te pido perdón... de la palabra injuriosa..., insensata..., innoble que dije contra tu padre, al cual el mío... tiene en mucho honor estrechar su mano...

Entonces el señor dio la mano al carbonero, que se la estrechó con fuerza, y después, de un empujón repentino, echó a su hijo entre los brazos de Carlos Nobis.

—Hágame el favor de ponerlos juntos —dijo el caballero al maestro.

Éste puso a Beti en el banco de Nobis. Cuando estuvieron en su sitio, el padre de Carlos saludó y salió.

El carbonero se quedó un momento pensativo, mirando a los dos muchachos reunidos; después se acercó al banco y miró a Nobis, con expresión de cariño y de remordimiento, como si quisiera decirle algo, pero no dijo nada; alargó la mano para hacerle una caricia, pero tampoco se atrevió, contentándose con tocarle la frente con sus toscos dedos. Después se acercó a la puerta, y, volviéndose aún una vez más para mirarlo, desapareció.

–Acordaos bien de lo que habéis visto —dijo el maestro—; ésta es la mejor lección del año.

La maestra de mi hermano

Jueves 10.

El hijo del carbonero fue alumno de la maestra Delcato, que ha venido hoy a ver a mi hermano enfermo, y nos ha hecho reír contándole que la mamá de aquel niño, hace dos años, le llevó a su casa una gran espuerta de carbón, en agradecimiento a que le había dado una medalla a su hijo, y porfiaba la pobre mujer porque no quería llevarse el carbón a su casa, y casi lloraba, cuando tuvo que volverse con la espuerta llena. Nos ha dicho también que otra pobre mujer le llevó un ramo de flores, muy pesado, y que tenía dentro un paquete de cuartos. Nos hemos entretenido mucho oyéndola, y gracias a ella tragó mi hermano una medicina que al principio no quería. ¡Cuánta paciencia deben tener con los niños de la primera enseñanza elemental, sin dientes, como los viejos, que no pronuncian la *erre* ni la *ese*! Ya tose uno, ya otro echa sangre por las narices, uno pierde los zapatos debajo del banco, otro chilla porque se ha pinchado con la pluma, y llora aquél porque ha comprado una plana de segunda por una de primera. ¡Reunir cincuenta en la clase, con aquellas manecitas de manteca y tener que enseñar a escribir a todos! Ellos llevan en los bolsillos terrones de azúcar, botones, tapones de botella, ladrillo hecho polvo, toda clase de menudencias, que la maestra les busca, pero que esconden hasta en el calzado. Y nunca están atentos. Un moscardón que entre por las ventanas les pone a todos sobre sí. En el verano llevan a la escuela ciertos insectos que echan a volar y que caen en los tinteros y que después salpican de tinta las planas. La maestra tiene que hacer de mamá con ellos, ayudarlos a vestir, cortales las uñas, recoger las gorras que tiran, cuidar de que no cambien los abrigos, porque si no, después rabian y chillan. ¡Pobres maestras! ¡Y aun van las mamás a quejarse!

"—¿Cómo es, señora, que mi niño ha perdido su pluma? ¿Cómo es que el mío no aprende nada? ¿Por qué no da un premio al mío, que sabe tanto? ¿Por qué no hace quitar del banco aquel clavo que ha roto los pantalones de mi Pedro?"

Alguna se incomoda con los muchachos, como la maestra de mi hermano, y cuando no puede más se muerde las uñas por no pegar un cachete; pierde la paciencia, pero después se arrepiente y acaricia al niño a quien ha regañado; echa a un pequeñuelo de la escuela, pero saliéndosele las lágrimas, y desahoga su cólera con los padres que privan de la comida a los niños por castigo. La maestra Delcato es joven y alta; viste bien; es morena y viva, y lo hace todo como movida por un resorte; se conmueve por cualquier cosa, y habla entonces con mucha ternura.

—¿Pero al menos los niños la quieren? —le preguntó mi madre.

—Mucho —respondió—; pero después, concluido el curso, la mayor parte ni me miran. Cuando están con los profesores, casi se avergüenzan de haber estado conmigo, con una maestra. Después de dos años de cuidados, después que se ha querido tanto a un niño, nos entristece separarnos de él; pero se dice una: "¡Oh! Desde ahora en adelante me querrá mucho". Pero pasan las vacaciones, vuelve a la escuela, corremos a su encuentro. "¡Oh, hijo mío!" Y vuelve la cabeza a otro lado.

Al decir esto, la maestra se detiene.

—Pero tú no lo harás así, hermoso —dice después, mirando fijamente a mi hermano y besándole—; tú no volverás la cabeza a otro lado, ¿no es verdad? ¿No renegarás de tu pobre amiga?

Mi madre

Jueves 10 de noviembre.

"¡En presencia de la maestra de tu hermano, faltaste al respeto a tu madre! ¡Que esto no suceda más, Enrique mío! Tu palabra irreverente se me ha clavado en el corazón como un dardo. Piensa en tu madre, cuando años atrás estaba inclinada toda la noche sobre tu cama, midiendo tu respiración, llorando lágrimas de angustia y apretando los dientes de terror, porque creía perderte y temía que le faltara la razón; y con este pensamiento experimentarás cierta especie de terror hacia ti. ¡Tú, ofender a tu madre, a tu madre que daría un año de felicidad por quitarte una hora de dolor, que pediría limosna por ti, que se dejaría matar por salvar tu vida! Oye, Enrique mío: fija bien en la mente este pensamiento. Considera que te esperan en la vida muchos días terribles; el más terrible de todos será el día que pierdas tu madre. Mil veces, Enrique, cuando ya seas hombre fuerte y probado en toda clase de contrariedades, tú la invocarás, oprimido tu corazón de un deseo inmenso de volver a oír su voz y de volver a sus brazos abiertos para arrojarte en ellos sollozando, como pobre niño sin protección y sin consuelo. ¡Cómo te acordarás entonces de todas las amarguras que le hayas causado, y con qué remordimiento, desgraciado, las contarás todas! No esperes tranquilidad en tu vida si has contristado a tu madre. Tú te arrepentirás, le pedirás perdón, venerarás su memoria inútilmente; la conciencia no te dejará vivir en paz. Aquella imagen dulce y buena tendrá siempre para ti una expresión de tristeza y reconvención que pondrá tu alma en tortura. ¡Oh, Enrique, mucho cuidado! Éste es el más sagrado de los humanos afectos. ¡Desgraciado del que lo profane! El asesino que respeta a su madre aun tiene algo de honrado y algo noble en su corazón; el mejor de los hombres que la hace sufrir o la ofende no es más que una miserable criatura. Que no salga nunca de tu boca una palabra dura para la que te ha dado el ser. Y si alguna se te escapa, no sea el temor a tu padre, sino un impulso del alma lo que te haga arrojarte a sus pies, suplicándole que con el beso del perdón borre de tu frente la mancha de la ingratitud. Yo te quiero, hijo mío; tú eres la esperanza más querida de mi vida; pero preferiría verte muerto que saber eres ingrato con tu madre. Vete, y por un poco de tiempo no me hagas caricias; no podría devolvértelas con cariño.

Tu padre."

El compañero Coreta

Domingo 13.

Mi padre me perdonó, pero me quedé un poco triste, y mi madre me mandó a dar un paseo con el hijo mayor del portero. A mitad del paseo, pasando junto a un carro parado delante de una tienda, oigo que me llaman por mi nombre y me vuelvo. Era Coreta, mi compañero, con su chaqueta de punto color de chocolate y su gorra de piel, sudando y alegre, que tenía una gran carga de leña sobre sus hombros. Un hombre, de pie en el carro, le echaba una brazada de leña y él la recibía y la llevaba a la tienda de su padre, donde de prisa y corriendo la amontonaba.

—¿Qué haces, Coreta? —le pregunté.

—¿No lo ves? —respondió tendiendo los brazos para tomar la carga—; repaso la lección.

Me reí. Pero él hablaba en serio, y después de tomar la brazada de leña, empezó a decir corriendo:

—Llámanse accidentes del verbo..., sus variaciones según el número..., según el número y la persona... —y después, echando la leña y amontonándola—: Según el tiempo..., según el tiempo a que se refiere la acción... —y volviéndose al carro a tomar otra brazada—: Según el modo con que la acción se enuncia.

Era nuestra lección de gramática para el día siguiente.

—¿Qué quieres? —me dijo—; aprovecho el tiempo. Mi padre se ha ido a la calle con el muchacho para un negocio. Mi madre está enferma. Me toca a mí descargar. Entretanto, repaso gramática. Y hoy es una lección difícil. No acabo de metérmela en la cabeza. Mi padre me ha dicho que estará aquí a las siete para pagarle a usted —dijo después al hombre del carro.

—Entra un momento en la tienda —me dijo Coreta.

Entré. Era una habitación llena de montones de haces de leña, con una balanza a un lado.

—Hoy es día de mucho trabajo, te lo aseguro —añadió Coreta—. Tengo que hacer mi obligación a ratos y como pueda. Estaba escribiendo los apuntes, y ha venido gente a comprar. Me he vuelto a poner a escribir, y llegó el carro. Esta mañana he ido ya dos veces al mercado de la leña, en la plaza de Venecia. Tengo las piernas que ya no las siento y las manos hinchadas. ¡Lo único que me falta es tener que hacer algún dibujo!

Y mientras, barría las hojas secas y las pajillas que rodeaban el montón.

—¿Pero dónde trabajas, Coreta? —le pregunté.

—No aquí, ciertamente —respondió—; ven a verlo. Y me llevó a una habitación dentro de la tienda, que servía de cocina y de comedor, y en un lado una mesa en donde estaban los libros, los cuadernos y el trabajo empezado—. Precisamente aquí —dijo—; he dejado la segunda contestación en el aire: con el cuero se hacen los zapatos, los cinturones... Ahora se añade: las maletas. —Y tomando la pluma se puso a escribir con su hermosa letra.

—¿No hay nadie? —se oyó gritar en aquel momento en la tienda.

—¡Allá voy! —respondió Coreta. Y saltó de allí, pesó los haces, tomó el dinero, corrió a un lado para apuntar la venta en un cartapacio, y volvió a su trabajo diciendo:

—A ver si puedo concluir el periodo.

Y escribió: "las bolsas de viaje y las mochilas para los soldados".

—¡Ah, mi pobre café que se sale! —gritó de repente, y corrió a la hornilla a quitar la cafetera del fuego—. Es el café para mamá —dijo—; me ha sido preciso aprender a hacerlo. Espera un poco y se lo llevaremos; así te verá y tendrá mucho gusto... Hace siete días que está en cama. ¡Accidentes del verbo! Siempre me quemo los dedos con esta cafetera. ¿Qué hay que añadir después de las mochilas de los soldados? Hace falta más, y no lo recuerdo. Ven a ver a mamá.

Abrió la puerta y entramos en otro cuarto pequeño. La mamá de Coreta estaba en una cama grande, con un pañuelo en la cabeza.

—Aquí está el café, madre —dijo Coreta alargando la taza—. Conmigo viene un compañero de escuela.

—¡Cuánto me alegro! —me dijo la señora—. Viene a visitar a los enfermos, ¿no es verdad?

Entretanto, Coreta arreglaba la almohada detrás de la espalda de su madre, componía la ropa de la cama, atizaba el fuego, echaba el gato de la cómoda.

—¿Quiere usted algo, madre? —preguntó después, tomando la taza—. Le he puesto a usted dos cucharaditas de azúcar. Cuando no haya nadie haré una escapada a la farmacia. La leña ya está descargada. A las cuatro pondré el puchero como ha dicho usted, y cuando pase la mujer de la manteca le daré sus ocho cuartos. Todo se hará; no se preocupe usted por nada.

—Gracias, hijo —respondió la señora—. ¡Pobre hijo mío, vete! ¡Está en todo!

Quiso que tomara un terrón de azúcar, y después Coreta me enseñó un cuadrito, el retrato en fotografía de su padre, vestido de soldado, con la Cruz al Valor que ganó en 1866, en la división del entonces príncipe Humberto. Tenía la misma cara del hijo, con sus ojos vivos y su sonrisa alegre. Volvimos a la cocina.

—Ya he recordado lo que faltaba —dijo Coreta, y añadió en el cuaderno— "se hacen también las guarniciones para los caballos". Lo que queda lo escribiré esta noche, estando levantado hasta más tarde. ¡Feliz tú, que tienes todo el tiempo que quieres para estudiar, y aun te sobra para ir a paseo!

Y siempre alegre y vivo, vuelto a la tienda, comenzó a poner pedazos de leña sobre la balanza y a partirlos luego por la mitad, diciendo:

—¡Esto es gimnasia! Más que el ejercicio de pesas. Quiero que mi padre encuentre toda esta leña partida cuando vuelva a casa; esto le gustará mucho. Lo malo es que, después de este trabajo, hago unas *tes* y unas *eles* que parecen serpientes, según dice el maestro. ¿Qué he de hacer? Le diré que he tenido que mover los brazos. Lo que importa es que mi madre se ponga pronto buena. Hoy, gracias a Dios, está mejor. La gramática la estudiaré mañana, antes que venga el día. ¡Ah, ahora viene el carro con los troncos! ¡Al trabajo!

Un carro cargado de leña se detuvo delante de la puerta de la tienda. Coreta salió fuera a hablar con el hombre, y volvió después.

—Ahora no puedo yo hacerte compañía —me dijo—; hasta mañana. Has hecho bien en venir a buscarme. ¡Buen paseo te has dado! ¡Feliz tú, que puedes!

Y dándome la mano, corrió a tomar el primer tronco, y volvió a hacer sus viajes del carro a la tienda, con su cara fresca como una rosa bajo su gorro de piel, y tan vivo que daba gusto verlo.

"¡Feliz tú!", me dijo él. ¡Ah, no, Coreta, no! Tú eres más feliz; tú, porque estudias y trabajas más; porque eres más útil a tu padre y a tu madre; porque eres mejor, cien veces mejor que yo, querido compañero.

El director

Viernes 18.

Coreta estaba muy temprano esta mañana porque iba a presenciar los exámenes mensuales su maestro de la clase segunda. Coato, un hombrón con mucho cabello y muy crespo, gran barba negra, ojos grandes y oscuros, y una voz de trueno; amenaza siempre a los niños con hacerlos pedazos y llevarlos de las orejas a la prevención, y tiene siempre el semblante adusto; pero jamás castiga a nadie, y antes bien sonríe siempre detrás de su barba, sín delatarse. Ocho son los maestros, con Coato, e incluyendo también el suplente pequeño y sin barba, que parece un chiquillo. Hay un maestro, el de la clase cuarta, cojo, arropado en una gran bufanda de lana, siempre lleno de dolores que adquirió cuando era maestro rural en una escuela húmeda, donde las paredes goteaban. Otro maestro de la cuarta clase es viejo, muy canoso, y ha sido profesor de no videntes. Hay otro muy bien vestido, con lentes, bigotito rubio y que llaman el abogadito, porque siendo ya maestro se hizo abogado, cursó la licenciatura y compuso un libro para enseñar a escribir cartas. En cambio, el que enseña la gimnasia tiene tipo de soldado; ha servido con Garibaldl y se le ve en el cuello la cicatriz de una herida de sable que recibió en la batalla de Milazo. El director, en fin, el alto, calvo, usa lentes de oro, su barba gris le llega hasta el pecho; está vestido de negro y va siempre abotonado hasta la barba; tan bueno con los muchachos, que cuando entran todos temblando en la dirección, llamados para echarles un regaño, no les grita, sino que les toma por las manos y les hace estas reflexiones: que no deben obrar así; que es menester que se arrepientan, que prometan ser buenos; y habla con tan suaves modos y con una voz tan dulce que todos salen con los ojos arrasados en lágrimas y más corregidos que si los hubiesen castigado. ¡Pobre director! Él está siempre el primero en su puesto por las mañanas para esperar a los alumnos y dar audiencia a los padres, y cuando los maestros se han ido ya a sus casas, da aún una vuelta alrededor de la escuela para cuidar de que los niños no se cuelguen en la trasera de los coches, no se entretengan por las calles en sus juegos, o en llenar las carteras de arena o de piedras; y cada vez que se presenta en una esquina, tan alto y tan negro, bandadas de muchachos escapaban en todas direcciones, dejando allí los objetos de juego, y él les amenaza con el índice desde lejos, con su aire afable y triste.

—Nadie le ha visto reír —dice mi madre— desde que murió su hijo, que era voluntario del ejército, y tiene siempre a la vista su retrato sobre la mesa de la dirección.

No quería seguir trabajando después de esta desgracia; había escrito ya su pedido de jubilación al Ayuntamiento, y tenía la carta siempre sobre la mesa, dilatando al mandarla de día en día porque le disgustaba dejar a los niños.

Pero el otro día parecía decidido, y mi padre, que estaba con él en la dirección, le decía: "¡Es lástima que usted se vaya, señor director!", cuando entró un hombre a matricular a su chico, que pasaba de un colegio a otro porque se había mudado de casa. Al ver a aquel niño, el director hizo un gesto de asombro, lo miró un poco más detenidamente, miré el retrato que tenía sobre la mesa, y volvió a mirar al muchacho sentándolo sobre sus rodillas, y haciéndole levantar la cara. Aquel niño se parecía mucho a su hijo muerto. El director dijo:

—Está bien.

Hizo la matrícula, despidió al padre y al hijo, y se quedó pensativo.

—¡Es lástima que usted se vaya! —repitió mi padre. Y entonces el director tomó su instancia de jubilación, la rompió en dos pedazos y dijo:

—¡Me quedo!...

Los soldados

Martes 22.

Su hijo era voluntario del ejército cuando murió; por eso el director va siempre a la plaza a ver pasar los soldados cuando salimos de la escuela. Ayer pasaba un regimiento de infantería y cincuenta muchachos se pusieron a saltar alrededor de la música, cantando y llevando el compás con las reglas sobre la cartera. Nosotros estábamos en un grupo, en la acera, mirando. Garrón, oprimido entre su estrecha ropa, mordía un pedazo de pan; Votino, aquel tan elegantito, que siempre está quitándose las motas; Precusa, el hijo del forjador, con la chaqueta de su padre; el calabrés; el albañilito; Crosi, con su roja cabeza; Franti, con su aire descarado, y también Roberto, el hijo del capitán de artillería, el que salvó al niño del ómnibus y que ahora anda con muletas. Franti se echó a reír de un soldado que cojeaba. Pero de pronto sintió una mano sobre el hombro; se volvió: era el director.

—Óyeme —le dijo al punto—, burlarse de un soldado cuando está en las filas, cuando no puede vengarse ni responder, es como insultar a un hombre atado; es una villanía.

Franti desapareció. Los soldados pasaban de cuatro en cuatro, sudorosos y cubiertos de polvo, y las puntas de las bayonetas resplandecían con el sol. El director dijo:

—Debéis querer mucho a los soldados. Son nuestros defensores. Ellos irían a hacerse matar por nosotros si mañana un ejército extranjero amenazase nuestro país. Son también muchachos, pues tienen pocos más años que vosotros, y también van a la escuela: hay entre ellos pobres y ricos, como entre vosotros sucede, y vienen también de todas partes de Italia. Vedlos, casi se les puede reconocer por la cara: pasan sicilianos, sardos, napolitanos, lombardos. Éste es un regimiento veterano, de los que han combatido en 1848. Los soldados no son ya aquéllos, pero la bandera es siempre la misma. ¡Cuántos habrán muerto por la patria alrededor de esa bandera veterana, antes que nacierais vosotros!

—¡Ahí viene! —dijo Garrón. Y en efecto, se veía ya cerca la bandera, que sobresalía por encima de la cabeza de los soldados.

—Haced una cosa, hijos —dijo el director—; saludad con respeto la bandera tricolor.

La bandera, llevada por un oficial, pasó delante de nosotros, rota y descolorida, con sus corbatas sobre el asta. Todos a un tiempo llevamos la mano a las gorras. El oficial nos miró sonriendo y nos devolvió el saludo con la mano.

—¡Bien, muchachos! —dijo uno detrás de nosotros. Nos volvimos a verle: era un anciano que llevaba en el ojal de la levita la cinta azul de la campaña de Crimea; un oficial retirado—. ¡Oh, bravo! —dijo—; habéis hecho una cosa que os enaltece.

Entretanto, la banda del regimiento volvía por el fondo de la plaza, rodeada de una turba de chiquillos, y cien gritos alegres acompañaban los sonidos de las trompetas, como un canto de guerra.

—¡Bravo! —repitió el bravo oficial mirándonos—. El que de pequeño respeta la bandera, sabrá defenderla cuando sea mayor.

El protector de Nelle

Miércoles 23.

También Nelle, el pobre jorobadito, miraba ayer a los militares, pero de un modo así, como pensando: "¡Yo no podré nunca ser soldado!" Es bueno y estudia, pero está demacrado y pálido y le cuesta trabajo respirar. Lleva siempre un largo delantal de tela negra lustrosa. Su madre es una señora pequeña y rubia, vestida de negro, que viene siempre a recogerle a la salida, para que no salga en tropel con los demás, y le acaricia mucho. En los primeros días, porque tiene la desgracia de ser jorobado, muchos niños se burlaban de él y le pegaban en la espalda con las carteras; pero él nunca se enfadaba ni decía nada a su madre, por no darle el disgusto de que supiera que su hijo era juguete de sus compañeros y que se mofaban de él, y callaba y lloraba, apoyando la frente sobre el banco. Pero una mañana se levantó Garrón y dijo:

—¡Al primero que toque a Nelle, le doy un testarazo que le hago dar tres vueltas!

Franti no hizo caso y recibió el testarazo y dio las tres vueltas, y desde entonces ninguno tocó más a Nelle. El maestro lo puso en el mismo banco de Garrón. Así se hicieron muy amigos, y Nelle ha tomado mucho cariño a su amigo. Apenas entra en la escuela, busca en seguida por dónde anda y no se va nunca sin decir: "¡Adiós, Garrón!" Y lo mismo hace Garrón con él. Cuando a Nelle se le cae la pluma o un libro debajo del banco, en seguida, para que no tenga el trabajo de agacharse, Garrón se inclina y le recoge el libro o la pluma, y después le ayuda arreglarse el traje y a ponerse el abrigo. Por esto Nelle le quiere mucho, le está siempre mirando, y cuando el maestro lo celebra, se pone tan contento como si lo celebrase a él. Nelle, al fin tuvo que decírselo todo a su madre: las burlas de los primeros días, lo que le hacían sufrir, y después el compañero que le defendió y a quien tomó tanto cariño; y debe habérselo dicho por lo que sucedió esta mañana. El maestro me mandó llevar al director el programa de la lección media hora antes de la salida, y yo estaba en su despacho cuando entró una señora rubia, vestida de negro, la mamá de Nelle, la cual dijo:

—Señor director, ¿hay en la clase de mi hijo un niño que se llama Garrón?

—Sí hay —respondió el director.

—¿Quiere usted tener la bondad de hacerle venir aquí un momento, porque tengo que decirle algunas palabras?

El director llamó al portero y lo mandó al aula. Un minuto después llegó muy asombrado a la puerta Garrón, con su cabeza grande y rapada. Apenas lo vio la señora, corrió a su encuentro, le echó los brazos al cuello y le dio muchos besos en la cabeza, diciendo:

—¿Tú eres Garrón, el amigo de mi hijo, el protector de mi pobre niño; eres tú, querido, tú, hermoso?...

Después buscó precipitadamente en sus bolsíllos, y no encontrando nada en ellos se arrancó del cuello una cadena con una crucecita y la colgó del de Garrón, por bajo de la corbata, y añadió:

—¡Tómala, llévala en recuerdo mío, querido niño, en recuerdo de la madre de Nelle, que te da millones de millones de gracias y que te bendice!

El primero de la clase

Viernes 25.

Garrón se atrae el cariño de todos y Deroso la admiración. Ha obtenido el primer premio. Será también el número uno este año; nadie puede competir con él. Todos reconocen su superioridad en todas las asignaturas. Es el primero en aritmética, en gramática, en retórica, en dibujo; todo lo aprende sin esfuerzo; parece que el estudio es un juego para él. El maestro le dijo ayer:

—Has recibido grandes dones del Señor; no tienes que hacer más que no malgastarlos.

Es también, por lo demás, alto, guapo, tiene el cabello rubio y rizado; tan ágil, que salta sobre un banco sin apoyar más que una mano; sabe ya esgrima. Tiene doce años, es hijo de un comerciante; va siempre vestido de azul, con botones dorados; vivo, alegre, gracioso, ayuda a cuantos puede en el examen y nadie se atreve jamás a jugarle una mala pasada ni a dirigirle una palabra malsonante. Nobis y Franti solamente lo miran de reojo, y a Votino le rebosa la envidia por los ojos; mas parece que ni lo advierte siquiera. Todos le sonríen y le dan la mano o un abrazo cuando da la vuelta recogiendo los trabajos de aquel modo tan gracioso y simpático. Él regala periódicos ilustrados, dibujos; todo lo que en su casa le regalan a él; ha hecho para el calabrés un pequeño mapa de Calabria; y todo lo da siempre sin pretensiones, a lo gran señor y sin demostrar predilección por ninguno. Es imposible no envidiarle, no reconocer su superioridad en todo. ¡Ah, yo también, como Votino, le envidio! Y siento una amargura, una especie de despecho contra él alguna vez, cuando me cuesta tanto hacer el trabajo en casa y pienso que a aquella hora ya lo tendrá él acabado muy bien y sin esfuerzo alguno. Pero después cuando vuelvo a la escuela y lo encuentro tan bueno, sonriente y afable; cuando le oigo responder con tanta seguridad a las preguntas del maestro, qué amable es y cuánto lo quieren todos, entonces todo rencor, todo despecho lo arrojo de mi corazón y me avergüenzo de haber tenido aquellos sentimientos. Quisiera entonces estar siempre a su lado, quisiera poder seguir todos los estudios con él; su presencia, su voz, me infunden valor, ganas de trabajar, alegría, placer. El maestro le ha dado a copiar el cuento mensual que leerá mañana: "El pequeño vigía lombardo".Él lo copiaba esta mañana, y estaba conmovido con aquel hecho heroico; se le veía encendido el rostro, con los ojos húmedos y la boca temblorosa; yo le miraba con satisfacción, diciendo: "¡Qué hermoso está!" Con gusto le hubiera dicho en su cara, francamente: "¡Deroso, tú vales mucho más que yo! ¡Tú eres un hombre a mi lado! Yo te respeto y te admiro".

El pequeño vigía lombardo

(Cuento mensual)

Sábado 26.

En 1859, durante la guerra por el rescate de Lombardía, pocos días después de la batalla de Solferino y San Marino, ganada por los franceses y los italianos contra los austriacos, en una hermosa mañana de junio, una sección de caballería de Saluzo iba, a paso lento, por estrecha senda solitaria hacia el enemigo, explorando el campo atentamente. Mandaban la sección un oficial y un sargento, y todos miraban a lo lejos delante de sí, con los ojos fijos, silenciosos, preparándose para ver blanquear a cada momento, entre los árboles, las divisiones de las avanzadas enemigas. Llegaron así a cierta casita rústica, rodeada de fresnos, delante de la cual sólo había un muchacho como de doce años, que descortezaba una gruesa rama con un cuchillo para proporcionarse un bastón; en una de las ventanas de la casa tremolaba al viento la bandera tricolor; dentro no habia nadie; los aldeanos, izada su bandera, habían escapado por miedo a los austriacos. Apenas divisó la caballería, el muchacho tiró el bastón y se quitó la gorra. Era un hermoso niño, de aire descarado, con ojos grandes y azules, los cabellos rubios y largos; estaba en mangas de camisa y enseñaba el pecho desnudo.

—¿Qué haces aquí? —le preguntó el oficial, parando el caballo—. ¿Por qué no has huído con tu familia?

—Yo no tengo familia —respondió el muchacho—. Soy expósito. Trabajo algo al servicio de todos. Me he quedado aquí para ver la guerra.

—¿Has visto pasar a los austriacos?

—No, desde hace tres días.

El oficial se quedó un poco pensativo; después se apeó del caballo y, dejando los soldados allí vueltos hacia el enemigo, entró en la casa y subió hasta el tejado; no se veía más que un pedazo de campo. "Es menester subir sobre los árboles", pensó el oficial, y bajó. Precisamente delante de la era se alzaba un fresno altísimo y flexible cuya cumbre casi se mecía en las nubes. El oficial estuvo por momentos indeciso, mirando ya el árbol, ya a los soldados; después, de pronto, preguntó al muchacho:

—¿Tienes buena vista, chico?

—¿Yo? —respondió el muchacho—. Yo veo un gorrioncito aunque esté a dos leguas.

—¿Sabrías subir a la cima de aquel árbol?

—¿A la cima de aquel árbol, yo? En medio minuto me subo.

—¿Y sabrás decirme lo que veas desde allí arriba, si son soldados austriacos, nubes de polvo, fusiles que relucen, caballos…?

—De seguro que sabré.

—¿Qué quieres por prestarme este servicio?

—¿Qué quiero? —dijo el muchacho sonriendo—. Nada. ¡Vaya una cosa! Y después… si fuera por los alemanes, entonces por ningún precio; pero por los nuestros … ¡Si yo soy lombardo!

—Bien; súbete, pues.

—Espere que me quite los zapatos.

Se quitó el calzado, se apretó el cinturón, echó al suelo la gorra y se abrazó al tronco del fresno.

—Pero, mira… —exclamó el oficial, intentando detenerlo como sobrecogido por repentino temor.

El muchacho se volvió a mirarlo con sus hermosos ojos azules, en actitud interrogante.

—Nada —dijo el oficial—; sube.

El muchacho se encaramó como un gato.

—¡Mirad delante de vosotros! —gritó el oficial a los soldados.

En pocos momentos el muchacho estuvo en la copa del árbol, abrazado al tronco, con las piernas entre las hojas, pero con el pecho descubierto, y su rubia cabeza resplandecía con el sol pareciendo oro. El oficial apenas lo veía; tan pequeño resultaba allí arriba.

—Mira hacia el frente y muy lejos —gritó el oficial.

El chico para ver mejor sacó la mano derecha, que apoyaba en el árbol, y se la puso sobre los ojos a manera de pantalla.

—¿Qué ves? —preguntó el oficial.

El muchacho inclinó la cara hacia él y, haciendo portavoz de su mano, respondió:

—Dos hombres a caballo en lo blanco del camino.

—¿A qué distancia de aquí?

—Media legua.

—¿Se mueven?

—Están parados.

—¿Qué otra cosa ves? —preguntó el oficial después de un instante de silencio—. Mira a la derecha.

—Cerca del cementerio, entre los árboles, hay algo que brilla; parecen bayonetas —declaró el pequeño.

—¿Ves gente?

—No; estarán escondidos entre los sembrados.

En aquel momento, un silbido de bala agudísimo se sintió por el aire y fue a perderse lejos, detrás de la casa.

—¡Bájate, muchacho! —gritó el oficial—. Te han visto. No quiero saber más. Vente abajo.

—Yo no tengo miedo —respondió el chico.

—¡Baja!... —repitió el oficial—. ¿Qué ves a la izquierda?

—¿A la izquierda?

El muchacho volvió la cabeza a la izquierda. En aquel momento otro silbido más agudo y más bajo hendió los aires. El muchacho se ocultó todo lo que pudo.

—¡Vamos! —exclamó—; ¡la han tomado conmigo!

La bala le había pasado muy cerca.

—¡Abajo! —gritó el oficial con energía y furioso.

—En seguida bajo —respondió el chico—; pero el árbol me resguarda; no tenga usted cuidado. ¿A la izquierda quiere usted saber?

—A la izquierda —respondió el oficial—; pero baja.

—A la izquierda —gritó el niño, dirigiendo el cuerpo hacia aquella parte—, donde hay una capilla, me parece ver...

Un tercer silbido pasó por lo alto, y en seguida se vio al muchacho venir abajo, deteniéndose un punto en el tronco y en las ramas, y precipitándose después de cabeza con los brazos abiertos.

—¡Maldición! —gritó el oficial acudiendo.

El chico cayó a tierra de espaldas, y quedó tendido con los brazos abiertos, boca arriba; un arroyo de sangre le salió del pecho, a la izquierda. El sargento y dos soldados se apearon de sus caballos; el oficial se agachó y le separó la camisa; la bala le había entrado en el pulmón izquierdo.

—Está muerto —exclamó el oficial.

—¡No, vive! —replicó el sargento.

—¡Ah, pobre niño, valiente muchacho! —gritó el oficial—. ¡Animo, ánimo!

Pero mientras decía "ánimo" y le oprimía el pañuelo sobre la herida, el muchacho movió los ojos e inclinó la cabeza: había muerto. El oficial palideció y lo miró fijo un minuto, después le arregló la cabeza sobre la hierba, se levantó y estuvo otro instante mirándolo.

También el sargento y los dos soldados, inmóviles, lo miraban; los demás estaban vueltos hacia el enemigo.

—¡Pobre muchacho! —repitió tristemente el oficial—. ¡Pobre y valiente niño!

Luego se acercó a la casa, quitó de la ventana la bandera tricolor y la extendió como paño fúnebre sobre el pobre muerto, dejándole la cara descubierta. El sargento acercó al lado del muerto los zapatos, la gorra, el bastón y el cuchillo.

Permanecieron aún un rato silenciosos; después el oficial se volvió al sargento y le dijo:

—Mandaremos que lo recoja la ambulancia. Ha muerto como soldado, y como soldado debemos enterrarlo. —Dicho esto, dio al muerto un beso en la frente y gritó—: ¡A caballo!

Todos se aseguraron en las sillas, reunióse la sección y volvió a emprender su marcha.

Pocas horas después, el pobre muerto tuvo los honores de la guerra.

Al ponerse el sol, toda la línea de las avanzadas italianas se dirigía hacia el enemigo, y por el mismo camino que recorrió por la mañana la sección de caballería caminaba en dos filas un bravo batallón de cazadores, el cual pocos días antes había regado valerosamente con su sangre el collado de San Martino. La noticia de la muerte del muchacho había corrido ya entre los soldados antes que dejaran sus campamentos. El camino, flanqueado por un arroyuelo, pasaba a pocos pasos de distancia de la casa. Cuando los primeros oficiales del batallón vieron el pequeño cadáver tendido al pie del fresno y cubierto con la bandera tricolor, lo saludaron con sus sables, y uno de ellos se inclinó sobre la orilla del arroyo, que estaba muy florecida, arrancó las flores y se las echó. Entonces todos los cazadores, conforme iban pasando, cortaban flores y las arrojaban al muerto. En pocos momentos el muchacho se vio cubierto de flores, y los soldados le dirigían todos sus saludos al pasar. "¡Bravo, pequeño lombardo! ¡Adiós, niño! ¡Adiós, rubio! ¡Viva! ¡Bendito seas! ¡Adiós!"

Un oficial le puso su cruz roja, otro le besó en la frente, y las flores continuaban lloviendo sobre sus desnudos pies, sobre el pecho ensangrentado, sobre la rubia cabeza. Y él parecía dormido en la hierba, envuelto en la bandera con el rostro pálido y casi sonriente, como si oyese aquellos saludos y estuviese contento de haber dado la vida por su patria.

Los pobres

Martes 29.

"Dar la vida por la patria, como el muchacho lombardo, es una virtud: pero no olvides tampoco, hijo mío, otras virtudes menos brillantes. Esta mañana, yendo delante de mí cuando volvíamos de la escuela, pasaste junto a una pobre que tenía sobre sus rodillas a un niño extenuado y pálido, y que te pidió limosna. Tú la miraste y no le diste nada, y quizá llevabas dinero en el bolsillo. Oye, hijo mío. No te acostumbres a pasar con indiferencia delante de la miseria que tiende la mano, y mucho menos delante de una madre que pide limosna para su hijo. Piensa en que quizá aquel niño tuviera hambre; piensa en la desesperación de aquella pobre mujer. Imagínate el desesperado sollozo de tu madre, cuando un día te tuviese que decir: 'Enrique, hoy no puedo darte ni un pedazo de pan'. O cuando yo doy diez céntimos a un pobre, y éste me dice: '¡Dios le dé salud a usted y a sus hijos!', tú no puedes comprender la dulzura que siento en mi corazón con aquellas palabras, y la gratitud que aquel pobre me inspira. Me parece que, con aquel buen presagio, voy a conservar mi salud y tú la tuya por mucho tiempo, y vuelvo a casa pensando: '¡Oh, aquel pobre me ha dado más de lo que yo le he dado a él!' Pues bien, haz tú por oír alguna vez buenos augurios análogos, provocados, merecidos por ti; saca de vez en cuando monedas de tu bolsillo para dejarlas caer en la mano del viejo necesitado, de la madre sin pan, del niño sin madre. A los pobres les gusta la limosna de los niños, porque no les humilla, y porque los niños, que necesitan de todo el mundo, se les parecen. He aquí por qué siempre hay pobres en la puerta de las escuelas. La limosna del hombre es acto de caridad, pero la del niño, al mismo tiempo que un acto de caridad, es caricia. ¿Comprendes? Es como si de su mano cayeran a la vez un socorro y una flor. Piensa en que a ti no te falta nada, mientras que les falta todo a ellos; que mientras tú ambicionas ser feliz, ellos con vivir se contentan. Piensa que es un horror que en medio de tantos palacios, en las calles por donde pasan carruajes y niños vestidos de terciopelo, hay mujeres y niños que no tienen qué comer. ¡No tener qué comer, Dios mío! ¡Niños como tú, como tú buenos; inteligentes como tú, en medio de una gran ciudad no tienen qué comer, como fieras perdidas en un desierto! ¡Oh, Enrique; no pases nunca más delante de una madre que pide limosna, sin dejarle un socorro en la mano!

Tu padre."

Diciembre

El comerciante

Jueves 19.

Mi padre quiere que cada día de fiesta haga venir a casa a uno de mis compañeros, o que vaya a buscarlo para hacerme, poco a poco, amigo de todos. El domingo fui a pasear con Votino; aquel tan bien vestido, que se está siempre alisando y que tiene tanta envidia de Deroso. Hoy ha venido a casa Garofi; aquel alto y delgado con la nariz de pico de loro y los ojos pequeños y vivos, que parecen sondearlo todo. Es hijo de un droguero y un tipo muy original; cuenta muy de prisa con los dedos, y verifica cualquier multiplicación sin necesidad de tabla pitagórica. Hace sus economías, y tiene una libreta de la Caja de Ahorros escolar. Es desconfiado, no gasta nunca un centavo, y si se le cae un moneda debajo del banco, es capaz de pasarse la semana buscándola. "Es como la urraca", dice Deroso. Todo lo que encuentra, plumas gastadas, sellos usados, alfileres, cerillas, todo lo recoge. Hace más de dos años que colecciona sellos y tiene ya centenares de todos los países, en su gran álbum, que venderá después al librero cuando esté completo. Entretanto, el librero le da muchos cuadernos gratis porque le lleva los niños a la tienda. En la escuela está siempre traficando; todos los días vende, hace loterías y subastas; después se arrepiente y quiere sus mercancías; compra por dos y vende por cuatro; juega a las aleluyas, y jamás pierde; vende los periódicos atrasados al estanquero, y tiene un cuaderno donde anotar todos sus negocios, lleno todo él de sumas y de restas. En la escuela sólo estudia aritmética; y si ambiciona premios, no es más que por tener entradas gratis en el teatro "Guignol". Me gusta y me entretiene. Hemos jugado a hacer una tienda con las pesas y las balanzas; él sabe el precio exacto de todas las cosas, conoce las pesas y hace muy pronto y bien cartuchos y paquetes como los tenderos. Dice que apenas salga de la escuela, emprenderá un negocio, un comercio nuevo, inventado por él. Ha estado muy contento porque le he dado sellos extranjeros, y me ha dicho al punto en cuánto se vende cada uno para las colecciones. Mi padre, haciendo como que leía el periódico, le estaba oyendo y se divertía. Siempre lleva los bolsillos llenos de sus pequeñas mercancías, que cubre con un largo delantal negro, y parece que está continuamente pensativo y muy ocupado, como los comerciantes. Pero lo que le gusta más que todo es su colección de sellos: éste es su tesoro, y habla siempre de él como si debiese sacar de aquí una fortuna. Los compañeros le creen avaro y usurero. Yo no pienso así. Le quiero bien; me enseña muchas cosas y me parece un hombre. Coreta, el hijo del vendedor de leña, dice que no daría Garofi sus sellos ni para salvar la vida de su madre. Mi padre no lo cree. Espera aún para juzgarle, me ha dicho; tiene, en efecto, esa pasión; pero su corazón es bueno.

Vanidad

Lunes 5.

Ayer fui a pasear por la alameda de Rívoli con Votino y su padre. Al pasar por la calle Dora Gross vimos a Estardo, el que se incomoda con los revoltosos, parado muy tieso delante del escaparate de un librero, con los ojos fijos en un mapa; y sabe Dios desde cuándo estaría allí, porque él estudia hasta en la calle; ni siquiera nos saludó el muy grosero. Votino iba muy bien vestido; quizá demasiado: llevaba botas de tafilete con pespuntes encarnados, un traje con adornos y vivos de seda, sombrero de castor blanco y reloj. Pero su vanidad debía parar en mal esta vez. Después de haber andado buen trecho por la calle, dejando muy atrás a su padre, que marchaba despacio, nos paramos en un asiento de piedra junto a un muchacho modestamente vestido que parecía cansado y estaba pensativo, con la cabeza baja. Un hombre, que debía ser su padre, paseaba bajo los árboles leyendo un periódico. Nos sentamos. Votino se puso entre el otro niño y yo. De pronto se acordó de que estaba bien vestido, y quiso hacerse admirar y envidiar de nuestro vecino. Levantó un pie, y me dijo:

—¿Has visto mis botas nuevas?

Lo decía para que el otro las mirara, pero éste no se fijó. Entonces bajó el pie y me enseñó las borlas de seda, mirando de reojo al muchacho, añadiendo que aquellas borlas de seda no le gustaban y que las quería cambiar por botones de plata. Pero el chico no miró tampoco.

Votino, entonces, se puso a jugar, dándole vueltas sobre el índice, con su precioso sombrero de castor blanco; pero el niño parecía que lo hacía de propósito; no se dignó dirigir siquiera una mirada al sombrero.

Votino, que empezaba a exasperarse, sacó el reloj, lo abrió y me enseñó la máquina. Pero el vecino, sin volver la cabeza.

—¿Es plata sobredorada? —le pregunté.

—Es de oro.

—Pero no será todo de oro —le dije—; habrá también algo de plata.

—No, hombre, no —replicó.

Y para obligar al muchacho a mirar, le puso el reloj delante de sus ojos, diciéndole:

—Di, tú, mira; ¿no es verdad que es todo de oro?

El chico respondió secamente:

—No lo sé.

—¡Oh, oh!… —exclamó Votino, lleno de rabia—. ¡Qué soberbia!

Mientras decía esto llegó su padre, que lo oyó; miró un rato fijamente a aquel niño, y después dijo bruscamente a su hijo:

—Calla —e inclinándose a su oído, añadió—: ¡Es ciego!

Votino se puso en pie de pronto de un salto, y miró la cara del muchacho. Tenía las pupilas apagadas, sin expresión, sin mirada.

Votino se quedó anonadado, sin palabra, con los ojos en tierra. Después balbuceó:

—¡Lo siento, no lo sabía!

Pero el ciego, que lo había comprendido todo, dijo con una sonrisa breve y melancólica:

—¡Oh, no importa nada!

Cierto que es vano; pero no tiene, en manera alguna, mal corazón Votino. En todo el paseo no se volvió a reír.

La primera nevada

Sábado 10.

¡Adiós paseos a Rívoli! Llegó la hermosa amiga de los niños. ¡Ya están aquí las primeras nieves! Ayer tarde, a última hora, cayeron copos finos y abiertos, como flores de jazmín. Era un gusto esta mañana en la escuela verla caer contra los cristales y amontonarse sobre los balcones; también el maestro miraba y se frotaba las manos; y todos estaban contentos pensando en hacer pelotas, en la nieve que vendría después, y en el hogar de la casa. Únicamente Estardo no se distraía, completamente absorto en la lección y con los puños apoyados en las sienes. ¡Qué hermosura, cuánta alegría hubo a la salida! Todos salimos a la desbandada por las calles, gritando y charlando, agarrando pelotones de nieve y zambulléndonos dentro como perrillos en el agua. Los padres que esperaban fuera ya tenían los paraguas blancos; los guardias municipales también blancos sus quepis; nuestras carteras se pusieron blancas en seguida. Todos parecían en su delirio fuera de sí; hasta Precusa, el hijo del forjador, aquel pálido que nunca se ríe, y hasta Roberto, el que salvó al niño del ómnibus, que el pobrecillo saltaba con sus muletas. El calabrés, que no había tocado nunca nieve, hizo una pelota y se puso a comérsela como un melocotón. Crosi, el hijo de la verdulera, se llenó de nieve la cartera, y el albañilito nos hizo desternillar de risa cuando mi padre le invitó a venir mañana a casa; tenía la boca llena de nieve, y no atreviéndose a escupirla ni a tragársela, se quedó atónito mirándonos, sin responder. También las maestras salían de la escuela corriendo y riendo: hasta mi maestra de primera enseñanza superior, ¡pobrecilla!, corría atravesando la nieve, preservándose la cara con su velo verde, y tosiendo. Mientras tanto, centenares de muchachas de la escuela inmediata pasaban chillando y pisoteando sobre aquella blanca alfombra, y los maestros, los bedeles y los guardias gritaban: "¡A casa, a casa!", tragando copos de nieve y quitándosela de los bigotes y de la barba. Pero también ellos se reían de aquella turba de muchachos que festejaban el " invierno...

***

"... Festejáis el invierno...; pero hay niños sin pan, sin zapatos, sin lumbre. Hay millares que bajan a las ciudades después de largo camino, llevando en sus manos, ensangrentadas por los sabañones, un pedazo de leña para calentar la escuela. Hay centenares de escuelas casi sepultadas en la nieve, desnudas y oscuras como cavernas, donde los chicos ahóganse por el humo, castañetean por el frío, mirando con terror los blancos copos que caen sin cesar, que se amontonan sin descanso sobre sus lejanas cabañas, amenazadas por el peso de los témpanos de hielo. Vosotros, niños, festejáis el invierno. ¡Pensad en los miles de criaturas a quienes el invierno trae la miseria y la muerte!

Tu padre."

El albañilito

Domingo 11.

El albañilito ha venido hoy de cazadora, vestido con la ropa de su padre, blanca todavía por la cal y el yeso. Mi padre deseaba que viniese, aún más que yo. ¡Cómo le gusta! Apenas entró, se quitó su viejísimo sombrero, que estaba todo cubierto de nieve, y se lo metió en un bolsillo; después vino hacia mí con aquel andar descuidado de cansado trabajador, volviendo aquí y allá su cabeza, redonda como una manzana, y con su nariz roma; y cuando fue al comedor dirigiendo una ojeada a los muebles, fijó sus ojos en un cuadrito que representa a "Rigoleto", un bufón jorobado, y puso la cara de hocico de conejo. Es imposible dejar de reírse al vérselo hacer. Nos pusimos a jugar con palitos; tiene una habilidad extraordinaria para hacer torres y puentes, que parece se están en pie por milagro, y trabaja en ello muy serio, con la paciencia de un hombre. Entre una y otra torre me hablaba de su familia. Viven en una buhardilla; su padre va a la escuela de adultos, de noche, a aprender a leer; su madre no es de aquí. Parece que le quieren mucho, porque aunque él viste pobremente, va bien resguardado del frío, con la ropa muy remendada y el lazo de la corbata bien hecho y anudado por su misma madre. Su padre, me dice, es un hombretón, un gigante que apenas cabe por la puerta; es bueno, y llama siempre a su hijo "hociquito de liebre"; el hijo, en cambio, es pequeñín…

A las cuatro merendamos juntos, pan y pasas, sentados en el sofá, y cuando nos levantamos, no sé por qué, mi padre no quiso que limpiara el espaldar que el albañilito había manchado de blanco con su chaqueta; me detuvo la mano y lo limpió después él sin que lo viéramos. Jugando, el albañilito se le cayó un botón de la cazadora, y mi madre se lo cosió; él se puso encarnado, y la veía coser, muy admirado y confuso, no atreviéndose ni a respirar. Después le enseñé el álbum de caricaturas, y él, sin darse cuenta, imitaba los gestos de aquellas caras, tan bien, que hasta mi padre se reía. Estaba tan contento cuando se fue, que se olvidó de ponerse el andrajoso sombrero, y al llegar a la puerta de la escalera, para manifestarme su gratitud, me hacía otra vez la gracia de poner el hocico de liebre. Se llama Antonio Rabusco y tiene ocho años y ocho meses…

***

"¿Sabes, hijo mío, por qué no quise que limpiaras el sofá? Porque limpiarle mientras tu compañero lo veía, era casi hacerle una reconvención por haberlo ensuciado, y esto no estaba bien; en primer lugar, porque no lo había hecho de intento, y en segundo, porque le había manchado con ropa de su padre, que se le había enyesado trabajando; y lo que se mancha trabajando no ensucia; es polvo, cal, barniz, todo lo que quieras, pero no suciedad. El trabajo no ensucia. No digas nunca de un obrero que sale de su trabajo: "Va sucio", debes decir: "Tiene en su ropa las señales, las huellas del trabajo". Recuérdalo. Quiere mucho al albañilito; primero, porque es compañero tuyo, y, además, porque es hijo de un obrero.

Tu padre."

Una bola de nieve

Viernes 16.

Sigue nevando, nevando. Ha sucedido un accidente desagradable esta mañana al salir de la escuela. Un tropel de muchachos, apenas llegaron a la plaza, se pusieron a hacer pelotas con aquella nieve acuosa que las hace sólidas y pesadas como piedras. Mucha gente pasaba por la acera. Un señor gritó: "¡Alto, chicos!", y precisamente en aquel momento se oyó un grito agudo en la otra parte de la calle; se vio un viejo que había perdido su sombrero y andaba vacilante, cubriéndose la cara con las manos, y a su lado un niño que gritaba: "¡Socorro, socorro!" En seguida acudió gente de todas partes. Le había dado una pelota de nieve en un ojo. Todos los muchachos corrieron a la desbandada, huyendo como saetas. Yo estaba ante la tienda del librero, donde había entrado mi padre, y vi llegar a la carrera a varios compañeros míos que se mezclaron entre los escaparates: eran Garrón, con su acostumbrado panecillo en el bolsillo; Coreta, el albañilito y Garofi, el de los sellos. Mientras tanto, se había reunido gente alrededor del viejo, y los guardias corrían de una parte a otra, amenazando y gritando: "¿Quién ha sido? ¿Quién? ¿Eres tú? Decid quién ha sido..." y miraban las manos de los muchachos para ver si las tenían humedecidas de la nieve. Garofi estaba a mi lado; reparé que temblaba mucho, y estaba pálido como un muerto. "¿Quién es? ¿Quién ha sido?", continuaba gritando la gente. Entonces vi a Garrón que dijo por la bajo a Garofi:

—Anda, ve a presentarte; sería una villanía dejar que sospechen de otro.

—¡Pero si yo no lo he hecho de intento! —respondió Garofi. temblando como la hoja en el árbol.

—No importa, cumple con tu deber —contestó Garrón.

—¡Pero si no tengo valor para confesarlo!

—Anímate, yo te acompaño.

Y los guardias y la gente gritaban cada vez más fuerte: "¿Quién es? ¿Quién ha sido? Le han metido un cristal de sus lentes en un ojo. Le han dejado ciego. ¡Perdidos!"

Yo creí que Garofi caía en tierra.

—Ven —le dijo resueltamente Garrón—; yo te defiendo. Y tomándole por un brazo lo empujó hacia adelante, sosteniéndole como a un enfermo. La gente lo vio y lo comprendió en seguida, y muchos corrieron con los puños levantados. Pero Garrón se puso en medio, gritando:

—¿Qué vais a hacer, diez hombres contra un niño?

Entonces ellos se detuvieron, y un guardia municipal apresó a Garofi y lo llevó, abriéndose paso entre la multitud, a una pastelería, donde habían refugiado al herido. Viéndolo, reconocí en seguida al viejo empleado que vive con su sobrinillo en el cuarto piso de nuestra casa. Lo habían recostado en una silla con un pañuelo en los ojos.

—¡Ha sido sin querer! —balbuceaba Garofi.

Dos personas le arrojaron violentamente en la tienda, gritando:

—¡Abajo esa cabeza! ¡Pide perdón!

Y lo echaron al suelo. Pero, de pronto, dos brazos vigorosos le pusieron en pie, y una voz resuelta dijo:

—¡No, señores!

Era nuestro director, que lo había visto todo.

—Puesto que ha tenido el valor de presentarse, nadie tiene derecho a vejarlo.

Todos permanecieron callados.

—Pídele perdón —dijo el director a Garofi.

Garofi, ahogado en llanto, abrazó las rodillas del viejo, y éste, buscando con la mano su cabeza, lo acarició cariñosamente. Entonces todos dijeron:

—Vamos, muchacho, vete a casa.

Y mi padre me sacó de entre la multitud y me preguntó en la calle:

—Enrique, en un caso análogo, ¿hubieras tenido el valor de cumplir con tu deber, de ir a confesar tu culpa?

Yo le respondí que sí. Y repuso:

—Dame tu palabra de honor de que así lo harás.

—Te doy mi palabra, padre mío.

Las maestras

Sábado 11.

Garofi estaba hoy muy atemorizado, esperando un gran regaño del maestro; pero el profesor no ha asistido, y como faltaba también el suplente, ha venido a dar la clase la señora Cromi, la más vieja de las maestras, que tiene dos hijos mayores y ha enseñado a leer y escribir a muchas señoras que ahora van a llevar a sus niños a la Escuela Bareti. Hoy estaba triste porque tenía un hijo enfermo. Apenas la vieron, empezaron a hacer gran ruido. Pero ella, con voz pausada y serena, dijo:

—Respetad mis canas: yo casi no soy ya una maestra, sino una madre.

Y entonces ninguno se atrevió a hablar más, ni aun aquel alma de cántaro de Franti, que se contentó con hacerle burla sin que lo viera. A la clase de la señora Cromi mandaron a la señora Delcato, maestra de mi hermano; y al puesto de ésta a la que llaman la monjita, porque va siempre vestida de oscuro, con un delantal negro; su cara es pequeña y la voz tan gangosa, que parece esta murmurando oraciones.

—Y es cosa que no se comprende —dice mi madre—: tan suave y tan tímida, con aquel hilito de voz siempre igual, que apenas suena, sin gritar y sin incomodarse nunca; y, sin embargo, los niños están tan quietos, que no se les oye, y hasta los más atrevidos inclinan la cabeza en cuanto les amenaza con el dedo; parece una iglesia su clase, y por eso también la llaman la monjita.

Pero hay otra que me gusta mucho: la maestra de primera enseñanza elemental número dos; una joven con la cara sonrosada, que tiene dos lunares muy graciosos en las mejillas, y que lleva una pluma encarnada en el sombrero y una crucecita amarilla colgada al cuello. Siempre está alegre; y alegre también tiene su clase; sonríe, y cuando grita con aquella voz argentina parece que canta; pega con la regla en la mesa y da palmadas para imponer silencio; después, cuando salen, corre como una niña detrás de unos y de otros para ponerlos en fila; y a éste le tira del babero, al otro le abrocha el abrigo para que no se resfríe; los sigue hasta la calle para que no se alboroten; suplica a los padres que no les castiguen en casa; lleva pastillas a los que tienen tos; presta su manguito a los que tienen frío, y está continuamente atormentada por los más pequeños, que le hacen caricias y le piden besos, tirándola del velo y del vestido; pero ella se deja acariciar y los besa a todos riendo, y todos los días vuelve a casa despeinada y ronca, jadeante y tan contenta, con sus graciosos lunares y su pluma colorada. Es también maestra de dibujo de las niñas, y sostiene con su trabajo a su madre y a su hermano.

En casa del herido

Domingo 18.

Con la maestra de la pluma encarnada está el nietecillo del viejo empleado, que fue herido en un ojo por la bola de nieve de Garofi; lo hemos visto en casa de su tío, que lo considera como un hijo. Habia concluido de escribir el cuento mensual para la semana próxima, "El pequeño escribiente florentino", que el maestro me dio a copiar, y me dijo mi padre:

—Vamos a subir al cuarto piso a ver cómo está de su ojo aquel señor.

Hemos entrado en una habitación casi oscura, donde estaba el viejo en la cama recostado, con muchos almohadones detrás de la espalda; a la cabecera estaba sentada su mujer, y a un lado el nietecillo sin hacer nada. El viejo tenía el ojo vendado. Se alegró mucho de ver a mi padre; le hizo sentar, y le dijo que estaba mejor, y que no sólo no perdería el ojo, sino que dentro de pocos días estaría curado.

—Fue una desgracia —añadió—; siento el mal rato que debió pasar aquel pobre muchacho.

Después nos ha hablado del médico, que debía venir entonces a curarle. Precisamente en aquel momento sonó la campanilla.

—Será el médico —dijo la señora.

Se abre la puerta... ¡y qué veo! Garofi, con su capote largo, de pie en el umbral, con la cabeza baja, y sin atreverse a entrar.

—¿Quién es? —pregunta el enfermo.

—Es el muchacho que tiró la pelota... —dice mi padre.

El viejo entonces exclamó:

—¡Oh, pobre niño! Ven acá; has venido a preguntar cómo está el herido, ¿no es verdad? Estoy mejor, tranquilízate; estoy mejor, casi curado. Acércate ...

Garofi, cada vez más cortado, se acercó a la cama, esforzándose por no llorar, y el viejo lo acarició, pero sin poder hablar tampoco.

—Gracias —le dijo al fin el viejo—; ve pues a decir a tus padres que todo va bien, que no se preocupen ya de esto.

Pero Garofi no se movía; parecía que tenía que decir algo, y no se atrevía.

—¿Qué tienes que decirme, qué quieres?

—Yo..., nada.

—Bien, hombre, adiós, hasta la vista; vete, pues, con el corazón tranquilo.

Garofi fue hasta la puerta; pero allí se volvió hacia el nietecillo, que le seguía y le miraba con curiosidad. De pronto sacó de debajo del capote un objeto: se lo dio al muchacho, diciéndole de prisa:

—Es para ti.

Y se fue como un relámpago. El niño enseñó el objeto a su tio; vimos que encima había un letrero que decía: "Te regalo esto". Lo miramos y lanzamos una exclamación de sorpresa. Lo que el pobre Garofi había llevado era el famoso álbum de la colección de sellos; la colección de la que hablaba siempre, sobre la cual venía fundando tantas esperanzas, y que tanto trabajo le había costado reunir; ¡era su tesoro!... ¡Pobre niño! ¡La mitad de su sangre regalaba a cambio del perdón!

El pequeño escribiente florentino
(Cuento mensual)

Estaba en la cuarta clase elemental. Era un gracioso florentino de doce años, de cabellos rubios y tez blanca, hijo mayor de cierto empleado de ferrocarriles que, teniendo mucha familia y poco sueldo, vivía con suma estrechez. Su padre lo quería mucho, y era bueno e indulgente con él; indulgente en todo menos en lo que se refería a la escuela: en esto era muy exigente y se revestía de bastante severidad, porque el hijo debía ponerse pronto en disposición de obtener otro empleo para ayudar a sostener a la familia; y para valer algo pronto, necesitaba trabajar mucho en poco tiempo; y aunque el muchacho era aplicado, el padre le exhortaba siempre a estudiar. Era ya de avanzada edad el padre, y el excesivo trabajo le había también envejecido prematuramente. En efecto, para proveer a las necesidades de la familia, además del mucho trabajo que tenía en su destino, se buscaba a la vez, aquí y allá, trabajos extraordinarios de copista, y se pasaba sin descansar en su mesa buena parte de la noche. Últimamente, de cierta casa editorial que publicaba libros y periódicos, había recibido el encargo de escribir en las fajas el nombre y la dirección de los suscriptores, y ganaba tres pesetas por cada quinientas de aquellas tirillas de papel, escritas en caracteres grandes y regulares. Pero esta tarea le cansaba, y se lamentaba de ello a menudo con la familia a la hora de comer.

—Estoy perdiendo la vista —decía—; esta ocupación de noche acaba conmigo.

El hijo le dijo un día:

—Papá, déjame trabajar en tu lugar; tú sabes que escribo regular, tanto como tú.

Pero el padre respondió:

—No, hijo, no, tú debes estudiar; tu escuela es cosa mucho más importante que mis fajas; tendría remordimiento si te privara del estudio una hora; te lo agradezco, pero no quiero; y no hables más de ello.

El hijo sabía que con su padre era inútil insistir en aquellas cosas, y no insistió. Pero he aquí lo que hizo. Sabía que a las doce en punto dejaba su padre de escribir y salía del despacho para la alcoba. Alguna vez lo había oído: en cuanto el reloj daba las doce, sentía inmediatamente el rumor de la silla que se movía y el lento paso de su padre. Una noche esperó a que estuviese ya en cama, se vistió sin hacer ruido, anduvo a tientas por el cuarto, encendió el quinqué de petróleo, se sentó en la mesa del despacho, donde había un montón de fajas blancas y la indicación de las señas de los suscriptores, y empezó a escribir imitando todo lo que pudo la letra de su padre. Y escribía contento, con gusto, aunque con miedo; las fajas escritas aumentaban, y de vez en cuando dejaba la pluma para frotarse las manos; después continuaba con más alegría, atento el oído y sonriente. Escribió ciento sesenta: ¡cerca de una peseta! Entonces paró; dejó la pluma donde estaba, apagó la luz y se volvió a la cama de puntillas.

Aquel día, a las doce, el padre se sentó a la mesa de buen humor. No había advertido nada. Hacía aquel trabajo mecánicamente, contando las horas, pensando en otra cosa, y no contando las fajas escritas hasta el día siguiente. Sentado a la mesa con buen humor y poniendo la mano en el hombro de su hijo, le dijo:

—¡Eh, Julio, mira qué buen trabajador es tu padre! En dos horas ha trabajado anoche un tercio más de lo que acostumbra. La mano aún está ágil, y los ojos cumplen todavía con su deber.

Julio, muy contento, se decía para sí:

—¡Pobre padre! Además de la ganancia le he proporcionado también esta satisfacción: la de creerse rejuvenecido. ¡Animo, pues!

Alentado por el éxito, la noche siguiente, en cuanto dieron las doce, se levantó otra vez y se puso a trabajar. Y lo mismo siguió haciendo varias noches. Su padre seguía también sin advertir nada. Sólo una vez, cenando, se le ocurrió esta observación:

—¡Es raro: cuánto querosén se gasta en esta casa de algún tiempo a esta parte!

Julio se estremeció; pero la conversación no pasó de allí, y el trabajo nocturno siguió adelante.

Lo que ocurrió fue que, interrumpiéndose así el sueño todas las noches, Julio no descansaba bastante; por la mañana se levantaba rendido aún, y por la noche, al estudiar, le costaba trabajo tener los ojos abiertos. Una noche, por la primera vez en su vida, se quedó dormido sobre los apuntes.

—¡Vamos, vamos! —le gritó su padre dando una palmada—. ¡Al trabajo!

Se asustó y volvió a ponerse a estudiar. Pero la noche y los días siguientes continuaba la cosa lo mismo, y aún peor: daba cabezadas sobre los libros, se despertaba más tarde de lo acostumbrado; estudiaba las lecciones con violencia, y parecía que le disgustaba el estudio. Su padre empezó a observarlo; después se preocupó de ello, y, al fin, tuvo que reprenderle. Nunca lo había tenido que hacer por esta causa.

—Julio —le dijo una mañana —, tú te descuidas mucho, no eres ya el de otras veces. No quiero esto. Todas las esperanzas de la familia se cifraban en ti. Estoy descontento. ¿Comprendes?

A este único regaño, el verdaderamente severo que había recibido, el muchacho se turbó.

—Sí, es verdad —murmuró entre dientes—, así no se puede continuar; es menester que el engaño concluya.

Pero la noche de aquel mismo día, en la comida, exclamó con alegría su padre:

—¡Sabed que en este mes he ganado en las fajas treinta y dos pesetas más que el mes pasado!

Y diciendo esto, sacó a la mesa un cartucho de dulces que había comprado para celebrar con sus hijos la ganancia extraordinaria, que todos acogieron con júbilo. Entonces Julio cobró ánimo y pensó para sí:

"¡No, pobre padre, no cesaré de engañarte; haré mayores esfuerzos para estudiar mucho de día; pero continuaré trabajando de noche para ti y para todos los demás!"

Y añadió el padre:

—¡Treinta y dos pesetas!... Estoy contento... Pero hay otra cosa —y señaló a Julio— que me disgusta.

Y Julio recibió la reconvención en silencio, conteniendo dos lágrimas que querían salir, pero sintiendo, al mismo tiempo, en el corazón cierta dulzura. Y siguió trabajando con ahinco; pero acumulándose un trabajo a otro, le era cada vez más difícil resistir. La cosa duró casi dos meses. El padre continuaba reprendiendo al muchacho y mirándolo cada vez más enojado. Un día fue a preguntar por el maestro, y éste le dijo:

—Sí, cumple, porque tiene buena inteligencia; pero no está tan aplicado como antes. Se duerme, bosteza, está distraído, sus apuntes los hace cortos, de prisa, con mala letra. Él podría hacer mucho más, pero mucho más.

Aquella noche el padre llamó al hijo aparte y le hizo reconvenciones más severas que las que hasta entonces le había hecho.

—Julio, tú ves que yo trabajo, que yo gasto mi vida por la familia. Tú no me secundas, tú no tienes lástima de mí, ni de tus hermanos, ni aun de tu madre.

—¡Ah, no, no diga usted eso, padre mío! —gritó el hijo ahogado en llanto, y abrió la boca para confesarlo todo.

Pero su padre le interrumpió, diciendo:

—Tú conoces las condiciones de la familia: sabes que hay necesidad de hacer mucho, de sacrificarnos todos. Yo mismo debía doblar mi trabajo. Yo contaba estos meses últimos con una gratificación de cien pesetas en el ferrocarril, y he sabido esta mañana que ya no la tendré.

Ante esta noticia, Julio retuvo en seguida la confesión que estaba por escaparse de sus labios, y se dijo resueltamente a sí mismo:

"No, padre mío, no te diré nada; guardaré el secreto para poder trabajar por ti; del dolor que te causo te compenso de este modo; en la escuela estudiaré siempre lo bastante para salir del paso; lo que importa es ayudar para ganar la vida y aligerarte de la ocupación que te mata."

Siguió adelante, transcurrieron otros dos meses de tarea nocturna y de pereza de día, de esfuerzos desesperados del hijo y de amargas reflexiones del padre. Pero lo peor era que éste se iba enfriando poco a poco con el niño, y no le hablaba sino raras veces, como si fuera un hijo desnaturalizado del que nada hubiese que esperar, y casi huía de encontrar su mirada, Julio lo advertía, sufría en silencio, y cuando su padre volvía la espalda le mandaba un beso furtivamente, volviendo la cara con sentimiento de ternura compasiva y triste; mientras tanto el dolor y la fatiga lo demacraban y le hacían perder el color, obligándole a descuidarse cada vez más en sus estudios. Comprendía perfectamente que todo concluiría en un momento, la noche que dijera: "Hoy no me levanto"; pero al dar las doce, en el instante en que debía confirmar enérgicamente su propósito, sentía remordimiento, le parecía que, quedándose en la cama, faltaba a su deber, que robaba una peseta a su padre y a su familia; y se levantaba pensando que cualquier noche que su padre se despertara y lo sorprendiera, o que por casualidad se enterara contando las fajas dos veces, entonces terminaría naturalmente todo, sin un acto de su voluntad, para el cual no se sentía con ánimos. y así continuó la cosa.

Pero una tarde, en la comida, el padre pronuncia una palabra decisiva para él. Su madre lo miró, y pareciéndole que estaba más echado a perder y más pálido que de costumbre, le dijo:

—Julio no está bien; ¡mira qué pálido está! Julio mío, ¿qué tienes?

El padre le miró de reojo y dijo:

—La mala conciencia hace que tenga mala salud. No estaba así cuando era estudiante aplicado e hijo cariñoso.

—¡Pero está malo! —exclamó la mamá.

—¡Ya no me importa! —respondió el padre.

Aquella palabra le hizo el efecto de una puñalada en el corazón al pobre muchacho. ¡Ah! Ya no le importaba su salud a su padre, que en otro tiempo temblaba de oírlo toser solamente. Ya no le quería, pues: había muerto en el corazón de su padre. "¡Ah, no, padre mío! —dijo para sí con el corazón angustiado—; ahora acaba esto de veras; no puedo vivir sin tu cariño, lo quiero todo; todo te lo diré, no te engañaré más y estudiaré como antes, suceda lo que suceda, para que tú vuelvas a quererme, padre mío. ¡Oh, estoy decidido en mi resolución!"

Sin embargo, aquella noche se levantó todavía, más bien por fuerza de la costumbre que por otra causa, y cuando se levantó quiso ir a saludar, a volver a ver por algunos minutos, en el silencio de la noche, por última vez, aquel cuarto donde había trabajado tanto secretamente, con el corazón lleno de satisfacción y de ternura.

Y cuando se volvió a encontrar en la mesa con la luz encendida, y vio aquellas fajas blancas sobre las cuales no iba ya a escribir más aquellos nombres de ciudades y de personas que se sabía de memoria, le entró una gran tristeza e involuntariamente tomó la pluma para reanudar el trabajo acostumbrado. Pero al extender la mano tocó un libro, y éste se cayó. Se quedó helado. Si su padre se despertaba..., cierto que no le habría sorprendido cometiendo ninguna mala acción, y que él mismo había decidido contárselo todo; sin embargo..., al oír acercarse aquellos pasos en la oscuridad, el ser sorprendido a aquella hora con aquel silencio, el que su madre se hubiese despertado y asustado, el pensar que por lo pronto su padre hubiera experimentado una humillación en su presencia descubriéndolo todo... Todo esto casi le aterraba. Aguzó el oído, suspendiendo la respiración. No oyó nada. Escuchó por la cerradura de la puerta que tenía detrás: nada. Toda la casa dormía. Su padre no había oído. Se tranquilizó y volvió a escribir. Las fajas se amontonaban una sobre otras. Oyó el paso cadencioso de la guardia municipal en la desierta calle; luego, ruido de carruajes, que cesó al cabo de un rato; después, pasado algún tiempo, el rumor de una fila de carros que pasaron lentamente; más tarde, silencio profundo, interrumpido de vez en cuando por el ladrido de algún perro. Y siguió escribiendo. Entretanto, su padre estaba detrás de él; se había levantado cuando se cayó el libro, y esperó buen rato: el ruido de los carros había cubierto el rumor de sus pasos y el ligero chirrido de las hojas de la puerta, y estaba allí, con su blanca cabeza, sobre la negra cabecita de Julio. Había visto correr la pluma sobre las fajas, en un momento todo lo había olvidado. Lo había recordado y comprendido todo, y un arrepentimiento desesperado, una ternura inmensa había invadido su alma, y lo tenía clavado allí, detrás de su hijo. De repente, dio Julio un grito agudísimo; dos brazos convulsos le habían asido por la cabeza.

—¡Oh, padre mío, perdóname! —gritó, reconociendo a su padre llorando.

—¡Perdóname tú a mí! —respondió el padre sollozando y cubriendo su frente de besos—. Lo he comprendido todo, todo lo sé; yo soy quien te pido perdón, santa criatura mía. ¡Ven, ven conmigo!

Y le empujó, más bien que llevó a la cama de su madre, despierta, y arrojándolo entre sus brazos le dijo:

—Besa a nuestro hijo, a este ángel, que desde hace varios meses no duerme y trabaja por mí, y yo he contristado su corazón mientras él nos ganaba el pan.

La madre lo tomó y apretó contra su pecho, sin poder articular una palabra; después dijo:

—A dormir en seguida, hijo mío; ve a dormir y a descansar. ¡Llévalo a la cama!...

El padre le alzó en brazos, lo llevó a su cuarto, le metió en la cama, siempre jadeante y acariciándolo, y le arregló las almohadas y la colcha.

—Gracias, padre —repetía el hijo—, gracias; pero ahora vete tú a la cama; ya estoy contento; vete a la cama, papá.

Pero su padre quería verlo dormido, y sentado a la cabecera de su cama le tomó la mano y dijo:

—¡Duerme, duerme, hijo mío!

Y Julio, rendido, se durmió, por fin, y durmió muchas horas, gozando por primera vez, después de muchos meses, de un sueño tranquilo, alegrado por rientes ensueños; y cuando abrió los ojos, después de un buen rato de alumbrar ya el sol, sintió primero y vio despues cerca de su pecho, apoyada sobre la orilla de la cama, la blanca cabeza de su padre, que había pasado así la noche, y dormía aún, con la frente reclinada al lado de su corazón.

La voluntad

Miércoles 28.

Hay en mi clase un tal Estardo, que sería capaz de hacer lo que hizo el pequeño florentino. Esta mañana ocurrieron dos acontecimientos en la escuela: Garofi, loco de alegría porque le habían devuelto su álbum con el aumento de tres sellos de la república de Guatemala, que él buscaba hacía tres meses, y Estardo, que había obtenido la segunda medalla. ¡Estardo, el primero en la clase después de Deroso! Todos nos admiramos. Quién lo hubiera dicho en octubre, cuando su padre lo llevó a la escuela metido en aquel gabán verde y dijo al maestro delante de todos:

—¡Tenga con él mucha paciencia, porque es muy tardo para comprender!

Todos al principio le creían un adoquín. Pero él dijo:

—O reviento, o salgo adelante…

Y se puso a estudiar con fe, de día y de noche, en casa, en la escuela y en el paseo, con los dientes apretados y cerrados los puños, paciente como un buey, terco como un mulo, y así, a fuerza de machacar, no haciendo caso de las bromas y pegando puntapiés a los revoltosos, ha pasado por delante de los demás aquel testarudo. No comprendía una palabra de aritmética; llenaba de disparates los apuntes; no acertaba a retener en su memoria un párrafo, y ahora resuelve problemas, escribe correctamente, y dice las lecciones como un papagayo. Se adivina su voluntad de hierro cuando se ve su figura; tan grueso, con la cabeza cuadrada y sin cuello, con las manos cortas y gordas y con su voz áspera. Estudia hasta en las columnas de los periódicos y en los anuncios de los teatros, y cada vez que junta dos reales se compra un libro; ha reunido ya así una pequeña biblioteca, y en un momento de buen humor se le escapó decirme que me llevaría a su casa para verla. No habla con nadie, con nadie juega, y siempre está allí en su banco, con las manos en las sienes, firme como una roca, oyendo al maestro. ¡Cuánto debe haber trabajado el pobre Estardo! El maestro le dijo esta mañana, aunque estaba impaciente y de mal humor, cuando le dio la medalla:

—¡Bravo, Estardo; quien trabaja, vence!

Pero él no parecía estar enorgullecido; no se sonrió, y apenas volvió al banco con su medalla tornó a apoyar las sienes en los puños, y se quedó más inmóvil que antes. Mas lo mejor fue a la salida, que estaba esperándolo su padre un sangrador, grueso y tosco como él, una figura con voz de trueno. Él no se esperaba aquella medalla, y no lo quería creer; fue menester que el maestro le asegurase, y entonces se echó a reír de gusto, y dio una palmada al hijo en la cabeza, diciéndole en alta voz:

—¡Bravo, bien, testarudo mío!

Y lo miraba atónito, sonriendo. Y todos los muchachos que estaban alrededor se sonreían también, excepto Estardo. Éste rumiaba ya en su cabeza la lección del día siguiente.

Gratitud

Sábado 31.

"Tu compañero Estardo no se quejará nunca de su maestro, estoy seguro; el profesor tiene mal genio y se impacienta; tú lo dices como si fuese una cosa rara. Piensa cuántas veces te impacientas tú; ¿y con quién? Con tu padre y con tu madre, con los cuales tu impaciencia es un delito. ¡Bastante razón tiene tu maestro para impacientarse alguna vez! Piensa en los años que hace que lidia con muchachos, y que si hay muchos cariñosos y agradables, encuentra también muchos ingratos que abusan de su bondad y desconocen sus cuidados, y que después de todo, entre tantos, son más las amarguras que las satisfacciones. Piensa que el hombre más santo de la tierra, puesto en su lugar, se dejaría llevar de la ira alguna vez. Y después, ¡si supieses cuántas veces el maestro concurre enfermo a dar su clase, sólo porque no tiene una enfermedad bastante grave para dispensarle de la asistencia a la escuela, y que se impacienta porque sufre y le produce sentimiento ver que los demás no lo advierten o abusan de él! Respeta y quiere a tu maestro, hijo mío. Quiérele, porque tu padre le respeta, porque consagra su vida al bien de tantos niños que luego le olvidan; quiérele, porque te abre e ilumina la inteligencia y te educa el corazón; porque un día, cuando seas hombre y no estemos ya en el mundo ni él ni yo, su imagen se presentará a veces en tu mente al lado de la mía, y entonces te acordarás de ciertas expresiones de dolor y de cansancio de su cara apacible de hombre honrado, en la cual ahora no te fijas; lo recordarás y te dará pena, aun después de treinta años; y te avergonzarás, sentirás tristeza de no haberlo querido bastante, de haberte portado tan mal con él. Quiere a tu maestro, porque pertenece a esa gran familia de cincuenta mil profesores elementales esparcidos por nuestra patria, que son como los padres intelectuales de millones de muchachos que contigo crecen; trabajadores mal comprendidos y mal recompensados, que preparan para nuestra nación una generación mejor que la presente. No estaré satisfecho de tu cariño hacia mí si no lo tienes igualmente para todos los que te hacen bien, entre los cuales tu maestro es el primero, después de tu padre. Quiérele como querrías a un hermano mío; quiérele cuando te acaricie y cuando te regañe; cuando es justo contigo y cuando te parezca injusto; quiérele cuando esté alegre y afable, y quiérele más aún cuando lo veas triste. Quiérele siempre. Pronuncia perpetuamente con respeto el nombre de maestro, que, después del de padre, es el nombre más dulce que puede dar un hombre a un semejante suyo.

Tu padre."

Enero

El maestro suplente

Miércoles 4.

Tenía razón mi padre: el maestro estaba de mal humor porque no se encontraba bien; y desde hace tres días, en efecto, viene en su lugar el suplente, aquel pequeño, sin barba, que parece un jovencito. Una cosa desagradable sucedió esta máñana. Ya el primero y el segundo día habían hecho ruido en la escuela, porque el suplente tiene una gran paciencia y no hace más que decir: "Estad callados; os ruego que os calléis". Pero esta mañana se colmó la medida. Se produjo un ruido tan grande, que no se oían sus palabras; y él amonestaba, suplicaba, pero no le hacían caso. Dos veces el director se asomó a la puerta y miró. Pero en cuanto él se iba, crecía el ruido como en las plazuelas. Garrón y Deroso no hacían más que decir por señas a sus compañeros que callasen, que era una vergüenza. Nadie les hacía caso. Estardo era el único que se estaba quieto, con los codos en el banco y los puños en las sienes, pensando quizá en su famosa biblioteca, y Garofi, el de la nariz en forma de gancho, el de los sellos, estaba muy ocupado en hacer el sorteo, a dos céntimos papeleta, de un tintero de bolsillo. Los demás charlaban y reían, hacían ruidos con las puntas de las plumas clavadas en las bancas, y se tiraban bolitas de papel con los elásticos de las botas. El suplente agarraba por el brazo, ya a uno, ya a otros, y los sacudía, y hasta puso a uno de rodillas; todo inútil. No sabía ya a qué santo encomendarse, y les exhortaba diciendo:

—Pero, ¿por qué hacéis esto? ¡Queréis obligarme a regañarlos?

Después pegaba con el puño sobre la mesa, y gritaba sofocado por el llanto y la rabia:

—¡Silencio! ¡Silencio! ¡Silencio!

Daba lástima oírle. Pero el griterío seguía creciendo. Franti le tiró una flechilla de papel; unos hacían el gato; otros se pegaban cachetes; era un desbarajuste imposible de describir. De pronto entró el portero y dijo:

—Señor profesor, el director le llama.

El maestro se levantó y salió corriendo, desesperado. El barullo se hizo entonces más fuerte. Pero, de pronto, Garrón subió a la plataforma descompuesto, y apretando los puños gritó, ahogado por la ira:

—¡Acabad! Sois unos brutos. Abusáis porque es bueno. Si les machacara los huesos, estaríais sumisos como perros. Sois una cuadrilla de cobardes. Al primero que haga ahora alguna cosa, le espero fuera y le rompo las narices, lo juro; ¡aunque sea en presencia de su padre!

Todos callaron. ¡Ah! ¡Qué interesante estaba Garrón echando chispas por los ojos! Parecía un leoncillo furioso. Miró uno por uno a los más descarados, y todos bajaron la cabeza. Cuando el suplente volvió, con los ojos enrojecidos en sangre, no se sentía el vuelo de una mosca. Se quedó atónito. Pero después, cuando vio a Garrón, aun muy encarnado y temblando, lo comprendió todo y le dijo con expresión cariñosa, como se lo hubiese dicho a un hermano:

—¡Gracias, Garrón!

La biblioteca de Estardo

He ido a casa de Estardo, que vive enfrente de la escuela, y he sentido verdaderamente envidia al ver su biblioteca. No es en manera alguna rico, no puede comprar muchos libros, pero conserva con gran cuidado los de la escuela y los que le regalan sus padres; y, además, cuantas monedas le dan las pone aparte y las gasta en la librería; de este modo ha reunido ya una pequeña biblioteca, y cuando su padre ha advertido esta afición, le ha comprado un bonito estante de nogal con cortinas verdes, y ha hecho encuadernar todos los volúmenes en los colores que a él más le gustan. Así, ahora, él tira de un cordoncito, la cortina verde se descorre y se ven tres filas de libros de todos colores, muy bien arreglados, limpios, con los títulos en letras doradas en el lomo: libros de cuentos, de viajes y de poesías, y algunos ilustrados con láminas. Él sabe combinar perfectamente los colores; pone los volúmenes blancos junto a los encarnados, los amarillos al lado de los negros, y junto a los blancos los azules, de modo que se vean de lejos y presenten buen aspecto; luego se divierte variando las combinaciones. Ha hecho un catálogo, y está como el de un bibliotecario. Siempre anda a vueltas con sus libros, limpiándoles el polvo, hojeándolos, examinando sus encuadernaciones: hay que ver con qué cuidado los abre con sus manos chicas y regordetas, soplando las hojas: parece que todos están nuevos todavía. ¡Yo en cambio tengo tan estropeados los míos! Para él cada libro nuevo que compra es una delicia abrirlo, ponerlo en su sitio y volver a tomarlo para mirarlo por todos lados y guardarlo después como un tesoro. No hemos visto otra cosa en una hora. Tiene los ojos malos de tanto leer. Estando yo allí, entró en el cuarto su padre, que es grueso y tosco como él, y tiene la cabeza como la suya. Le dio dos o tres palmadas en el cuello, y me dijo con aquel vozarrón:

—¿Qué me dices de esta cabeza de hierro? Es testarudo, llegará a ser algo: yo te lo aseguro.

Y Estardo entornaba los ojos al recibir aquellas rudas caricias, como un perro de caza.

Yo no sé por qué, pero no me atrevo a bromear con él; no me parece cierto que tenga solamente un año más que yo; y cuando me dijo: "Hasta la vista", en la puerta, con aquella cara redonda, siempre bronceada, poco me faltó para responderle:

—Beso a usted la mano como a un caballero. Se lo dije después a mi padre en casa.

—No lo comprendo: Estardo no tiene talento, carece de buenas maneras, su figura es casi ridícula, y sin embargo me infunde respeto.

—Porque es un carácter —respondió mi padre.

Y añadí yo:

—En una hora que he estado con él no ha pronunciado cincuenta palabras, no me ha enseñado un juguete, no se ha reído una vez, y, pese a todo, he estado tan contento.

—Porque lo estimas —añadió mi padre.

El hijo del herrero

Sí, pero también aprecio a Precusa y aun me parece poco decir que lo aprecio. Precusa, el hijo del herrero, aquel pequeño, pálido, de ojos grandes y tristes, que parece estar siempre asustado, tan corto que siempre está pidiendo perdones, siempre enfermucho y, no obstante, estudiando incesantemente. El padre entra en casa borracho, le pega sin motivo, le tira los libros y los apuntes de un revés; y el pobre va a la escuela con el semblante lívido, a veces con la cara hinchada y los ojos inflamados de tanto llorar. Pero nunca se le oye decir que su padre le ha pegado.

—¿Te ha castigado tu padre? —le preguntan los compañeros. Y él dice en seguida:

—No, no es verdad… —por no dejar en mal lugar a su padre.

—¿Esta hoja la has quemado tú? —le dice el maestro enseñándole su trabajo medio quemado.

—Sí —responde él con voz temblona—; he sido yo quien la ha dejado caer en la lumbre.

Y, sin embargo, sabemos nosotros muy bien que su padre, borracho, ha dado un puntapié a la mesa y a la luz cuando él escribía sus apuntes. Vive en una buhardilla de nuestra casa, de la otra escalera, y la portera se lo cuenta todo a mi madre. Mi hermana Silvia le oyó gritar desde la azotea, un día que su padre le hacía bajar la escalera a saltos, porque le había pedido dinero para comprar una gramática. Su padre bebe y no trabaja, y la familia se muere de hambre. ¡Cuántas veces el pobre Precusa va a la escuela en ayunas, y come a escondidas algún pedazo de pan que le da Garrón, o una manzana que le lleva la maestra de la pluma encarnada, que fue profesora suya en la clase de primera! Pero jamás se le ha oído decir: "Tengo hambre; mi padre no me da de comer". Su padre va alguna vez a buscarlo cuando pasa por casualidad delante de la escuela, pálido, tambaleándose, con la mirada torva, el pelo en los ojos y la gorra al revés; y el pobre muchacho tiembla cuando le ve en la calle; pero en seguida corre a su encuentro sonriendo, y el padre que no le ve y piensa en otra cosa. ¡Pobre Precusa! Él se recose sus cuadernos rotos, pide libros prestados para estudiar, sujeta los puños de la camisa con alfileres, y da lástima verlo hacer gimnasia en aquellos zapatos donde siempre nada, con aquellos calzones que se le caen de anchos y en aquel chaquetón demasiado largo, cuyas mangas tiene que remangarse hasta los codos. Y se empeña en estudiar; sería uno de los primeros de la clase si pudiese trabajar tranquilo en su casa. Esta mañana ha ido a la escuela con la señal de un arañazo, y todos le dijeron:

—Tu padre te lo ha hecho; esta vez no puedes negarlo. ¡Dícelo al director para que haga que la autoridad lo llame!

Pero él se levantó muy encarnado, y con la voz ahogada por la indignación, gritó:

—¡No, no es verdad; mi padre no me pega nunca!

Pero después, durante la clase, se le caían las lágrimas sobre el banco, y cuando alguien le miraba, se esforzaba en sonreír para no denunciarse. ¡Pobre Precusa! Mañana vendrán a casa Deroso, Coreta y Nelle: quiero que venga él también. Pienso darle gran merienda, regalarle libros, poner en revolución toda la casa para divertirlo y llenarle los bolsillos de frutas con tal de verlo siquiera una vez contento. ¡Pobre Precusa, eres tan bueno y tan sufrido!

Una visita agradable

Jueves 12.

Hoy ha sido uno de los jueves más hermosos para mí. A las dos en punto vinieron a casa Deroso y Coreta con Nelle, el jorobadito; a Precusa no le dejó venir su padre. Deroso y Coreta se estaban riendo todavía porque habían encontrado en la calle a Crosi, el hijo de la verdulera, el del brazo inmóvil y el cabello rojo, que llevaba a vender una col grandísima, y con el dinero de la col tenía que comprar después una pluma, y estaba muy contento porque su padre le había escrito de América que le esperasen de un día a otro. ¡Oh, qué par de horas tan buenas hemos pasado juntos! Deroso y Coreta son los más alegres de la clase: mi padre se queda embobado mirándolos. Coreta lleva su chaqueta color de chocolate y su gorra de piel. Es un diablo que siempre quiere hacer algo: trajinar, no estar ocioso.

Ya había llevado por la mañana temprano media carreta de leña sobre le espalda, y, sin embargo, corrió por toda la casa, mirándolo todo y hablando sin cesar, vivo y listo como una ardilla; cuando estuvo en la cocina, preguntó a la cocinera cuánto le cuestan diez kilos de leña, que su padre da a cuarenta y cinco céntimos. Siempre está hablando de su padre; de cuando fue soldado del regimiento 49, en la batalla de Custoza, en la que se encontró, en la división del príncipe Humberto; y es muy delicado en sus maneras. Aunque ha nacido y se ha criado entre leña, tiene distinción en la sangre, en el corazón, como dice mi padre. Deroso conoce la geografía como un maestro; cerraba los ojos y decía:

—Veo toda la Italia, los Apeninos, que se prolongan hasta el mar Jónico; los ríos que corren de aquí allá; las ciudades blancas, los golfos, las azules aguas, las islas verdes —y decía los nombres exactos, por su orden, muy de prisa, como si los leyera en el mapa, y al verlo así, con aquella cabeza levantada, con sus rizos rubios, cerrados los ojos, vestido de azul con botones dorados, esbelto y proporcionado como una estatua, estábamos admirados todos. En una hora se había aprendido de memoria cerca de tres páginas, que deberá recitar pasado mañana en los funerales de Víctor Manuel. Nelle también le miraba con admiración y con cariño, estirando la falda de su delantal negro, y sonriendo con aquellos ojos claros y melancólicos. Me gustó muchísimo aquella visita, dejándome gratas impresiones en el corazón y en la memoria. Y hasta me agradó, cuando se fueron, ver al pobre Nelle entre los dos altos y robustos, que le llevaban a casa del brazo, haciéndole reír como yo no recuerdo haber visto reír. Al volver a entrar en el comedor, noté que no estaba allí el cuadro que representaba a Rigoleto, el bufón jorobado. Lo había quitado mi padre para que Nelle no lo viese.

Los funerales de Víctor Manuel

Enero 17.

Hoy a las dos, apenas habíamos entrado en la escuela, el maestro llamó a Deroso, el cual se puso junto a la mesa, enfrente de nosotros; con su acento sonoro alzando cada vez más su clara voz, y con el semblante animado, empezó:

—Cuatro años hace que en este día y a esta misma hora llegaba delante del panteón, en Roma, el carro fúnebre que conducía el cadáver de Víctor Manuel II, primer rey de Italia, muerto después de veintinueve años de reinado, durante los cuales la gran patria italiana, despedazada en siete Estados, oprimida por extranjeros y tiranos, había obtenido su unidad, independiente y libre; después de veintinueve años de reinado, que había ilustrado y dignificado con su valor, con su lealtad, con el atrevimiento en los peligros, con la prudencia en los triunfos, con la constancia en la adversidad. Llegaba el carro fúnebre cargado de coronas, después de haber recorrido toda Roma bajo una lluvia de flores, entre el silencio de su inmensa multitud enternecida, venida a la capital de todas partes de Italia; precedido de generales y de príncipes seguido de un cortejo de inválidos, de un bosque de banderas, de los representantes de trescientas ciudades, de todo lo que representa la gloria y el poderío de un pueblo, llegó delante del templo augusto donde le esperaba la tumba. En este momento, doce coraceros sacaron el féretro del carro. Entonces la Italia daba el ultimo adiós a su rey muerto, a su viejo rey, a quien tanto había querido: el último adiós a su caudillo, a su padre, a los veintinueve años más afortunados y gloriosos de historia patria. ¡Momento grande y solemne! La mirada, el alma de todos iba del féretro a las banderas enlutadas de los ochenta regimientos de Italia, llevadas por ochenta oficiales formados en batalla, a su paso; porque Italia estaba allí en aquellas ochenta enseñas que recordaban millares de muertos torrentes de sangre, nuestras glorias más sagradas, nuestros más santos sacrificios, nuestros dolores más tremendos. El féretro, llevado por coraceros, pasó, y entonces se inclinaron todas a un tiempo, como haciendo un saludo, las banderas de los nuevos regimientos, las viejas banderas rotas en Goito, Pastrengo, Santa Lucía, Novara, Crimera, Palestro, San Martín y Castelfidardo; cayeron ochenta velos negros, cien medallas chocaron contra el féretro, y aquel estrépito sonoro y confuso que hizo estremecerse a todos fue como el sonido de cien voces humanas que decían a un tiempo: "¡Adiós, buen rey, valiente monarca, leal soberano! Tú vivirás en el corazón de tu pueblo mientras el sol alumbre a Italia". Después, las banderas se volvieron a levantar hacia el cielo, y el rey Víctor Manuel entró en la inmortal gloria del sepulcro.

Franti, expulsado de la escuela

Sábado 21.

Sólo uno podía reírse mientras Deroso recitaba los funerales del rey, y Franti se rió. Lo aborrezco. Es un malvado. Cuando viene un padre a la escuela a reñir a su hijo delante de todos, él goza; cuando alguien llora, ríe. Tiembla ante Garrón, y pega al albañilito porque es pequeño; atormenta a Crosi porque tiene el brazo inmóvil; se burla de Precusa, a quien todos respetan, y se ríe hasta de Roberto, el de la clase segunda, que anda con muletas por haber salvado a un niño. Provoca a todos los que son más débiles que él, y cuando pega se enfurece y procura hacer daño. Hay algo que infunde repugnancia en aquella frente baja, en aquellos ojos torvos, que tiene ocultos bajo la visera de su gorra de hule. No teme a nada; se ríe del maestro, roba cuando puede, niega desvergonzadamente, siempre está de pelea con alguno, lleva a la escuela alfileres para pinchar a los más próximos, se arranca los botones de la chaqueta, se los arranca también a los demás, y los juega; y la cartera, los cuadernos, los libros, todo lo tiene deslucido, destrozado, sucio; la regla, dentellada; la pluma, consumida; las uñas, roídas; los vestidos, llenos de manchas y de roturas que se hace en las riñas. Dicen que su madre está enferma de los disgustos que le da, y que su padre le ha echado de la casa tres veces; su madre va a la escuela de vez en cuando a pedir informes, y siempre se va llorando. Él odia la escuela, a los compañeros y a los profesores. El maestro hace alguna vez como que no ve sus bribonadas; pero él no por eso se enmienda, sino que cada vez es peor. Ha probado a corregirlo por la buena, y él se burla del procedimiento. Le dice palabras terribles regañándole, y se cubre la cara con las manos como si llorara, pero se está riendo. Estuvo suspendido de la escuela por tres días, y volvió más malvado y más insolente que antes. Deroso le reconvino:

—Hombre, enmiéndate; mira que el maestro sufre con tu proceder...

Y él le amenazó con clavarle un clavo en el vientre. Pero esta mañana, por último, se le ha echado como a un perro. Mientras el maestro daba a Garrón el borrador de "El tamborcillo sardo", cuento mensual para enero, a fin de que lo copiase, puso en el suelo un petardo que estalló, haciendo retemblar la escuela como si hubiese sido un cañonazo. Toda la clase pegó una sacudida. El maestro se puso de pie y gritó:

—¡Franti, fuera de la escuela!

—¡No he sido yo! —respondió él, pero se reía.

—¡Anda fuera! —el maestro repetía.

—No me muevo —contestó.

Entonces el maestro, fuera de sí, se bajó a escape, le tomó por un brazo y le sacó del banco. Él se revolvía, apretaba los dientes; hubo que arrastrarle fuera a viva fuerza. El maestro le llevó casi en peso al director, y después volvió solo a la clase, y sentado a su mesa, tomándose la cabeza entre las manos, preocupado con tal expresión de cansando y aflicción que daba lástima verle, dijo tristemente, meneando la cabeza:

—¡Después de treinta años de profesor!...

Nadie tenía aliento ni para respirar. Las manos le temblaban de ira, y la arruga recta que tiene en medio de la frente era tan profunda, que parecía una herida.

¡Pobre maestro! Todos nos compadecimos de él.

Deroso se levantó y dijo:

—Señor maestro, no se aflija; nosotros le queremos mucho.

Entonces él se serenó algo y dijo:

—Hijos, volvamos a la lección.

El tamborcillo sardo

(Cuento mensual)

En la primera jornada de la batalla de Custozza, el 24 de julio de 1848, sesenta números de un regimiento de infantería de nuestro ejército, enviados a una altura para ocupar cierta casa solitaria, se vieron de repente asaltados por dos compañías de soldados austriacos que, atacándoles por varios lados, apenas les dieron tiempo de refugiarse en la morada y reforzar precipitadamente la puerta, después de haber dejado algunos muertos y heridos en el campo. Asegurada la puerta, los nuestros acudieron a las ventanas del piso bajo y del primer piso y empezaron a hacer certero fuego sobre los sitiadores, los cuales, acercándose poco a poco, o colocados en forma de semicírculo, respondían vigorosamente. Mandaban los sesenta soldados italianos dos oficiales subalternos y un capitán viejo, alto, seco, severo, con el cabello y el bigote blancos; estaba con ellos un tamborcillo sardo, muchacho de poco más de catorce años, que representaba escasamente doce, de cara morena aceitunada, con ojos negros y hundidos, que echaban chispas. El capitán, desde una habitación del piso primero, dirigía la defensa dando órdenes que parecían pistoletazos, sin que se viera en su cara de hierro ningún signo de conmoción. El tamborcillo, un poco pálido, pero firme sobre sus piernas, subido sobre una mesa, alargaba el cuello, agarrándose a las paredes para mirar fuera de las ventanas, y veía a través del humo, por los campos, las blancas divisas de los austriacos, que iban avanzando lentamente. La casa, situada en lo alto de una escabrosísima pendiente, no tenía en la parte de la cuesta más que una ventanilla alta, correspondiente a un cuarto del último piso; por eso los austriacos no amenazaban la casa por aquella parte, y en la cuesta no había nadie; el fuego se hacía contra la fachada y los dos flancos.

Pero era un fuego infernal, una nutrida granizada de balas, que por la parte de afuera rompía paredes y despedazaba tejas y por dentro deshacía techumbres, muebles, puertas, arruinándolo todo, arrojando al aire astillas, nubes de yeso y fragmentos de trastos, de útiles, de cristales; silbando, rebotando, rompiéndolo todo con un fragor que ponía los cabellos de punta. De vez en cuando, uno de los soldados que tiraban desde las ventanas caía, dentro, al suelo, y era echado a un lado. Algunos iban vacilantes de cuarto en cuarto, apretándose la herida con las manos. En la cocina había ya un muerto con la frente abierta. El cerco de los enemigos se estrechaba. Llegó un momento en que se vio al capitán, hasta entonces impasible, dar muestras de inquietud y salir precipitadamente del cuarto seguido de un sargento. Al cabo de tres minutos volvió a la carrera el sargento y llamó al tamborcillo, haciéndole seña de que le siguiese. El muchacho le siguió, subiendo a escape por una escalera de madera, y entró con él en una buhardilla desmantelada, donde vio al capitán que escribía con lápiz en una hoja, apoyándose en la ventanilla, y teniendo a sus pies sobre el suelo una cuerda de pozo.

El capitán dobló la hoja y dijo bruscamente, clavando sobre el muchacho sus pupilas grises y frías, ante las cuales todos los soldados temblaban:

—¡Tambor!

El tamborcillo se llevó la mano a la visera.

—¿Tú tienes valor? —preguntó el capitán.

Los ojos del muchacho relampaguearon.

—Sí, mi capitán —respondió.

—Mira allá abajo —dijo el militar llevándole a la ventana—, en el suelo junto a la casa de Villafranca, donde brillan aquellas bayonetas. Allí están los nuestros, inmóviles. Toma este papel, agárrate a la cuerda, baja por la ventanilla, atraviesa a escape la cuesta, corre por los campos, llega donde están los nuestros, y da el papel al primer oficial que veas. Quítase el cinturón y la mochila.

El tambor se quitó el cinturón y la mochila, y se colocó el papel en el bolsillo del pecho; el sargento echó afuera la cuerda y agarró con las dos manos uno de los extremos; el capitán ayudó al muchacho a saltar por la ventana, vuelto de espaldas al campo.

—Ten cuidado —le dijo—; la salvación del destacamento está en tu valor y en tus piernas.

—Confíe usted en mí, mi capitán —dijo el tambor saliéndose fuera.

—Agáchate al bajar —dijo el capitán, agarrando la cuerda a la vez que el sargento.

—No tenga usted cuidado.

—Dios te ayude.

A los pocos momentos el tamborcillo estaba en el suelo; el sargento tiró de la cuerda para arriba y desapareció; el capitán se asomó precipitadamente a la ventanilla, y vio al muchacho que corría por la cuesta abajo.

Esperaba ya que hubiese conseguido huir sin ser observado, cuando cinco o seis nubecillas de polvo que se destacaron del suelo, delante y detrás del muchacho, le advirtieron que había sido descubierto por los austriacos, los cuales tiraban hacia abajo, desde lo alto de la cuesta. Aquellas pequeñas nubes eran de tierra echada al aire por las balas. Pero el tambor seguía corriendo precipitadamente. Al cabo de un rato, exclamó consternado:

—¡Muerto!

Pero no había acabado de decir la palabra, cuando vio levantarse al tamborcillo. "¡Ah, no ha sido más que una caída!", dijo para sí; y respiró. El tambor, en efecto, volvió a correr con todas sus fuerzas, pero cojeaba. "Se ha torcido un pie", pensó el capitán. Alguna nubecilla de polvo se levantaba aquí y allí, en torno del muchacho, pero siempre más lejos. Estaba a salvo. El capitán lanzó una exclamación de triunfo. Pero siguió acompañándolo con los ojos, temblando, porque era cuestión de minutos. Si no llegaba pronto abajo con la esquela en que pedía inmediato socorro, todos sus soldados caerían muertos, o tenía que rendirse y caer prisionero con ellos. El muchacho corría rápidamente un rato; después detenía el paso cojeando; tomaba carrera luego de nuevo, pero a cada instante necesitaba detenerse. "Quizá ha sido una contusión en el pie por una bala", pensó el capitán. Y reparaba temblando todos sus movimientos; y excitado, le hablaba como si pudiese oírlo. Medía incesantemente con la vista el espacio que mediaba entre el muchacho que corría y el círculo de armas que veía allá lejos en la llanura, en medio de los campos de trigo, dorados por el sol. Entretanto oía el silbido y el estruendo de las balas en las habitaciones de abajo, las voces de mando y los gritos de rabia de los oficiales y sargentos; los agudos lamentos de los heridos, y el ruido de los muebles que se rompían y del yeso que se desmoronaba. "¡Ánimo! ¡Valor!", gritaba, siguiendo con la mirada al tamborcillo que se alejaba. "¡Adelante! ¡Corre!... ¡Se para!... ¡Maldición! ¡Ah, vuelve a emprender la marcha!" Un oficial sube anhelante a decirle que los enemigos, sin interrumpir el fuego, ondean un pañuelo blanco para intimar la rendición.

—¡Que no se responda! —gritó el capitán, sin apartar la mirada del muchacho, que estaba ya en la llanura, pero que no corría ya, y parecía que desalentaba al llegar. "¡Anda!... ¡Corre!...", decía el capitán apretando los dientes y los puños: "Desángrate, muere, desgraciado, pero llega". Después lanzó una imprecación horrible:

—¡Ah! ¡El infame holgazán se ha sentado!

En efecto, el muchacho, que hasta entonces se le había visto sobresalir la cabeza por encima de un campo de trigo, se había perdido de vista, como si se hubiese caído. Pero al cabo de un momento, su cabeza volvió a verse fuera; al fin se perdió detrás de los sembrados, y el capitán ya no lo vio más.

Entonces bajó impetuosamente: las balas llovían, los cuartos estaban llenos de heridos, algunos de los cuales daban vueltas como borrachos, agarrándose a los muebles; las paredes y el suelo estaban teñidos de sangre; los cadáveres yacían en los umbrales de las puertas; el teniente tenía el brazo derecho destrozado por una bala; el humo y la pólvora lo envolvían todo.

—¡Ánimo! —gritó el capitán—. ¡Firmes en sus puestos! ¡Van a venir socorros! ¡Un poco de valor aún!

Los austriacos se habían acercado más; se veían ya entre el humo sus caras descompuestas; se oía, entre el estrépito de los tiros, su gritería salvaje, que insultaba, intimaba la rendición y amenazaba con el degüello. Algún soldado, aterrorizado, se retiraba detrás de las ventanas, y los sargentos lo empujaban hacia adelante.

Pero el fuego de los sitiados aflojaba, el desaliento se veía en todos los rostros; no era ya posible llevar más allá la resistencia. Llegó un momento en que el ataque de los austriacos se hizo más sensible, y una voz de trueno gritó:

—¡Rendíos!

—¡No! —gritó el capitán desde una ventana. Y el fuego volvió a empezar más furioso por ambas partes. Cayeron otros soldados. Ya había más de una ventana sin defensa. El momento fatal era inminente. El capitán gritaba con voz que se le ahogaba en la garganta: "¡No vienen! ¡No vienen!" Y corría furioso de un lado a otro, arqueando el sable con su mano convulsa, resuelto a morir. Entonces un sargento, bajando de la buhardilla, gritó con voz estentórea:

—¡Ya llegan!

—¡Ya llegan! —gritó con un grito de alegría el capitán.

Al oír aquellos gritos, todos —sanos, heridos, sargentos, oficiales— se asomaron a las ventanas, y la resistencia se redobló ferozmente otra vez. De allí a pocos instantes se notó una especie de vacilación y un principio de desorden entre los enemigos. De pronto, muy de prisa, el capitán reunió a algunos soldados en el piso bajo para contener el ímpetu de fuera, con bayoneta calada. Después volvió arriba. Apenas llegó, oyó un rumor de pasos precipitados, acompañado de un "¡hurra!" formidable, y vieron desde las ventanas avanzar entre el humo los sombreros apuntados de los carabineros italianos, un escuadrón a escape tendido, y un brillante centelleo de espadas que hendían el aire, en molinete por encima de las cabezas, sobre los hombros y encima de las espaldas; entonces el pequeño piquete reunido por el capitán salió a bayoneta calada fuera de la puerta. Los enemigos vacilaron, se resolvieron y al fin emprendieron la retirada; el terreno quedó desocupado, la casa estuvo libre, y poco después dos batallones de infantería italianos y dos cañones ocuparon la altura.

El capitán, con los soldados que le quedaron, se incorporó a su regimiento, peleó aún, y fue ligeramente herido en la mano izquierda de una bala rebotada en el último ataque a la bayoneta. La jornada acabó con la victoria de los nuestros.

Pero al día siguiente, habiendo vuelto a combatir, los italianos fueron vencidos a pesar de su valerosa resistencia, por mayor números de austriacos, y la mañana del 26 tuvieron que retirarse tristemente hacia el Muncio.

El capitán, aunque herido, caminó con sus soldados, cansados y silenciosos, y llegaban al ponerse el sol a Goito, sobre el Muncio; buscó en seguida a su teniente, que había sido recogido con el brazo roto por nuestra ambulancia, y debía haber llegado allí antes que él. Le indicaron una iglesia donde se había instalado precipitadamente el hospital de campaña. Se fue allí; la iglesia estaba llena de heridos colocados en dos filas de camas y de colchones extendidos sobre el suelo; dos médicos y varios practicantes iban y venían afanados, y oíanse gritos ahogados y gemidos.

Apenas entró el capitán, se detuvo y dirigió una mirada a su alrededor en busca de su oficial.

En aquel momento se oyó llamar por una voz apagada muy próxima:

—¡Mi capitán!

Se volvió: era el tamborcillo.

Estaba tendido sobre un catre de madera, cubierto hasta el pecho por una tosca cortina de ventana de cuadros rosa y blancos, con los brazos fuera, pálido y demacrado, pero siempre con sus ojos brillantes como dos ascuas.

—¡Cómo! ¿Eres tú? —le preguntó el capitán admirado; pero bruscamente —. ¡Bravo; has cumplido con tu deber!

—He hecho lo posible —respondió el tambor.

—¿Estás herido? —dijo el capitán, buscando con la vista a su teniente en las camas próximas.

—¡Qué quiere usted! —repuso el muchacho, a quien daba alientos para hablar la honra de estar herido por vez primera, sin lo cual no hubiera osado abrir la boca ante aquel capitán—. Corrí mucho con la cabeza baja; pero aun agachándome me vieron en seguida. Hubiera llegado veinte minutos antes si no me alcanzan. Afortunadamente encontré pronto a un capitán del Estado Mayor, a quien di la esquela. Pero me costó gran trabajo bajar después de aquella caricia. Me moría de sed; temía no llegar ya; lloraba de rabia, pensando que cada minuto que tardaba se iba uno al otro mundo allá arriba. Pero, en fin, he hecho lo que he podido. Estoy contento. ¡Pero mire usted, y dispense, mi capitán, que pierde usted sangre!

En efecto: de la palma de la mano, mal vendada, del capitán, corrían algunas gotas de sangre.

—¿Quiere usted que le apriete la venda, mi capitán? Déme un momento.

El capitán dio la mano izquierda y alargó la derecha para ayudar al muchacho a hacer el nudo y atarlo; pero el chico, apenas se alzó de la almohada, palideció y tuvo que volver a apoyar la cabeza.

—¡Basta, basta! —dijo el capitán, mirándolo y retirando la mano vendada que el tambor quería retener—. Cuida de lo tuyo en vez de pensar en los demás, que las cosas ligeras, descuidándolas pueden hacerse graves.

El tamborcillo movió la cabeza.

—Pero tú —le dijo el capitán mirándole atentamente— debes haber perdido mucha sangre para estar tan débil.

—¿Perdido mucha sangre? —respondió el muchacho sonriendo—. Algo más que sangre. ¡Mire! —Y echó abajo la colcha.

El capitán se echó atrás, horrorizado.

El muchacho no tenía más que una pierna; la pierna izquierda se la habían amputado por encima de la rodilla; el muñón estaba vendado con paños ensangrentados.

En aquel momento pasó un médico militar, pequeño y gordo, en mangas de camisa.

—¡Ah, mi capitán! —dijo rápidamente, señalando al tamborcillo—. He aquí un caso desgraciado; esa pierna se habría salvado con nada, si él no la hubiese forzado de aquella manera. ¡Maldita inflamación! Fue necesario cortar así. Pero es un valiente, se lo aseguro; no ha derramado una lágrima, ni se le ha oído un grito. Estaba yo orgulloso, al operarlo, de que fuese un muchacho italiano; palabra de honor. Es de buena raza, a fe mía.

Y siguió su camino.

El capitán arrugó sus grandes cejas blancas y miró fijamente al tamborcillo, subiéndole la colcha; después, lentamente, casi sin darse cuenta de ello y mirándolo siempre, levantó la mano hasta la cabeza y se quitó el quepis.

—¡Mi capitán! —exclamó el muchacho admirado—. ¿Qué hace, mi capitán? ¡Por mí!

Y entonces aquel tosco soldado, que no había dicho nunca una palabra suave a un inferior suyo, respondió con voz dulce y extremadamente cariñosa:

—Yo no soy más que un capitán; tú eres un héroe.

Después se arrojó con los brazos abiertos sobre el tamborcillo y le besó cariñosamente con todo su corazón.

El amor a la patria

Martes 24.

"Puesto que el cuento del tamborcillo ha conmovido tu corazón, te será fácil hoy escribir bien el tema de examen: '¿Por qué se ama a Italia?' '¿Por qué quiero a Italia?' ¿No se te ocurren en seguida cien respuestas? "Amo a Italia porque mi madre es italiana; porque la sangre que corre por mis venas es italiana; porque italiana es la tierra donde están sepultados los muertos que mi madre llora y los que venera mi padre; porque la ciudad donde he nacido, la lengua que hablo, los libros que me instruyen, mi hermano, mis compañeros, el gran pueblo en que vivo, la bella naturaleza que me rodea, todo lo que veo, lo que adoro, lo que estudio, lo que admiro, es italiano, ¡Oh! ¡Tú no puedes sentir aún en toda su intensidad ese grande afecto!. Lo sentirás cuando seas hombre, cuando al volver de largo viaje, después de prolongada ausencia, y asomándote una mañana a la cubierta del buque, veas en el horizonte las azules montañas de tu país, lo sentirás, entonces, en la impetuosa onda de ternura que te llenará los ojos de lágrimas y te arrancará un grito del corazón. Lo sentirás en alguna gran ciudad lejana, en el impulso del alma que te empujará, entre la multitud desconocida, hacia un obrero oscuro, del cual hayas oído, pasando a su lado, una palabra italiana. Lo sentirás en la indignación dolorosa y profunda, que te hará subir la sangre a la cabeza, cuando oigas injuriar a tu país a algún extranjero. Lo sentirás más violento y más vivo el día en que la amenaza de un pueblo enemigo levante una tempestad de fuego sobre tu patria y veas brillar las armas por todas partes, correr a los jóvenes y alistarse en las filas, los padres besar a los hijos diciendo: '¡Ánimo!', y las madres despedir a los jóvenes gritando: '¡Vence!' Lo sentirás como una alegría divina si tuvieses la suerte de ver regresar a la ciudad los regimientos diezmados, rendidos, destrozados, terribles, con el brillo de la victoria en los ojos y las banderas atravesadas por las balas, seguido de un convoy interminable de valientes que asoman sus cabezas vendadas y sus brazos sin manos, en medio de la multitud loca que los cubre de flores, de bendiciones y de vítores. ¡Ah, comprenderás entonces el amor a la patria; entonces lo sentirás tú, Enrique mío! Es cosa tan grande y tan sagrada, que si un día yo te viese regresar salvo de una batalla en que se ha peleado por ella; salvo tú, que eres mi carne y mi alma, y supiese que habías conservado la vida porque te habías escondido huyendo de la muerte, yo, tu padre, que te recibo con gritos de alegría cuando vuelves de la escuela, te recibiría con sollozos de angustia, y no podría quererte ya, y moriría con aquel puñal clavado en el corazón.

Tu padre."

Envidia

Miércoles 25.

El que ha hecho mejor la composición sobre la patria ha sido Deroso. ¡Y Votino, que creía seguro el primer premio! Yo quería mucho a Votino, aunque es algo vanidoso y presumido; pero me disgusta ahora que estoy con él en el banco, ver lo que envidia a Deroso. Y estudia para competir con él; pero no puede en manera alguna, porque el otro le da cien vueltas en todas las asignaturas, y a Votino se le ponen los dientes largos. También siente envidia Carlos Nobis; pero éste tiene tanto orgullo, que la misma soberbia no se la deja descubrir. Votino, por el contrario, se vende, se lamenta de las notas en su casa y dice que el maestro comete injusticias; y cuando Deroso responde a las preguntas tan pronto y tan bien como siempre, él pone la cara hosca, baja la cabeza, finge no oír y se esfuerza por reír, pero con la risa del conejo. Y como todos lo saben, en cuanto el maestro alaba a Deroso, todos se vuelven a mirar a Votino, que traga veneno, y el albañilito le hace la mueca de hocico de liebre. Esta mañana, por ejemplo, lo ha demostrado. El maestro entró en la escuela y anunció el resultado de los exámenes: "Deroso: diez décimas y la primera medalla"; Votino estornudó con estrépito. El maestro le miró, porque la casa estaba bien a la clara.

—Votino —le dijo—, no dejes que se apodere de ti la serpiente de la envidia: es una sierpe que roe el cerebro y corrompe el corazón.

Todos le miraron, menos Deroso. Votino quiso responder, y no pudo; quedó como petrificado y con el semblante pálido. Después, mientras el maestro daba la lección, se puso a escribir, en gruesos caracteres, en una hoja: "Yo no estoy envidioso de los que ganan la primera medalla por favor y con injusticia". Este papel quería mandárselo a Deroso. Pero entretanto observé que los que estaban junto a Deroso tramaban algo entre sí y se hablaban al oído, y uno hacía con el cortaplumas una gran medalla de papel, sobre la cual habían dibujado una serpiente negra. Votino mismo no advirtió nada. El maestro salió por breves momentos. En seguida, los que estaban junto a Deroso se levantaron para salir del banco y presentar solemnemente la medalla de papel a Votino. Toda la clase se preparaba para presenciar una escena desagradable: Votino estaba temblando. Deroso gritó:

—¡Dádmela!

—Sí, es mejor —respondieron los demás—; tú eres el que debe llevársela.

Deroso recogió la medalla y la hizo mil pedazos. En aquel momento volvió el maestro y se reanudó la clase. Yo no quitaba el ojo de Votino, que estaba encarnado de vergüenza. Tomó el papel despacito, como si lo hiciese distraídamente, lo hizo mil dobleces a escondidas, se lo puso en la boca, le mascó un poco, y después lo echó debajo del banco. Al salir de la escuela y pasar por delante de Deroso, a Votino, que estaba un poco confuso, se le cayó el arrugado papel. Deroso, siempre noble, lo recogió y se lo puso en la cartera, ayudándole a abrocharse el cinturón. Votino no se atrevió a levantar la cabeza.

La madre de Franti

Sábado 28.

Pero Votino es incorregible. Ayer, en la clase de Religión, delante del director, el maestro preguntó a Deroso si sabía de memoria aquellas dos estrofas del libro de lectura: "¡Dondequiera que extiendo la vista, te veo, inmenso Dios!" Deroso respondió que no, y Votino se levantó en seguida:

—¡Yo la sé! —dijo sonriéndose, como para mortificar a Deroso.

Pero el mortificado fue él, por el contrario, porque no pudo recitar la poesía, pues, mientras tanto, entró en la escuela la madre de Franti, preocupada, despeinados sus grises cabellos, toda llena de nieve, llevando a su hijo, que había sido echado de la escuela hacía ocho días. ¡Qué triste escena nos toco presenciar! La pobre señora se echó casi de rodillas a los pies del director, tomándole las manos y suplicándole:

—¡Oh, señor director; hágame usted el favor de volver a admitir al niño en la escuela! Hace tres días que está en casa; lo he tenido escondido; pero Dios me valga si su padre lo descubre, porque lo mata; tenga usted compasión, que yo no sé ya qué hacer; se lo recomiendo con toda mi alma.

El director trató de llevarla fuera; pero ella se resistía siempre y rogándole:

—¡Oh, si supiese usted la lástima que me da de este hijo, tendría usted compasión! ¡Hágame el favor! Yo espero que se enmendará. Si no me lo concede usted, no viviré ya más; me muero aquí mismo; pero quisiera verlo corregido antes de morir, porque... —y la interrumpió el llanto— es mi hijo, lo quiero mucho y moriría desesperada. Admítalo de nuevo, señor director, para que no sobrevenga una desgracia en la familia; ¡hágalo por caridad hacia una pobre mujer! —Y se cubrió el rostro con las manos, sollozando.

—Franti, anda a tu puesto —se oyó pronunciar al director. Entonces la madre se quitó las manos de la cara, muy consolada, y empezó a dar miles de gracias, sin dejar hablar al director, y se salió hacia la puerta, enjugándose los ojos y diciendo con emoción creciente:

—Hijo mío, que seas bueno. Tengan ustedes paciencia. Gracias, señor director, ha hecho usted una obra de caridad. Adiós, hijo mío. Buenos días, niños. Gracias, señor maestro, hasta la vista. ¡Soy una pobre madre que ha sufrido tanto!…

Y dirigiendo aún desde el umbral de la puerta una mirada suplicante a su hijo, se fue ahogando los lamentos que la destrozaban, pálida, encorvada, temblorosa, oyéndosela todavía toser cuando ya bajaba la escalera. El director miró fijamente a Franti, en medio del silencio de la clase, y le dijo con una inflexión de voz que hacía temblar:

—¡Franti, estás matando a tu madre!

Todos se volvieron a mirar a Franti. Y el muy infame ¡se sonreía!

Esperanza

Domingo 29.

"Mucho me ha gustado, Enrique mío, el arranque con que te has echado en brazos de tu madre al volver de la clase de Religión. ¡Qué cosas tan hermosas y tan consoladoras te ha dicho el maestro! Dios, que nos ha arrojado al uno en brazos del otro, no nos separará jamás; cuando yo muera, cuando muera tu padre, no nos diremos aquellas tremendas y desconsoladoras palabras: 'Madre, padre, Enrique, ¡no te veré ya más!' Nosotros nos volveremos a ver en otra vida, en la que el que ha sufrido mucho en ésta tendrá su compensación; en la que el que ha amado mucho sobre la tierra, volverá a encontrar las almas que ha querido en un mundo sin culpa, sin llanto y sin muerte; pero debemos todos hacernos dignos de esa otra vida. Oye, hijo: cada acción buena tuya, cada palabra de cariño para los que te quieren, cada acto de atención hacia tus compañeros, cada pensamiento noble tuyo es como un paso que das hacia aquel mundo. También te lleva hacia el mundo aquél cada desgracia, cada dolor que sufres, porque todo dolor es la expiación de una culpa, toda lágrima borra una mancha. Proponte cada día ser mejor y más cariñoso que el día anterior. Di todas las mañanas: 'Hoy quiero hacer algo de lo que mi conciencia pueda alabarse, y mi padre estará contento; algo que me haga ser más querido de este o de aquel compañero, del maestro, de mi hermano o de otros'; y pide a Dios que dé la fuerza necesaria para llevar a cabo tu propósito. 'Señor, yo quiero ser bueno, noble, valiente, delicado, sincero; ayudadme; haced que cada noche, cuando mi madre me dé el último beso, pueda yo decirle: «Tú besas esta noche a un niño mejor y más digno que el que besaste ayer». Ten siempre en tu pensamiento aquel otro Enrique más feliz que puede ser después de esta vida. Luego reza. ¡Tú no puedes imaginar qué dulzura experimenta, cuánto mejor se siente una madre cuando ve a su hijo de rodillas! Cuando yo te veo rezando, me parece imposible que deje de haber alguien que te mire y te escuche; pero entonces, más firmemente que nunca, creo que hay una Bondad suprema y una infinita Piedad; te quiero más, trabajo con más fe, sufro con más fortaleza, perdono con toda mi alma y pienso con serenidad en la muerte. ¡Oh, Dios mío! Volver a oír después de la muerte la voz de mi madre, volver a encontrar a mis hijos, volver a ver mi Enrique, a mi Enrique inmortal y bendito, y estrecharle en un abrazo que no se acabará nunca, nunca jamás, en una eternidad... ¡Oh! Reza, recemos, querámonos, seamos buenos, llevemos en el alma esta celestial esperanza, adorado hijo mío.

Tu madre."

Febrero

Una medalla bien otorgada

Sábado 4.

Esta mañana vino a repartir los premios el inspector de escuelas, un señor con la barba blanca y vestido de negro. Entró con el director poco antes de dar la hora y se sentó al lado del maestro. Hizo varias preguntas a varios niños, entregó luego la primera medalla a Deroso, y antes de dar la segunda estuvo oyendo un momento al maestro y al director, que le hablaban en voz baja. Todos se preguntaban: "¿A quién dará la segunda?" El inspector dijo entonces en alta voz:

—En esta semana se ha hecho merecedor a la segunda medalla el alumno Pedro Precusa; y la merece no sólo por los trabajos que ha hecho en casa, sino también por las lecciones, por la caligrafla, por su conducta: en suma, por todo.

Todos se volvieron a mirar a Precusa, y en todos los semblantes se reflejaba la misma alegría. Precusa se aturdió tanto, que no sabía dónde se hallaba.

—Ven acá —le dijo el inspector.

Precusa saltó fuera del banco, y se fue al lado de la mesa del maestro.

El inspector, después de fijar atentamente su mirada en aquella cara del color de la cera, en aquel cuerpecito enfundado en su ropa remendada y que no había sido hecha para su cuerpo, en aquellos ojos bondadosos y tristes que huían de los suyos y que dejaban adivinar una historia de sufrimientos, le dijo con voz llena de cariño al prenderle la medalla en el pecho:

—Precusa, te corresponde la medalla; nadie más digno de llevarla que tú no sólo por los méritos de tu inteligencia, sino también por la buena voluntad. Te corresponde por tu corazón, por tu valor, por las cualidades de hijo bueno y valeroso que en ti resplandecen. ¿No es verdad —añadió, volviéndose a la clase— que también lo merece por esto?

—¡Sí, sí! —respondieron todos a una voz.

Precusa, contrayendo su garganta como si necesitase tragar alguna cosa, dirigió sobre los bancos una dulcísima mirada llena de inmensa gratitud.

—Vete, querido muchacho —añadió el inspector—. ¡Que Dios te proteja!

Era la hora de la salida. Nuestra clase salió antes que todas, y apenas estuvimos fuera de la puerta..., ¿a quién vemos allí, en el salón de espera, precisamente a la puerta? Al padre de Precusa, el herrero, pálido como de costumbre, con su torva mirada, con los pelos hasta los ojos, con la gorra medio caída y tambaleándose. El maestro lo vio en seguida, y se puso a hablar al oído del inspector; éste se fue presuroso en busca de Precusa, y asiéndole de la mano le llevó con su padre. El muchacho temblaba. El maestro y el director se habían acercado, y muchos chicos habían formado círculos en derredor de ellos.

—¿Es usted el padre de este muchacho, no es cierto? —preguntó el inspector al herrero con aire jovial, como si fueran amigos; y sin esperar la respuesta, añadió—: Me alegro mucho. Mire: ha ganado la segunda medalla a cincuenta y cuatro compañeros, y la merece por los trabajos de composición, por los de Aritmética, por todo. Es un niño muy inteligente y de gran voluntad, que sin duda hará carrera; querido y estimado por todos; puede usted estar orgulloso, yo se lo aseguro.

El herrero, que estaba oyendo todo esto con la boca abierta, miró fijamente al inspector y al director, y luego a su hijo, que estaba delante, con los ojos bajos, temblando; y como si recordase o llegase a comprender en aquel momento por primera vez todo lo que había hecho padecer al pobre pequeñuelo, y la bondad y constancia heroica con que le había sufrido, se mostró repentinamente en su cara cierta estúpida admiración, luego, acerbo dolor, y por fin una ternura violenta y triste; y tomando fuertemente al muchacho por la cabeza le apretó contra su pecho. Todos nosotros pasamos por delante de él;

yo le invité para que fuera a casa el jueves con Garrón y Crosi; otros le saludaron; quien le hacía una caricia, quien le tocaba la medalla: todos le dijeron algo. El padre nos miraba como atontado, y apretaba contra su pecho la cabeza de su hijo, que sollozaba.

Buenos propósitos

Domingo 5.

La medalla dada a Precusa ha despertado en mí un remordimiento. Yo todavía no he ganado ninguna; de algún tiempo a esta parte no estudio, estoy descontento de mí; el maestro, mi padre y mi madre también lo están. No siento el placer que sentía cuando trabajaba de buena voluntad, y abandonando la mesa corría a mis juegos, lleno de alegría, como si no hubiera jugado en un mes entero; ni siquiera me siento a la mesa con los míos con el gusto de antes; me persigue una sombra en el ánimo, una voz interior que me dice continuamente: "Esto no marcha, esto no marcha". Cuando por la noche veo atravesar la plaza a tantos muchachos en medio de los grupos de operarios que vuelven de su trabajo, alegres a pesar del cansancio, que apresuran su paso, impacientes por llegar a comer cuanto antes a su casa, hablando fuerte, riendo y golpeándose las espaldas con las manos ennegrecidas por el carbón o blanqueadas por la cal, y pienso que han estado trabajando desde el rayar del alba hasta aquella hora; y con aquellos tantos otros, aún más pequeños, que han pasado todo el día, bien sobre los tejados, bien delante de los hornos, bien en medio de las máquinas o dentro del agua o bajo tierra, sin comer más que un pedazo de pan, no puedo menos de avergonzarme, yo, que en todo ese tiempo no he hecho otra cosa que borronear de mala gana cuatro malas páginas. ¡Ah, sí! ¡Estoy descontento, descontento! Bien veo que mi padre está de mal humor, y quisiera decírmelo; pero le apena, y espera todavía. ¡Querido padre mío! Tú que trabajas tanto. Todo es tuyo; todo lo que en casa me rodea, todo lo que me abriga y me alimenta, todo lo que me instruye y me divierte, todo es fruto de tu trabajo; todo te ha costado preocupaciones, privaciones, disgustos, esfuerzos: ¡y no me esfuerzo yo! ¡Ah, no! ¡Esto es demasiado injusto, y me hace mucho daño! Quiero comenzar desde hoy; quiero empezar a estudiar como Estardo, con los puños y los dientes apretados; quiero ponerme a ello con toda la fuerza de mi voluntad y de mi alma; quiero vencer el sueño por la noche, saltar de la cama muy temprano, golpearme el cerebro sin descanso y fustigar sin piedad la pereza, fatigarme, sufrir y hasta enfermar, con tal de no arrastrar más esta vida floja y abandonada que me envilece y llena de tristeza a los demás. ¡Ánimo, al trabajo! ¡Al trabajo con toda mi alma y con todas mis fuerzas! ¡Al trabajo, que me dará el reposo dulce, los juegos placenteros, el comer alegre! ¡Al trabajo, que me traerá de nuevo la bondadosa sonrisa de mi maestro y el bendito beso de mi padre!

El tren

Viernes 10.

Precusa vino ayer a casa con Garrón. Yo creo que aun cuando hubieran sido hijos de príncipes no habrían sido acogidos con más jovialidad. Era la primera vez que venía Garrón, porque, sobre ser un poco huraño, se avergüenza de que le vean, porque es muy grande y todavía cursa el tercer año. Todos salimos a abrir la puerta cuando llamaron. Crosi no vino porque al fin había llegado su padre de América, después de seis años de ausencia. Mi madre besó inmediatamente a Precusa, y mi padre le presentó a Garrón, diciendo:

—Aquí tienes; éste no solamente es un buen muchacho; es todo un hombre y un caballero.

Garrón bajó su gran cabeza rapada, sonriendo a escondidas conmigo. Precusa llevaba la medalla y estaba contento, porque su padre ha reanudado el trabajo y han pasado cinco días sin que beba; quiere que esté siempre a su lado en el taller, y parece enteramente otro. Nos pusimos a jugar; saqué todos mis trebejos y Precusa quedó encantado a la vista del tren, que anda solo cuando se da cuerda a la máquina; jamás lo había visto, y devoraba con sus ojos los vagoncillos amarillos y encarnados: Le dì la llave para que jugase a su gusto; se arrodilló y no volvió a levantar más la cabeza. Nunca le había visto tan contento. Siempre nos decía: "Dispénsame, dispénsame", apartando nuestras manos si intentábamos detener la máquina; tomaba y colocaba con toda clase de miramientos los vagonclllos, como si fueran de vidrio: temía empañarlos con el aliento, los limpiaba por arriba y por abajo, y se veía una sonrisa incesante en sus labios. Todos nosotros le mirábamos; no quitábamos el ojo de aquel cuello como un hilo, de aquellas orejitas que yo había visto un día echar sangre, de aquel chaquetón con las bocamangas vueltas, por donde salían los dos bracitos de enfermo que tantas veces se habían levantado para defender la cara de los golpes... ¡Oh! En aquel momento hubiera arrojado a sus pies todos mis juguetes y todos mis libros, hubiera arrancado de mi boca el último pedazo de pan para dárselo, me habría desnudado para que se vistiera, me hubiera arrodillado para besarle las manos. Por lo menos —pensé—, quisiera darle el tren; era preciso, sin embargo, pedir permiso a mi padre. En aquel momento sentí que me ponían un papelito en la mano; miré: estaba escrito con lápiz por mi padre, y decía: "A Precusa le gusta tu tren. Él no tiene juguetes. ¿No te dice nada tu corazón?" Tomé súbitamente la máquina y los vagones, hice que pusiera las manos, y se lo entregué todo diciéndole:

— Tómalo, es tuyo.

Se me quedó mirando sin comprender.

—Es tuyo —dije—; te lo regalo.

Entonces dirigió sus ojos hacia mi padre y mi madre, todavía más admirado, y me preguntó:

—Pero, ¿por qué?

Mi padre le contestó:

—Te lo regala Enrique porque es amigo tuyo, porque te quiere..., para celebrar tu medalla.

Precusa preguntó tímidamente:

—¿Y lo he de llevar conmigo..., a mi casa?

—¡Pues claro! —respondieron todos. Todavía estaba en la puerta y no se atrevía a marcharse. ¡Era feliz! Pedía perdón, y su boca temblaba y reía juntamente, Garrón le ayudó a envolver el tren en el pañuelo, y al inclinarse sonaron los mendrugos de pan que llenaban sus bolsillos.

—Un día —me dice Precusa— vendrás al taller a ver cómo trabaja mi padre. Te daré unos clavos.

Mi madre puso un ramito en el ojal de la chaqueta a Garrón para que se lo diera a su madre en su nombre. Garrón, con su gruesa voz, contestó: "Gracias", sin levantar la cabeza del pecho, pero revelando espléndidamente en sus ojos su alma buena y noble.

Soberbia

Sábado 11.

¡Y decir que Carlos Nobis se limpia la manga con ¡afectación cuando Precusa le toca al pasar! Es la encarnación misma de la soberbia, y todo porque su padre es un ricachón. ¡Pero también el padre de Deroso es rico! Carlos quisiera tener un banco para él solo; tiene miedo de que todos le ensucien; a todos mira de arriba abajo con sonrisa despreciativa en los labios; ¡ay del que le tropiece el pie cuando salimos en fila de dos en dos! Por nada lanza al rostro una palabra injuriosa o amenaza con que hará venir a su padre a la escuela. ¡Y cuidado que su padre le echó buena reprimenda cuando llamó harapiento al hijo del carbonero! Nunca he visto altanería semejante. Nadie le dice adiós al salir; no hay quien le apunte una palabra cuando no sabe la lección. Él, en cambio, no puede sufrir a ninguno; finge despreciar sobre todo a Deroso, porque es el primero de la clase, y a Garrón porque todos lo quieren bien; pero Deroso ni se cuida siquiera de mirarlo, y Garrón, cuando le refieren que Nobis hablaba mal de él, responde:

—Tiene una soberbia tan estúpida, que ni siquiera merece, a decir verdad, el castigo de mis coscorrones.

Coreta, sin embargo, un día que Nobis se mofaba de su gorra de piel de gato, le dijo:

—¡Vete con Deroso, para que aprendas un poco a ser caballero!

Ayer fue a lamentarse al maestro porque el calabrés le había tocado con el pie en una pierna, El maestro preguntó al calabrés:

—¿Lo has hecho a propósito?

—No, señor —respondió francamente.

—Eres demasiado quisquilloso, Nobis —dijo el maestro.

Y Nobis, con su aire acostumbrado, dijo:

—¡Se lo diré a mi padre!

El maestro, entonces, se encolerizó:

—Tu padre no te hará caso, como ha pasado otras veces. Además de que, en la escuela, el maestro es quien únicamente juzga y castiga. —Luego añadió con dulzura—: Vamos, Nobis, cambia de maneras, sé bueno y cortés con tus compañeros. Mira, hay hijos de trabajadores y de señores, de ricos y de pobres; todos se quieren bien y se tratan como hermanos, como lo son. ¿Por qué no haces tú lo que los demás? ¡Qué poco te costaría que todos te quisieran y que tú mismo estuvieras más contento!... ¡Qué! ¿No tienes nada que contestarme?

Nobis, que había estado escuchando con el semblante despreciativo de siempre, contestó fríamente:

—No, señor.

—Siéntate —le dijo el maestro—; te compadezco. Eres un muchacho sin corazón.

Todo parecía haber concluido ya, cuando el albañilito, que se sienta en el primer banco, volviendo su redonda cara hacia Nobis, que está en el último, le hizo una mueca, poniédole un hocico de liebre tan gracioso que estalló una sonora risotada en toda la clase. El maestro le regañó, y no tuvo más remedio, para ocultar la risa, que taparse la boca con la mano; Nobis también se rió, pero su risa no pasaba de los dientes.

Los heridos del trabajo

Lunes 13.

Nobis puede hacer pareja con Franti: ni uno ni otro se conmovieron esta mañana ante lo que pasó a nuestra vista.

Fuera ya de la escuela, estaba yo con mi padre mirando a unos pilluelos de la sección segunda que se arrodillaban en tierra para restregar el hielo con las carpetas y las gorras y poder resbalar mejor, cuando vemos venir por medio de la calle una multitud de gente con paso precipitado, serios, espantados, hablando en voz baja. En medio venían tres guardias municipales, y detrás de éstos dos hombres que llevaban una camilla. De todas partes acudieron los muchachos.

La muchedumbre avanza hacia nosotros. Sobre la camilla venía tendido un hombre, blanco como un muerto, con la cabeza caída sobre un hombro, el pelo enmarañado y lleno de sangre, que también le salía de la boca y de los oídos. Al lado de la camilla venía una mujer con un niño en brazos; parecía loca; a cada paso gritaba: "¡Está muerto! ¡Está muerto! ¡Está muerto!" Seguía a la mujer un muchacho con su cartera bajo el brazo y sollozando.

—¿Qué ha pasado? —preguntó mi padre.

Alguien contestó que era un pobre albañil que se había caído de un cuarto piso donde estaba trabajando. Los que llevaban la camilla se detuvieron un instante. Muchos volvieron la cabeza, horrorizados. Vi que la maestrita de la pluma roja sostenía a mi maestra de clase superior, casi desmayada. Al mismo tiempo sentí que me tropezaban en el codo: era el pobre albañilito, pálido y tembloroso de pies a cabeza. Pensaba seguramente en su padre; también yo pensé en él. Por mi parte, tengo al menos el ánimo tranquilo cuando estoy en la escuela, porque sé que mi padre está en casa, sentado a su mesa, lejos de todo peligro; pero ¡cuántos de mis compañeros pensarán que sus padres trabajan sobre altísimo puente o cerca de las ruedas de una máquina y que sólo un gesto o un paso en falso les puede costar la vida! Son como otros tantos hijos de soldados que tienen a sus padres en la guerra. El albañilito miraba y volvía a mirar, temblando cada vez con más estremecimiento, y advirtiéndolo, mi padre le dijo:

—Vete a casa, muchacho, vete a escape con tu padre, a quien encontrarás sano y tranquilo; anda.

El hijo del albañil se marchó, volviendo la cara hacia atrás a cada paso que daba. Entretanto la multitud se puso en movimiento, y la pobre mujer se destrozaba el corazón gritando:

—¡Está muerto! ¡Está muerto! ¡Está muerto!

—No, no está muerto —le decían todos.

Ella no hacía caso y se arrancaba los cabellos. Oigo en esto una voz indignada que dice:

—¡Te ríes!

Era un hombre con barba que miraba cara a cara a Franti, el cual seguía sonriendo. El hombre, entonces, de un cachetazo le arrojó la gorra al suelo, diciendo:

—¡Descúbrete, mal nacido! Pasa un herido del trabajo!

Toda la multitud había pasado ya, y se veía por medio de la calle largo reguero de sangre.

El preso

Viernes 17.

¡Ah! He aquí seguramente la ocurrencia más extraña de todo el año. Ayer de mañana me llevó mi padre a los alrededores de Moncalieri para ver una quinta que quería tomar en arriendo el verano próximo, porque este año ya no vamos a Chieri. Se encontró que quien tenía las llaves era un maestro, el cual hace a la vez de administrador de la finca. Nos hizo ver la casa y nos llevó luego a su habitación, donde bebimos. Entre los vasos, en medio de la mesa, había un tintero de madera, de forma cónica y esculpido de una manera singular. Viendo que mi padre lo miraba atentamente, dijo el maestro:

—Aquel tintero lo tengo en mucha estima. ¡Si usted supiese, caballero, su historia!

Y nos la contó:

—Hace algunos años, siendo maestro en Turín, por todo un invierno fui a dar lecciones a los presos. Explicaba las lecciones en la capilla de la cárcel, que es un edificio redondo, alrededor de cuyos paredones, altos y desnudos, se ven muchas ventanitas cuadradas, cerradas por dos barras de hierro en cruz, y que corresponden cada una al interior de una pequeña celda. Daba la lección paseando por la iglesia oscura y fría; los escolares se asomaban a aquellos agujeros con sus cuadernos apoyados en los hierros, sin enseñar más que las caras, envueltas entre sombras; caras escuálidas y sombrías, barbas enmarañadas y grises, ojos fijos, fijos, de homicidas y ladrones. Entre tantos, había uno, el número 78, que estaba más atento que los demás, que estudiaba mucho y miraba siempre al maestro con los ojos llenos de respeto y gratitud. Era un joven de barba negra, más bien desgraciado que criminal, ebanista, el cual, en un ímpetu de cólera, había descargado un cepillo contra su amo, que le perseguía de tiempo atrás, hiriéndole mortalmente en la cabeza. Había sido por esto condenado a varios años de reclusión. En tres meses aprendió a leer y a escribir, y siempre estaba leyendo, y cuanto más aprendía tanto mejor se hacía y mostraba mayor arrepentimiento por su delito. Un día, al terminar la lección, hizo señas al maestro para que se acercase a la ventana, anunciándole con tristeza que al día siguiente saldría de Turín para completar su pena en las cárceles de Venecia; y habiéndole dicho adiós, le suplicó con voz humilde y conmovida que le dejase tocar la mano. El maestro se la alargó, y él se la besó: "¡Gracias! ¡Gracias!", le dijo, desapareciendo en el acto, El maestro retiró su mano cubierta de lágrimas. Desde entonces no lo volví a ver más. Pasaron seis años. Lo que menos pensaba yo era en aquel desgraciado, cuando ayer por la mañana veo que llega a casa un desconocido, con gran barba negra, un poco entrecana ya, y malamente vestido.

"¿Es usted, señor —me dijo—, el maestro Fulano de Tal?

"—¿Quién sois? —pregunté yo.

"—Soy el preso número 78 —me contesta—; usted me enseñó a leer y a escribir hace seis años; si recuerda, al terminar la última lección me dio usted la mano; ya he purgado mi condena y aquí estoy... para suplicarle que me haga el favor de aceptar un recuerdo mío, una cosilla que he hecho en la prisión. ¿Quiere aceptarla en memoria mía, señor maestro?

"Me quedé atónito, sin decir una palabra; y creyendo él si acaso no querría aceptar el regalo, me miró como diciéndome:

"—¡Seis años de sufrimiento no han bastando para purificar mis manos!

"Fue tal y tan viva la expresión de dolor de su mirada, que tendí inmediatamente la mano y tomé el objeto. Helo aquí."

Examinamos atentamente el tintero; parecía trabajado con la punta de un clavo, y revelaba grandísima paciencia. Tenía esculpida encima una pluma atravesando un cuaderno, y escrito alrededor: "A mi maestro. Recuerdo del número 78" "¡Seis años!" Y por debajo, en pequeños caracteres: "Estudio y esperanza".

El maestro no dijo más; nos fuimos. En todo el trayecto, desde Moncalieri hasta Turín, no pude quitarme de la cabeza aquel preso asomado a la ventanilla, aquel "¡adiós!" al maestro, a aquel pobre tintero hecho en la cárcel, que decía tantas cosas; soñé con él por la noche, y todavía esta mañana me parecía tenerlo delante...,

¡bien lejos de imaginar la sorpresa que me esperaba en la escuela! Apenas me había colocado en mi nuevo banco, al lado de Deroso, y escrito el problema de aritmética para el examen mensual, referí a mi compañero toda la historia del preso y del tintero, cómo estaba hecho, con la pluma atravesada sobre el cuaderno, con aquella inscripción alrededor: "¡Seis años!" Deroso se sobresaltó al oír aquellas palabras; comenzó a mirar tan pronto a mí como a Crosi, el hijo de la verdulera, que estaba sentado en el banco de adelante, con la espalda vuelta hacia nosotros y absorto por completo en su problema.

—¡Silencio! —dijo en voz baja, asiéndome por un brazo—. ¿No sabes? Crosi me dijo que había visto de pasada, anteayer, un tintero de madera en manos de su padre, que ha vuelto de América: un tintero cónico, trabajado a mano, con un cuaderno y una pluma. Es el mismo que tú vistes. "¡Seis años!"... Decía que su padre estaba en América; en vez de esto, estaba preso. Crosi era pequeño cuando se cometió el delito, no lo recuerda; su madre le engañó; él no sabe nada. ¡No se te escape ni una palabra de esto!

Me quedé sin poder articular palabra y con los ojos fijos sobre Crosi. Deroso, entonces, resolvió el problema y se lo pasó a Crosi por debajo del banco; le dio una hoja de papel, le quitó de las manos "El enfermero del Chacho", cuento mensual que el maestro le había dado a copiar, para hacérselo él, le regaló plumas, le dio golpecitos en la espalda, me hizo prometer bajo palabra de honor que no diría nada a nadie. Cuando estuvimos fuera de la clase, me dijo precipitadamente:

—Ayer vino su padre a buscarlo; habrá venido hoy también; haz lo mismo que yo.

Salimos a la calle, y el padre de Crosi estaba allí, algo apartado: un hombre de barba negra, más bien un poco entrecana, malamente vestido y de semblante pálido y pensativo. Deroso apretó la mano a Crosi de modo que fuera visto, diciéndole en voz alta:

—Hasta la vista, Crosi —y le pasó la mano por la barbilla; yo hice lo mismo; pero al hacer aquello Deroso se puso encendido como la grana; yo también, y el padre de Crosi nos miró atentamente con ojos benévolos, pero en los cuales se traslucía una expresión de inquietud y de sospecha que nos heló el corazón.

El enfermero del "Chacho"

(Cuento mensual)

En la mañana de cierto día lluvioso de marzo, un muchacho vestido de campesino, calado de agua y lleno de fango, con un envoltorio de ropa bajo el brazo, se presentaba al portero del Hospital Mayor de Nápoles, a preguntar por su padre, con una carta en la mano. Tenía una hermosa cara ovalada color moreno pálido, ojos apesadumbrados y gruesos labios entreabiertos, que dejaban ver sus blanquísimos dientes. Venía de un pueblo de los alrededores de la ciudad. Su padre, que había salido de casa el año anterior, para ir en busca de trabajo a Francia, había vuelto a Italia y desembarcado hacía pocos días en Nápoles, donde enfermó tan repentinamente, que apenas si tuvo tiempo de escribir cuatro palabras a su familia para anunciarles su llegada y decirles que entraba en el hospital. Su mujer, desolada al recibir la noticia, no pudiendo moverse de casa porque tenía una niña enferma y otra de pecho, había mandado al hijo mayor con algunas monedas para asistir a su padre, a su "Chacho", como solía llamarle.

El muchacho había andado diez millas de camino.

El portero, ojeando la carta, llamó a un enfermero para que llevase al muchacho donde estaba su padre.

—¿Qué padre? —preguntó el enfermero.

El muchacho, temblando por temor a una triste noticia, dijo el nombre.

El enfermo no recordaba tal nombre.

—¿Un viejo trabajador que ha llegado del exterior? —preguntó.

—Trabajador, sí —respondió el muchacho, cada vez más ansioso—; pero no muy viejo. Sí; que ha venido de fuera.

—¿Cuándo entró en el hospital? —preguntó el enfermero.

El muchacho mirando a la carta:

—Hace cinco días, creo.

El enfermero se quedó pensando un momento; luego, como recordando de pronto:

—¡Ah! —dijo—, la sala cuarta, la cama que está en el fondo.

—¿Está muy malo? ¿Cómo está? —preguntó ansiosamente el niño.

El enfermero lo miró, sin responder. Luego dijo:

—Ven conmigo.

Subieron dos tramos de escalera, dirigiéndose al fondo de ancho corredor, hasta encontrarse frente a la puerta abierta de un salón con dos largas filas de camas.

—Ven —repitió el enfermero, entrando. El muchacho se armó de valor y le siguió, echando miradas medrosas a derecha e izquierda sobre los semblantes blancos y consumidos de los enfermos, algunos de los cuales tenían los ojos cerrados y parecían muertos; otros miraban al espacio con ojos grandes y fijos, como espantados. Algunos gemían como niños. El salón estaba oscuro; el aire impregnado de penetrante olor de medicamentos. Dos hermanas de la Caridad iban de uno a otro lado con frascos en la mano.

Habiendo llegado al fondo de la sala, el enfermero se detuvo a la cabecera de la cama, abrió las cortinillas y dijo:

—Ahí tienes a tu padre.

El muchacho rompió a llorar, y dejando caer la ropa que traía bajo el brazo, abandonó la cabeza sobre el hombro del enfermo, tomándole con su mano el brazo que tenía extendido, inmóvil sobre la colcha. El enfermo no hizo movimiento alguno.

El muchacho se irguió, miró otra vez a su padre y rompió a llorar de nuevo. El enfermo le dirigió una larga mirada, y pareció reconocerlo. Pero sus labios no se movieron. ¡Pobre "Chacho"! ¡Qué cambiado estaba! El hijo no lo había reconocido. Tenía blancos los cabellos, crecida la barba, la cara hinchada, de color rojo encendido, con la piel tersa y reluciente, los ojos muy chiquitos, los labios gruesos, toda la fisonomía alterada; no conservaba suyo más que la frente y el arco de las cejas. Respiraba angustiosamente.

—¡"Chacho", "Chacho" mío! —dijo el muchacho—. Soy yo, ¿no me reconoces? Soy Cecilio, tu Cecilio, que ha venido del pueblo enviado por mi madre. Mírame bien: ¿no me reconoces? Dime una palabra siquiera.

Pero el enfermo, después de mirarle atentamente, cerró los ojos.

—¡"Chacho"! ¡"Chacho"! ¿Qué tienes? Soy tu hijo, tu Cecilio.

El enfermo no se movió, y continuó respirando con mucho afán.

Entonces, llorando, tomó el muchacho una silla y se sentó, esperando, sin levantar los ojos de la cara de su padre. "Pasará algún médico haciendo la visita —pensaba— y me dirá algo."

Sumergido en tristes pensamientos, recordaba tantas cosas de su buen padre el día de la partida, cuando le había dado el último adiós en el barco, las esperanzas que la familia había fundado sobre aquel viaje, la desolación de su madre al recibir la carta; pensó también en la muerte: veía a su padre muerto, a su madre vestida de negro, a la familia toda en la miseria. Así pasó mucho tiempo. Una mano ligera le tocó en el hombro, y se estremeció: era una monja.

—¿Qué tiene mi padre? —le preguntó.

—¿Es éste tu padre? —dijo dulcemente la hermana.

—Sí, es mi padre; acabo de llegar. ¿Qué tiene?

—Ánimo, muchacho —respondió la monja—; ahora vendrá el médico.

Y se alejó sin decir más.

Al cabo de media hora se oyó el toque de una campanilla y vio que por el fondo del salón entraba el médico, acompañado de un practicante; la monja y un enfermero le seguían. Comenzó la visita, deteniéndose en todas las camas. Tanta espera le parecía eterna al pobre niño, y a cada paso que daba el médico crecía su ansiedad. Llegó finalmente al lecho inmediato. El médico era un viejo alto y encorvado, de fisonomía grave. Antes de separarse de la cama inmediata, el muchacho se puso en pie, y cuando se acercó rompió a llorar.

El médico le miró.

—Es hijo del enfermo —dijo la hermana de la Caridad—, y ha llegado esta mañana del pueblo.

El médico apoyó una mano sobre el hombro del muchacho, se inclinó sobre el enfermo, le tomó el pulso, le tocó la frente, e hizo alguna pregunta a la hermana, la cual respondió:

—Nada nuevo.

Quedó pensativo, y luego dijo:

—Continuad como antes.

El chico tuvo valor para preguntar con voz lacrimosa:

—¿Qué tiene mi padre?

—Ten valor, muchacho —respondió el médico, poniéndole nuevamente la mano en el hombro—. Tiene una erisipela facial. Es grave, pero todavía hay esperanza. Asístele. Tu presencia le puede hacer bien.

—¡Pero si no me reconoce! —exclamó el niño lleno de desolación.

—Te reconocerá mañana..., quizá. Debemos esperarlo así; ten ánimos.

El muchacho hubiera querido preguntar más cosas, pero no se atrevió. El médico siguió adelante, y el niño comenzó la vida de enfermero. No pudiendo hacer otra cosa, arreglaba las ropas de la cama, tocaba la mano del enfermo, le espantaba los mosquitos, se inclinaba hacia él siempre que le oía gemir, y cuando la hermana le traía de beber, le quitaba el vaso y la cucharilla para dárselo con su propia mano. El enfermo lo miraba alguna que otra vez, pero sin dar señales de haberlo reconocido. Sin embargo, su mirada se fijaba por más tiempo, sobre todo cuando el niño le limpiaba los ojos con el pañuelo. Así pasó el primer día. Aquella noche el muchacho durmió sobre dos sillas, en un ángulo del salón, y a la mañana volvió a emprender su piadoso trabajo. Al segundo día se notó que los ojos del enfermo revelaron un principio de conciencia. La cariñosa voz del niño parecía que hacía brillar por el momento vaga expresión de gratitud en sus pupilas, y en cierta ocasión movió los labios, como si quisiera decir algo. Después de cada periodo de somnolencia, abriendo mucho los ojos buscaba a su enfermero. El médico le había visto dos veces, y notó alguna mejoría. Hacia la tarde, al acercarle el vaso a la boca, creyó el chico que una ligerísima sonrisa se había deslizado por sus labios hinchados. Comenzó con esto a reanimarse y a tener esperanza; así que, creyendo si le podría entender, a lo menos confusamente, le hablaba de su madre, de las hermanas pequeñas, de la vuelta a su casa, y le exhortaba para que tuviera valor, con palabras llenas de cariño. Aun cuando a menudo dudase de ser comprendido, sin embargo, seguía hablando, porque creía que el enfermo escuchaba con placer su voz y la entonación desusada de afecto y tristeza de sus palabras. De esta manera pasó el segundo día, y el tercero, y el cuarto, en alternativa continua de ligeras mejorías y retrocesos imprevistos. El muchacho, absorbido por entero en los cuidados de su padre, y sin tomar más alimento que algunos bocados de pan y queso, que dos veces al día le llevaba la hermana de la Caridad, no advertía casi lo que a su alrededor pasaba; los enfermos moribundos, las hermanas, que acudían precipitadamente por la noche, los llantos y demostraciones de desolación de los visitantes que salían sin esperanza, todas las escenas lúgubres y dolorosas de la vida de hospital, que en cualquiera otra ocasión le habrían aturdido y horrorizado. Las horas, los días pasados, y él siempre firme al lado de su "Chacho", atento, ansioso, conmovido por los suspiros y las miradas, agitado continuamente entre una esperanza que le ensanchaba el alma y un desaliento que le helaba el corazón.

El quinto día el enfermo se puso peor repentinamente.

El médico movió la cabeza como diciendo que era cuestión concluída, y el muchacho se abandonó sobre una silla rompiendo a sollozar. Sin embargo, le consolaba una cosa. A pesar de empeorar le parecía a él que el enfermo iba poco a poco adquiriendo un poco de discernimiento. Miraba al muchacho cada vez con más fijeza y con expresión de creciente dulzura; no quería tomar bebida alguna, ni medicina, sino de su mano, y hacía con más frecuencia aquel movimiento forzado de sus labios, como si quisiera pronunciar alguna palabra, y lo hacía tan marcado a veces, que el niño le sujetaba el brazo con violencia, animado por repentina esperanza, y le decía con acento casi de alegría:

—¡Ánimo, ánimo, "Chacho"; te curarás, nos iremos de aquí, volverás a casa de mi madre: todavía hace falta algo más de valor!

Eran las cuatro de la tarde, momento en el cuál el muchacho se había abandonado a uno de aquellos transportes de ternura y esperanza, cuando por la puerta vecina del salón oyó ruido de pasos y luego una fuerte voz, tres palabras solamente: "¡Hasta luego, hermana!", que le hicieron saltar de la silla, dejando escapar una exclamación que se ahogó en su garganta.

En el mismo momento entró en la sala un hombre con un gran lío en la mano, seguido de una hermana,

El hombre se volvió, lo miró un instante, lanzó otro grito a su vez: "¡Cecilio!", precipitándose hacia él.

El muchacho cayó en los brazos de su padre casi accidentalmente. Las hermanas, los enfermeros y el practicante acudieron, y les rodearon llenos de estupor.

El muchacho no podía recobrar la voz.

—¡Oh, Cecilio mío! —exclamó el padre después de clavar una atenta mirada en el enfermo, besando repetidas veces al niño—. ¡Cecilio, hijo mío! ¿Cómo es esto? ¿Te han dirigido al lecho de otro enfermo? ¡Y yo me desesperaba de no verte, después que tu madre escribió: "¡Le he enviado!" ¡Pobre Cecilio! ¿Cuántos días llevas ahí? ¿Cómo ha ocurrido esta confusión? Yo he despachado en pocos días. ¡Estoy bien! ¿Y tu madre? ¿Y Conchita? Y la chiquitina, ¿cómo está? Yo me voy del hospital; vamos, pues. ¡Oh, santo Dios! ¡Quién lo hubiera dicho!...

El muchacho apenas pudo balbucear cuatro palabras para dar noticias de la familia.

—¡Oh, qué contento estoy, pero qué contento estoy, pero qué contento! ¡Qué días tan malos he pasado! —y no acababa de besar a su padre.

Pero no se movía.

—Vamos, pues —le dice el padre—. Que podremos llegar todavía esta tarde a casa. Vamos. —Y lo atrajo hacia sí.

El muchacho se volvió a mirar a su enfermo.

—Pero... ¿vienes o no vienes? —le preguntó el padre, sorprendido.

El muchacho, vuelta a mirar al enfermo, el cual en aquel momento abrió los ojos y le miró fijamente.

Entonces brotó de su alma un torrente de palabras.

—No, "Chacho", espera... ¡Ea..., no puedo! Mira ese anciano. Hace cinco días que estoy aquí. Me está mirando siempre. Yo creía que eras tú. Le quería. Me mira; yo le doy de beber; quiere que esté siempre a su lado, ahora está muy mal, ten paciencia; no tengo valor, no sé, me da mucha pena, mañana volveré a casa. Déjame estar otro poco, no estaría bien que lo dejase. ¡Ve cómo me mira! No sé quién es, pero me quiere; moriría solo. ¡Déjame estar aquí, querido "Chacho"!

—¡Bravo, chiquitín! —gritó el practicante.

El padre quedó perplejo mirando al muchacho, luego al enfermo.

—¿Quién es? —preguntó.

—Un campesino como usted —respondió el practicante— que ha venido de fuera y entró en el hospital el mismo día que usted. Cuando lo trajeron, venía sin sentido y no pudo decir nada. Quizá tenga lejos a su familia, quizá tenga hijos. Creerá que éste es uno de ellos.

El enfermo no quitaba la vista del muchacho.

El padre dijo a Cecilio:

—Quédate.

—No tendrá que quedarse por mucho tiempo —murmuró el practicante.

—¡Quédate! —repitió el padre—. Tú tienes corazón. Yo me marcho inmediatamente a casa para tranquilizar a tu madre. Ahí tienes dos pesetas para lo que necesites. Adiós, hijo mío, hasta la vista.

Le abrazó, le miró fijamente, le besó repetidas veces en la frente, y se fue.

El niño volvió al lado del enfermo, que pareció consolado, y Cecilio comenzó su oficio de enfermero, sin llorar más, pero con el mismo interés y con igual paciencia que antes; le dio de beber, le arregló las ropas, le acarició la mano y le habló dulcemente para darle ánimos. Todo aquel día estuvo a su lado, y toda la noche y aun el siguiente día. Pero el enfermo se iba poniendo cada vez peor; su cara iba tomando color violáceo; su respiración se iba haciendo más ronca, aumentaba la agitación, salían de su boca gritos inarticulados; la hinchazón se ponía monstruosa. En la visita de la tarde, el médico dijo que no pasaría aquella noche. Entonces Cecilio redobló sus cuidados, y no le perdió de vista ni un minuto. Y el enfermo lo miraba, lo miraba, y movía aún los labios de vez en cuando con gran esfuerzo, como si aun quisiera decir alguna cosa, y una expresión de extraordinaria dulzura se pintaba de vez en cuando en sus ojos, cada vez más pequeños y más velados. Aquella noche estuvo velando el muchacho hasta que vio blanquear en las ventanas la luz del crepúsculo, y apareció la hermana. Se acercó ésta al lecho, miró al enfermo y se fue precipitadamente. A los pocos minutos volvió con el médico ayudante y con un enfermero que llevaba una linterna.

—Está en los últimos momentos —dijo el médico.

El muchacho aferró la mano del enfermo, abrió éste los ojos, le miró fijamente y los volvió a cerrar.

En el mismo instante le pareció al muchacho que le apretaba la mano:

—¡Me ha apretado la mano! —exclamó.

El médico permaneció un momento inclinado hacia el enfermo: luego se levantó. La hermana descolgó un crucifijo de la pared.

—¿Ha muerto? —preguntó el muchacho.

—¡Vete, hijo mío! —dijo el médico—. ¡Tu santa obra ha concluido! Vete, y que tengas fortuna, que bien la mereces. ¡Dios te protegerá! ¡Adiós!

La hermana, que se había alejado un momento, volvió con un ramito de violetas que tomó de un vaso que estaba sobre una ventana, y se lo ofreció al chico diciéndole:

—Nada más tengo que darte. Llévalo para recuerdo del hospital.

—Gracias —respondió el muchacho aceptando el ramito con una mano y limpiándose los ojos con la otra—; pero tengo que hacer tanto camino a pie… que lo voy a estropear. —Y desatando el ramito, esparció las violetas por el lecho, diciendo—: Las dejo como recuerdo a mi querido muerto. Gracias, hermana; gracias, señor doctor. —Luego, volviéndose hacia el muerto—: ¡Adiós!… —y mientras buscaba un nombre que darle le vino a la boca el dulce nombre que le habia dado durante cinco días—: ¡Adiós…, pobre "Chacho"!

Dicho esto, colocó bajo el brazo su envoltorio de ropa y a paso lento, interrumpido por el cansancio, se fue… Comenzaba a despuntar el alba.

El taller

Sábado 18.

Ayer vino Precusa a recordarme que tenía que ir a ver su taller, que está en lo último de la calle, y esta mañana, al salir con mi padre, hice que me llevase allí un momento. Según nos íbamos acercando al taller, vi que salía de allí Garofi corriendo con un paquete en la mano, haciendo ondear su gran capa, que tapaba las mercancías. ¡Ah! Ahora ya sé dónde atrapa las limaduras de hierro que vende luego por periódicos atrasados, ese traficante de Garofi! Asomándonos a la puerta vimos a Precusa sentado en un montón de ladrillos: estaba estudiando la lección con el libro sobre las rodillas. Se levantó inmediatamente y nos hizo pasar; era un cuarto grande, lleno de polvo de carbón, con las paredes cubiertas de martillos, tenazas, barras, hierros de todas formas; en un rincón ardía el hierro de la fragua, y soplando el fuelle un muchacho. Precusa padre estaba cerca del yunque, y el aprendiz tenía una barra de hierro metida en el fuego.

—¡Ah! ¡Aquí le tenemos —dijo el herrero, apenas nos vió, quitándose la gorra— al guapo muchacho que regala ferrocarriles! Ha venido a ver trabajar un rato, ¿no es verdad? Al momento será usted servido. —Y diciendo así, sonreía; no tenía ya aquella cara torva, aquellos ojos atravesados de otras veces. El aprendiz le presentó una larga barra de hierro enrojecida por la punta, y el herrero la apoyó sobre el yunque. Iba a hacer una de las barras con voluta que se usan en los antepechos de los balcones. Levantó un gran martillo y comenzó a golpear, moviendo la parte enrojecida para ponerla, ora de un lado, ora de otro, sacándola a la orilla del yunque, o introduciéndola hacia el medio, dándole siempre muchas vueltas; y causaba maravilla ver cómo, bajo los golpes veloces, precisos, del martillo, el hierro se encorvaba, se retorcía, y tomaba poco a poco la forma graciosa de la hoja rizada de una flor, cual si fuera objeto de pasta modelado con la mano.

El hijo, entretanto, nos miraba con cierto aire orgulloso, como diciendo: "¡Mirad cómo trabaja mi padre!"

—¿Ha visto cómo se hace, señorito? —me preguntó el herrero, una vez terminado y poniéndome delante la barra, que parecía el báculo de un obispo. La colocó a un lado y metió otra en el fuego.

—En verdad que está bien hecha —le dijo mi padre; y prosiguió—: ¡Vamos!... Ya veo que se trabaja, ¿eh? ¿Ha vuelto la gana?

—Ha vuelto, sí —respondió el obrero limpiándose el sudor y poniéndose algo encendido—. ¿Y sabe quién la ha hecho volver? —Mi padre se hizo el desentendido—. Aquel guapo muchacho —dijo el herrero, señalando a su hijo con el dedo—; aquel buen hijo que está allí, que estudiaba y honraba a su padre, mientras que su padre andaba de pirotecnia y lo trataba como a una bestia. Cuando he visto aquella medalla… ¡Ah, chiquitín mío, alto como un cañamón, ven acá que te mire un poco esa cara! —El muchacho se precipitó hacia su padre; y éste le asió y le puso en pie sobre el yunque, y sosteniéndole por debajo de los brazos, le dijo—: Limpia un poco el frontispicio a este animalón de padre.

Entonces Precusa cubrió de besos la cara ennegrecida de su padre hasta ponerse también él enteramente negro.

—Así me gusta —dijo el herrero, y lo puso en tierra.

—Así me gusta, Precusa! —exclamó mi padre con alegría, y habiéndonos despedido del herrero y de su hijo, salimos. Al retirarnos, Precusa me dijo:

—Dispénsame —y me metió en el bolsillo un paquete de clavos; le invité para que fuera a ver las máscaras a casa.

—Tú le has regalado tu tren —me dijo mi padre por el camino—; pero aun cuando hubiese estado lleno de oro y de perlas, hubiera sido pequeño regalo para aquel santo hijo que ha rehecho el corazón de su padre.

El payasillo

Lunes 20.

Toda la ciudad está convertida en hervidero a causa del Carnaval, que ya toca a su término; en cada plaza se levantan barracas y palestras de saltimbanquis; nosotros tenemos precisamente debajo de las ventanas un circo de tela, donde funciona cierta pequeña compañía veneciana con cinco caballos, El circo se halla en medio de la plaza, y en un ángulo hay tres grandes carretas, donde los titiriteros duermen y se visten; tres casetas con ruedas, con sus ventanillas y una estufita cada una, que siempre está echando humo, y entre ventana y ventana están extendidas las envolturas de los niños. Hay una mujer que da de mamar a un rorro, hace la comida y baila en la cuerda. ¡Pobre gente! Se les llama saltimbanquis como palabra injuriosa, y, sin embargo, ganan su pan honradamente divirtiendo a todos; ¡y cómo trabajan! Todo el día están corriendo del circo a los coches, en traje de punto, ¡y con el frío que hace! Comen dos bocados a escape, de pie, entre una y otra representación, y a veces, cuando tienen el circo ya lleno, se levanta un viento fuerte, que rasga las telas y apaga las luces, y ¡adiós espectáculo!: necesitan devolver el dinero y trabajar toda la noche para reparar los desperfectos del barracón. Tienen dos muchachos que trabajan, y mi padre ha reconocido al más pequeño cuando atravesaba la plaza; es hijo del dueño, el mismo a quien vimos el año pasado hacer los juegos a caballo en el circo de la plaza de Víctor Manuel. Ha crecido; tendrá unos ocho años; hermoso rapaz, con una carita redonda y morena de pillete y multitud de rizos negros que se le escapan fuera del sombrero cónico. Está vestido de payaso, metido dentro de una especie de saco grande con mangas, blanco, bordado de negro, y con unos zapatitos de tela. Es un diablejo. A todos gusta. Hace de todo. Se le ve envuelto en un mantón, muy de mañana, llevando la leche a su casucha de madera; luego va a buscar los caballos a la cuadra, que está en la calle próxima; tiene en brazos al niño de pecho; transporta aros, caballetes, barras, cuerdas; limpia los carros, enciende el fuego, y en los momentos de descanso siempre está pegado a su madre. Mi padre se le queda mirando siempre desde la ventana, y no hace otra cosa más que hablar de él y de la gente, que tienen todas las trazas de ser buenos y de querer mucho a sus hijos. Una noche fuimos al circo; hacía frío y no había ido casi nadie; pero no por eso el payaso dejó de estar en continuo movimiento para tener alegre a la gente; daba saltos mortales, se agarraba a la cola de los caballos, andaba con las piernas en alto, y cantaba, siempre con su carita morena sonriente; y su padre, que vestía traje rojo con pantalones blancos y bota alta, y la fusta en la mano, lo miraba, pero estaba triste. Mi padre tuvo compasión de él, y habló del asunto con el pintor Delis, que vino a vernos. ¡Esta pobre gente se mata trabajando y hace muy mal negocio! Aquel muchacho ¡le parecía tan bien! ¿Qué se podría hacer por ellos? El pintor tuvo una idea.

—Escribe un buen artículo en el diario —le dijo—, tú que sabes escribir; cuenta los milagros del payasillo, y yo haré su retrato; todos leen el diario, y a lo menos una vez concurrirá la gente.

Así lo hicieron. Mi padre escribió un artículo hermoso y lleno de gracia, en que decía todo lo que nosotros veíamos desde las ventanas, y ponía en ganas de conocer y acariciar al pequeño artista; y el pintor trazó un retrato parecido y artístico, que fue publicado el sábado por la tarde. En la representación del domingo una gran multitud concurrió al circo. Estaba anunciado: "Presentación a beneficio del payasín"; del payasín, como se le llamaba en el diario. No cabía un alfiler en el circo; muchos espectadores tenían el diario en la mano y se lo enseñaban al payasín, que se reía y corría, ya por un lado, ya por el otro, loco de contento. También el padre estaba alegre. ¡Ya lo creo! Jamás ningún periódico le había hecho tanto honor, y la caja estaba llena de billetes. Mi padre se sentó a mi lado. Entre los espectadores había gente conocida. Cerca de la entrada de los caballos, en pie, estaba el maestro de gimnasia, uno que estuvo con Garibaldi, y frente a nosotros, en los segundos puestos, el albañilito, con su carita redonda, sentado junto a su padre, que parecía un gigante..., y apenas me vio me hizo un guiño. Algo más allá vi a Garofi, que estaba contando los espectadores, calculando por los dedos cuánto habría recaudado la compañía. En los sillones de los primeros puestos, poco distante de nosotros, estaba el pobre Roberto, aquel que salvó al niño del ómnibus, con sus muletas entre las rodillas, apretado contra su padre, capitán de artillería, que tenía apoyada una mano sobre su hombro. Comenzó la representación. El payasín hizo maravillas sobre el caballo, en el trapecio y en la cuerda, y siempre que descendía era aplaudido por todas las manos, y muchos le tiraban de los rizos. Luego hicieron ejercicios otros varios: funámbulos, escamoteadores por ballistas, vestidos de remiendos, pero deslumbradores por la plata que los recubría. Pero cuando el muchacho no trabajaba, pareció que la gente se aburría. En esto vi que el maestro de gimnasia, que estaba en pie en la entrada de los caballos, hablaba al oído con el dueño del circo, el cual repentinamente dirigió su mirada a los espectadores, como si buscase a alguien. Sus ojos se detuvieron en nosotros. Mi padre lo advirtió, comprendió que el maestro le había dicho quién era el autor del artículo, y para que no fuera a darle las gracia se largó, diciéndome:

—Quédate, Enrique, que yo te espero fuera.

El payasín, después de haber cruzado algunas palabras con su padre, hizo otro ejercicio: en pie sobre el caballo que galopaba, se vistió cuatro veces; primero de peregrino, luego de marinero, después de soldado, y por fin de acróbata, y siempre que pasaba cerca de mí me miraba. Luego, al apearse, comenzó a dar una vuelta al circo con el sombrero de payaso en la mano, y todos le echaban algo, bien dinero, bien dulces. Yo tenía preparados dos sueldos; pero cuando llegó frente de mí, en lugar de presentar el sombrero lo echó hacia atrás, me miró y pasó adelante. Me mortificó esto. ¿Por qué me había hecho esa desatención? La representación terminó, el dueño dio las gracias al público, y toda la gente se levantó, aglomerándose hacia la salida. Yo iba confundido entre la multitud, y estaba ya casi en la puerta, cuando sentí que me tocaban una mano. Me volví: era el payasín, con su carilla graciosa y morena y sus ricitos negros, que se sonreía; tenía las manos llenas de dulce. Entonces comprendí.

—Si quieres —me dijo— aceptar estos dulcecillos del payasín...

Yo le indiqué que sí, y tomé tres o cuatro.

—Entonces —añadió—, acepta también este beso.

—Dame dos —respondí; y le presenté la cara. Se limpió con la manga la cara enharinada, me echó un abrazo alrededor del cuello y me estampó dos besos sobre las mejillas, diciéndome:

—Toma, toma, y lleva a tu padre.

El último día de Carnaval

Martes 21.

¡Qué conmovedora escena presenciamos hoy en el paseo de las máscaras! Concluyó bien, pero podía haber ocurrido una desgracia. En la plaza de San Carlos, decorada toda ella con pabellones amarillos, rojos y blancos, se apiñaba numerosa multitud, cruzaban máscaras de todos los colores, pasaban carros dorados llenos de banderas imitando colgaduras. teatros, barcos, rebosando arlequines y guerreros, cocineros, marineros y pastorcillas; era una confusión tan grande, que no se sabía dónde mirar; un ruido de cornetas, de cuernos y platillos que rompía los oídos; las máscaras de los carros bebían y cantaban, apostrofando a la gente de a pie, a los de las ventanas, que respondían hasta desgañitarse y se tiraban con furia naranjas y dulces; por encima de los carruajes y de las apreturas, hasta donde alcanzaba la vista, se veían ondear banderolas, brillar cascos refulgentes, tremolar penachos, agitarse cabezotas de cartón-piedra, cofias gigantescas, trompetas enormes, armas extravagantes, tambores, castañuelas, gorros rojos y botellas; todos parecían locos. Cuando nuestro coche entró en la plaza, iba delante de nosotros un carro magnífico, tirado por cuatro caballos con gualdrapas bordadas de oro, lleno de guirnaldas de rosas artificiales, en el cual iban catorce o quince señores disfrazados de caballeros de la corte de Francia, resplandecientes con sus trajes de seda, con pelucas blancas, sombrero de plumas bajo el brazo, y espadín, y el pecho cubierto de lazos y encajes hermosísimos. Todos a la vez iban cantando una cancioncilla francesa y arrojaban dulces a la gente, y la gente aplaudía y gritaba. De repente vimos a un hombre que estaba a nuestra izquierda levantando sobre las cabezas de la multitud a una niña de cinco a seis años que lloraba desesperadamente, agitando los brazos como si estuviera acometida de convulsivo ataque. El hombre le hizo sitio hacia el carro de los señores; uno de éstos se inclinó y el hombre le gritó:

—Tome a esta niña; ha perdido a su madre entre la muchedumbre; téngala en brazos; la madre no debe de estar lejos, y la verá; no hay otro medio.

El señor tomó a la niña en brazos; todos los demás dejaron de cantar; la niña chillaba y manoteaba; el señor se quitó la careta, y el carro continuó andando despacio. En el entreacto, según nos dijeron después, en la extremidad opuesta de la plaza, una pobre mujer, medio enloquecida, rompía por entre la multitud a codazos y empellones, gritando: "¡María! ¡María! ¡María! ¡He perdido a mi hija! ¡Me la han robado! ¡Han ahogado a mi hija!"

Hacía un cuarto de hora que se hallaba en aquel estado de desesperación, yendo unas veces hacia un lado, otras al contrario, oprimida por la gente, que a duras penas podía abrirle paso. El señor del carro no cesaba entretanto de tener apretada contra su pecho la niña, paseando su mirada por toda la plaza y tratando de aquietar a la pobre criatura, que se tapaba la cara con las manos, sin darse cuenta de dónde se hallaba y sollozando de tal modo que partía el corazón. El señor estaba conmovido; bien se veía que aquellos gritos le llegaban al alma; los demás ofrecían a la niña naranjas y dulces; pero ésta todo lo rechazaba, cada vez más espantada y convulsa. "¡Buscad a su madre! —gritaba la multitud—. "¡Buscad a su madre!" Y todo el mundo se volvió a derecha e izquierda, pero la madre no aparecía. Finalmente, a pocos pasos de la desembocadura de la calle Roma, vimos a una mujer que se lanza hacia el carro. ¡Ah, jamás la olvidaré! No parecía criatura humana: tenía el cabello suelto, la cara desfigurada, los vestidos rotos: se lanzó hacia adelante dando un gemido que no fue posible comprender si era de gozo, de angustia o de rabia, y alzando sus manos como si fueran dos garras, recogió a la niña. El carro se detuvo.

—Aquí la tienes —dijo el señor, presentándole la niña, después de darle un beso, y colocándola entre los brazos de su madre, que la apretó contra su seno con furia.

Pero una de las manecitas quedó por algunos segundos entre las manos del caballero, el cual, arrancándose de la mano derecha un anillo de oro con un grueso diamante, lo metió con presteza en un dedo de la pequeña:

—Toma —le dijo—; será tu dote de esposa.

La madre quedó en éxtasis, como encantada; la multitud prorrumpió en aplausos, el señor se puso otra vez la careta, sus compañeros emprendieron de nuevo el canto, y el carro marchó lentamente en medio de una tempestad de palmadas y de vivas.

Los muchachos ciegos

Jueves 24.

El maestro está muy enfermo, y enviaron en su lugar al de la sección cuarta, que ha sido maestro en el Instituto de ciegos; el más viejo de todos, tan canoso, que parece que lleva en la cabeza un peluca de algodón, y que habla como si entonase una canturía melancólica, pero bien, y sabe mucho. Apenas entró en la escuela y viendo a un niño con un ojo vendado, se acercó al banco para preguntarle qué tenía.

—Cuídate los ojos, muchacho —le dijo. Y entonces Deroso le preguntó:

—¿Es verdad, señor maestro, que ha sido usted profesor de los ciegos?

—Sí, durante varios años —respondió.

Y Deroso le dijo a media voz:

—Díganos usted algo sobre ellos.

El maestro se fue a sentar al lado de la mesa.

Coreta dijo en alta voz:

—El Instituto de los ciegos está en la calle Niza.

—Vosotros decís ciegos, ciegos —comenzó el maestro—, así como diríais enfermos, pobres, o qué sé yo. Pero ¿entendéis bien lo que esta palabra quiere decir? Pensad por un momento. ¡Ciegos! ¡No ver absolutamente nada nunca! ¡No distinguir el día de la noche; no ver ni el cielo ni el sol, ni a sus propios padres, nada de lo que se tiene alrededor o se toca; estar sumergidos en perpetua oscuridad y como sepultados en las entrañas de la tierra! Probad un momento a cerrar los ojos, y pensad si debierais permanecer para siempre así: inmediatamente os sobrecoge la angustia, el terror, os parece que sería imposible resitirlo, que os pondríais a gritar, que os volveríais locos o moriríais. Y sin embargo... pobres niños, cuando se entra por primera vez en el instituto de los ciegos, durante el juego, al oír tocar violines y flautas por todas partes, hablar fuerte y reír subiendo y bajando las escaleras con paso veloz, y moverse libremente por los corredores y dormitorios, nadie diría que son tan desventurados. Es preciso observarlos bien. Hay jóvenes de dieciséis y dieciocho años, robustos y alegres, que sobrellevan la ceguera con cierta calma, y hasta con presencia de ánimo; pero bien se trasluce, por la expresión desdeñosa y fiera de sus semblantes, que deben haber sufrido tremendamente antes de resignarse a aquella desventura; otros, con fisonomía pálida y dulce, en la cual se nota una grande pero triste resignación, y se comprende que alguna vez, en secreto, deben llorar todavía. ¡Ah, hijos míos! Pensad que algunos de ésos han perdido la vista en pocos días, que otros la han perdido después de sufrir como mártires años enteros, de haberles hecho operaciones quirúrgicas terribles, y que muchos han nacido así, en una noche que no ha tenido amanecer para ellos, que han entrado en el mundo como en inmensa tumba y que no saben cómo está formado el semblante humano. ¡Imaginaos cuánto habrán sufrido y cuánto deben sufrir cuando piensen así, confusamente, en la diferencia tremenda que hay entre ellos y los que ven, y se pregunten a sí mismos: "¿Por qué esta diferencia, si no tenemos culpa alguna?" Yo que he estado varios años entre ellos, cuando recuerdo aquella clase, todos aquellos ojos sellados para siempre, todas aquellas pupilas sin mirada y sin vida, y luego miro a vosotros..., me parece imposible que no seáis todos felices. ¡Pensad que hay cerca de veintiséis mil ciegos en Italia! Veintiséis mil personas que no ven la luz..., ¿comprendéis?... ¡Un ejército que tardaría cuatro horas en desfilar bajo nuestras ventanas!

El maestro calló; no se oía respirar en la clase.

Deroso preguntó si era verdad que los ciegos tienen el tacto más fino que nosotros.

—Es verdad —dijo el maestro—. Todos los demás sentidos se afinan en ellos, precisamente porque debiendo suplir entre todos el de la vista están más y mejor ejercitados de lo que lo están en nosotros. Por la mañana, en los dormitorios, el uno pregunta al otro: "¿Hay sol?" Y el que es más listo para vestirse escapa al patio, para agitar las manos en el aire y sentir el calor del sol, si lo hay, volviendo a dar la buena noticia: "¡Hay sol!" Por la voz de una persona se forman idea de la estatura; nosotros juzgamos del alma de las personas por los ojos, ellos por la voz; recuerdan las entonaciones y los cantos a través de los años. Perciben si en una habitación hay varias personas, aunque sea una sola que habla y las otras permanezcan inmóviles. Al tacto se dan cuenta de si una cuchara está poco limpia o mucho. Las niñas distinguen la lana teñida de la que tiene su color natural. Al pasar de dos en dos por las calles, reconocen casi todas las tiendas por el olor, aun aquellas en las cuales nosotros no percibimos olor alguno. Juegan al peón, y al oír el zumbido que produce al girar, se van derechos a tomarlo, sin equivocarse. Juegan a los aros, tiran a los bolos, saltan a la comba, fabrican casitas con pedruscos, recogen las violetas como si realmente las viesen, hacen esteras y canastillos, tejiendo paja de varios colores primorosamente. ¡Hasta tal punto tienen ejercitado el tacto! El tacto es para ellos la vista; uno de los mayores placeres es el de tocar y oprimir hasta adivinar la forma de las cosas, palpándolas. Es conmovedor ver, cuando van al museo industrial donde los dejan tentar lo que quieren, con cuánto gusto se apoderan de los cuerpos geométricos y ponen sus manos sobre los modelitos de casas, sobre los instrumentos; con qué alegría palpan y revuelven entre las manos todas las cosas para ver cómo están hechas. ¡Ellos dicen ver!

Garofi interrumpió al maestro para preguntarle si era cierto que los chicos ciegos aprenden a hacer cuentas mejor que los otros.

El maestro respondió:

—Es verdad. Aprenden a hacer cuentas y a leer. Tienen libros a propósito con caracteres en relieve; pasan por encima los dedos, reconocen las letras y pronuncian las palabras; leen de corrido. Y es preciso ver, ¡pobrecillos!, cómo se ponen colorados cuando se equivocan. También escriben sin tinta. Escriben sobre un papel grueso y duro con un punzoncito de metal, que hace tantos puntitos hundidos y agrupados, según un alfabeto especial; los cuales puntitos aparecen en relieve por el revés del papel de modo que, volviendo la hoja y pasando los dedos sobre aquellos relieves, pueden leer lo que han escrito y la escritura de los demás; no de otra manera hacen composiciones y se escriben cartas entre ellos. La escritura de los números y de los cálculos la hacen del mismo modo. Calculan mentalmente con increíble facilidad, porque no les distrae la vista de las cosas exteriores como a nosotros. ¡Si vierais qué apasionados son por oír leer en alta voz, qué atención prestan, cómo lo recuerdan todo, cómo discuten entre sí, aún los más pequeños, de cosas de historia y de lenguas, sentados cuatro o cinco en un banco sin volverse el uno hacia el otro, y conversando el primero con el tercero, el segundo con el cuarto en alta voz, y todos juntos sin perder una sola palabra, por la rapidez y agudeza que tiene su oído! Dan más importancia que vosotros a los exámenes, y toman más afectos a sus maestros. Reconocen a su maestro en el andar, por el olfato; perciben si está de buen o mal humor, si está sano o no; y todo esto, nada más que por el sonido de una palabra; quieren que el maestro les toque cuando les anima y les alaba, y le palpan las manos y los brazos para expresarle su gratitud. También se profesan unos a otros mucho cariño, y son buenos compañeros. En las horas de recreo casi siempre están juntos los mismos. En la sección de muchachas, por ejemplo, se forman tantos grupos cuantos son los instrumentos que saben tocar; así, hay grupos de violinistas, pianistas, flautistas, sin separarse jamás. Puesto su cariño en una persona, es difícil que se desprendan de él.

Su gran consuelo es la amistad. Se juzgan unos a otros con rectitud. Tienen concepto claro y profundo del bien y del mal. No hay nadie que se exalte tanto como ellos en presencia de una acción generosa o de un hecho grande.

Votino preguntó si tocan bien.

—Sienten ardiente amor por la música —respondió el maestro—. Su alegría y su vida está en la música. Hay niños ciegos que, apenas entran en el colegio, son capaces de estar tres horas inmóviles, a pie quieto, oyendo tocar. Aprenden pronto, y tocan con pasión. Cuando el maestro dice a uno que no tiene disposición para la música, sufre un gran tormento, pero se pone a estudiar como un desesperado. ¡Ah! Si oyerais la música allí dentro, si les vierais cuando tocan con la frente alta, con la sonrisa en los labios, el semblante encendido, trémulos de emoción, extasiados, oyendo aquellas armonías que resplandecen en la oscuridad infinita que los rodea, ¡comprenderíais perfectamente que para ellos es consuelo divino la música! El júbilo y la felicidad rebosa cuando les dice el maestro: "Tú llegarás a ser un artista". El que sobresale en la música y llega a tocar bien el piano o el violín es como un rey; le aman, le veneran. Si se origina una disputa, los contendientes van a sometérsela; y si dos amigos regañan, él también es quien los reconcilia. Los más pequeñitos, a quienes él enseña a tocar, lo consideran como a un padre. Antes de ir a acostarse, todos van a darle las buenas noches. Hablan sin cesar de música; a lo mejor, estando ya acostados, casi todos cansados del estudio y del trabajo y medio dormidos, todavía se les oye charlar en voz baja de óperas, de maestros, de instrumentos, de orquestas. Y es tan grande castigo el privarles de la lectura o de la lección de música, sienten tanta pena, que casi nunca se tiene valor para castigarles de este modo. Lo que la luz es para nuestros ojos, es la música para el corazón de ellos.

Deroso preguntó si no se podía ir a verlos.

—Se puede —respondió el maestro—; pero vosotros, siendo niños, no debéis ir por ahora. Iréis más tarde, cuando estéis en situación de comprender toda la grandeza de su desventura y de sentir toda la piedad a que es acreedora. Es un espectáculo triste, hijos míos. Os encontráis a veces con unos cuantos muchachos sentados frente a una ventana, abierta de par en par, gozando del ambiente fresco, con la cara inmóvil, que parece que miran la inmensa llanura verde y las hermosas montañas azules que vosotros veis...; y el pensar que no ven nada, que jamás podrán ver nada de toda aquella magnífica belleza, os oprime el alma como si ellos se hubieran vuelto ciegos en aquel momento. Todavía los ciegos de nacimiento, que no habiendo visto el mundo, no echan de menos nada, porque ignoran las imágenes de las cosas, dan menos compasión. Pero hay niños que hace pocos meses se han quedado ciegos, que todo lo tienen presente todavía, y que comprenden bien lo que han perdido, los cuales sienten además el dolor de ver cómo cada día que pasa se van oscureciendo las imágenes más queridas, como si en su memoria se fuera muriendo el recuerdo de las personas amadas.

Uno de estos infelices me decía cierto día con inexplicable tristeza: "¡Quisiera llegar a tener vista una vez nada más, un momento, para ver la cara de mi madre, que no la recuerdo ya!" Y cuando las madres van a buscarlos, les ponen las manos sobre las caras, las tocan bien desde la frente hasta la barba y las orejas, para poder sentir cómo son, y casi no llegan a persuadirse de que no las ven, y las llaman por sus nombres muchas veces como para suplicarles que se dejen ver una sola vez siquiera. ¡Cuántos salen de allí llorando, aun de los hombres de corazón duro! Y cuando se sale, nos parece que somos una excepción, que gozamos de un privilegio inmerecido al ver la gente, las casas, el cielo. ¡Oh! ¡No hay ninguno de vosotros, estoy seguro de ello, que al salir de allí no estuviera dispuesto a privarse de algo de su propia vista para dar siquiera fuese un ligero resplandor a aquellos pobres niños, para los cuales ni el sol tiene luz, ni cara sus respectivas madres!

El maestro enfermo

Sábado 25,

Ayer tarde, al salir de la escuela, fui a visitar al profesor que está malo. El trabajo excesivo le ha puesto enfermo. Cinco horas de lección al día, luego de una hora de gimnasia, luego otras dos horas de escuela de adultos por la noche, lo cual significa que duerme muy poco, que come a escape y que no puede ni respirar siquiera tranquilamente de la mañana a la noche; no tiene remedio, ha arruinado su salud. Esto dice mi madre. Ella me esperó abajo, en la puerta de la calle; subió, y en las escaleras me encontré al maestro de las barbazas negras, Coato, aquel que mete miedo a todos y no castiga a nadie; él me miró con los ojos fijos, bramó como un león (por broma) y pasó muy serio. Aún me reía yo cuando llegaba al piso cuarto y tiraba de la campanilla; pero pronto cambié, cuando la criada me hizo entrar en un cuarto pobre, medio a oscuras, donde se hallaba acurrucado mi maestro. Estaba en una cama pequeña de hierro, tenía la barba crecida. Se puso la mano en la frente como pantalla para verme mejor, y exclamó con voz afectuosa:

—¡Oh, Enrique!

Me acerqué al lecho, me puso una mano sobre el hombro y me dijo:

—Muy bien, hijo mío. Has hecho bien en venir a ver a tu pobre maestro. Estoy en mal estado, como ves, querido Enrique. Y, ¿cómo anda la escuela? ¿Qué tal los compañeros? ¿Todo va bien, eh, aun sin mí? ¿Os encontráis bien sin mí, no es verdad? ¡Sin vuestro viejo maestro!

Yo quería decir que no; él me interrumpió:

—Ea, vamos, ya lo sé que no me queréis mal.

Y dio un suspiro.

Yo miraba unas fotografías clavadas en las paredes.

—¿Ves? —me dijo—. Todos esos son muchachos que me han dado sus retratos, desde hace más de veinte años. Guapos chicos. He ahí mis recuerdos. Cuando me muera, la última mirada la echaré allí, a todos aquellos pilluelos, entre los cuales he pasado la vida. ¿Me darás tu retrato también, no es verdad, cuando hayas concluido el grado elemental?

Luego tomó una naranja que tenía sobre la mesa de noche, y me la alargó diciendo:

—No tengo otra cosa que darte; es un regalo de enfermo.

Yo le miraba y tenía el corazón triste, no sé por qué.

—Ten cuidado, ¿eh? —volvió a decirme—; yo espero que saldré bien de ésta; pero si no me curase..., cuídate de ponerte fuerte en aritmética, que es tu lado flaco; haz un esfuerzo; no se trata más que de un primer esfuerzo, porque a veces no es falta de aptitud; es una preocupación o, como si se dijese, una manía.

Pero, entretanto, respiraba fuerte; se veía que sufría.

—Tengo una fiebre muy alta... —y suspiró—. Estoy medio muerto. Te recomiendo, pues: ¡firme en la aritmética y en los problemas! ¿Que no sale bien a la primera? Se descansa un momento y se vuelve a intentar. ¿Que todavía no sale bien? Otro poco de descanso y vuelta a empezar. Y adelante, pero con tranquilidad, sin afanarse, sin perder la cabeza. Vete. Saluda a tu madre. Y no vuelvas a subir las escaleras; nos volveremos a ver en la escuela. Y si no nos volvemos a ver, acuérdate alguna vez de tu maestro del tercer año, que siempre te ha querido bien.

Al oír aquellas palabras, sentí deseos de llorar.

—Inclina la cabeza —me dijo. La incliné sobre la almohada y me besó sobre los cabellos. Luego añadió—: Vete —y volvió la cara del lado de la pared. Yo bajé volando las escaleras, porque tenía necesidad de abrazar a mi madre .

La calle

Sábado 25.

"Te observaba desde la ventana esta tarde al volver de casa del maestro; tropezaste con una pobre mujer. Cuida mejor de ver cómo andas por la calle. También en ella hay deberes que cumplir. Si tienes cuidado de medir tus pasos y tus gestos en una casa, ¿por qué no has de hacer lo mismo en la calle, que es la casa de todos? Acuérdate, Enrique: siempre que encuentres a un anciano, a un pobre, a una mujer con un niño en brazos, a un impedido que anda con muletas, a un hombre encorvado bajo el peso de su carga, a una familia vestida de luto, cédeles el paso con respeto: debemos respetar la vejez, la miseria, el amor maternal, la enfermedad, la fatiga, la muerte. Siempre que veas una persona a la cual se le viene encima un carruaje, quítale del peligro, si es un niño; adviértele, si es un hombre; pregunta siempre qué tiene, al niño que veas solo llorando. Recoge el bastón al anciano que lo haya dejado caer. Si dos niños riñen, sepáralos; si son dos hombres, aléjate por no asistir al espectáculo de la violencia brutal que ofende y endurece el corazón, Y cuando pasa un hombre maniatado entre dos guardias, no añadas a la curiosidad cruel de la multitud la tuya: puede ser un inocente. Cesa de hablar con tu compañero y de sonreír, cuando encuentres, o una camilla de hospital, que quizá lleva un moribundo, o un cortejo mortuorio; porque, ¡quién sabe si mañana no podría salir uno de tu casa! Mira con reverencia a todos los muchachos de los establecimientos benéficos que pasan de dos en dos: los ciegos, los mudos, los raquíticos, los huérfanos, los niños abandonados; piensa que son la desventura y la caridad humana las que pasan. Finge siempre no ver a quien tenga una deformidad repugnante, ridícula. Apaga siempre las cerillas que encuentras encendidas al pasar; el no hacerlo podría costar caro a alguno. Responde siempre con finura al que te pregunte por una calle. No mires a nadie riendo; no corras sin necesidad, y no grites. Respeta la calle. La educación de un pueblo se juzga, ante todo, por el comedimiento que observa en la vía pública. Donde notes falta de educación fuera, la encontrarás también dentro de las casas. Estudia las calles, estudia la ciudad donde vives, que si mañana fueras lanzado lejos de ella, te alegrarías de tenerla bien presente en la memoria, y de poder recorrer con el pensamiento tu ciudad, tu pequeña patria, la que ha constituido por tantos años tu mundo, donde has dado tus primeros pasos al lado de tu madre, donde has sentido las primeras emociones, abierto tu mente a las primeras ideas y encontrado los primeros amigos. Ella ha sido una madre para ti; te ha instruido, deleitado y protegido. Estúdiala en sus calles y en su gente; ámala y, cuando oigas que la injurian, defiéndela.

Tu padre."

Marzo

Las escuelas de adultos

Jueves 2.

Ayer me llevó mi padre a ver las clases de adultos de la Escuela Bareti, que es la nuestra; ya estaban todas iluminadas, y los artesanos comenzaban a entrar. Al llegar, nos encontramos al director y a los maestros encolerizados porque, hacía poco, habían roto a pedradas los cristales de una ventana: el portero, echándose a la calle, había atrapado a un muchacho que pasaba; pero en el mismo momento se presentó Estardo, que vive frente a la escuela, diciendo:

—Éste no ha sido; yo mismo lo he visto con mis propios ojos; ha sido Franti el quc ha tirado, y me ha dicho: "¡Ay de ti si hablas!"; pero yo no tengo miedo.

El director añadió que Franti sería expulsado para siempre. Entretanto observaba a los operarios que llegaban juntos, de dos en dos o de tres en tres, y ya habían entrado más de doscientos. ¡Nunca había yo visto lo hermosa que es una escuela de adultos! Allí estaban mezclados muchachos desde doce años y hombres con barba que volvían del trabajo, con sus libros y sus cuadernos. Había carpinteros, fogoneros con la cara negra, albañiles con las manos blancas de cal, mozos de panadería con el pelo enharinado; se percibía olor de barniz, de cuero, de pez, de aceite, olores de todos los oficios. También entró una escuadra de obreros de la maestranza de artillería, de uniforme, con un cabo. Todos se metían presurosos en los bancos, quitaban el travesaño donde nosotros ponemos los pies, e inmediatamente inclinaban su cabeza sobre los cuadernos. Algunos iban a pedir explicación a los maestros con los cuadernos abiertos. Vi a aquel maestro joven y bien vestido, el abogadito, que tenía tres o cuatro operarios alrededor de la mesa y hacía correcciones con la pluma;

también al rengo que se reía grandemente con un tintorero que le llevaba un cuaderno manchado de tintura roja y azul. Mi maestro, ya curado, se encontraba también allí; mañana volverá a la escuela. Las puertas de las clases estaban abiertas. Me quedé admirado, cuando comenzaron las lecciones, al ver la atención que prestaban todos, sin siquiera mover los ojos. Y sin embargo, la mayor parte, decía el director, por no llegar demasiado tarde no habían ido a casa a comer siquiera un poco de pan, y tenían hambre. Los pequeños, al cabo de media hora de clase, se caían de sueño. Alguno se dormía con la cabeza apoyada en el banco, y el maestro le despertaba haciéndole cosquillas con una pluma en la oreja. Los mayores, no; estaban bien despiertos, oyendo la lección con la boca abierta, sin pestañear; nos causaba maravilla ver en nuestros bancos toda aquella gente barbuda. Subimos al piso superior, corrí hacia la puerta de mi clase, y me encuentro con que mi sitio estaba ocupado por un hombre de grandes bigotes, que llevaba una mano vendada porque quizá se había hecho daño con alguna herramienta, y que, sin embargo, se ingeniaba para poder escribir muy despacio. Lo que más me agradó fue el ver que precisamente en el mismo banco y en el mismo rinconcito donde se sienta el albañilito, se sienta también su padre, aquel albañil grande como un gigante, que apenas cabe en el sitio, con los codos apoyados en la mesa, la barba sobre los puños y los ojos fijos en el libro, y con una atención tan intensa que no se le siente respirar. Y no fue pura casualidad, porque él fue precisamente quien dijo al director el primer día que asistió a la escuela:

—Señor director, hágame el favor de ponerme en el mismo sitio que ocupa mi "carita de liebre" (porque siempre llama a su hijo de esta manera).

Nos detuvimos en la escuela hasta lo último, encontrándonos en la calle muchas mujeres con los niños abrazados al cuello, que esperaban a sus maridos, y que en cuanto salían hacían el cambio; los operarios llevaban a sus hijos en brazos, las mujeres tomaban los libros y los cuadernos, y así llegaban a casa. Por algún tiempo la calle estaba llena de gente y de ruido. Luego todo quedó en silencio, y no distinguimos ya más que la figura larga y cansada del director que se alejaba.

La lucha

Domingo 5.

Era de esperar: Franti, expulsado por el director, quiso vengarse, y aguardó a Estardo en una esquina, a la salida de la escuela, por donde había de pasar con su hermana, a quien todos los días va a buscar a un colegio de la calle de Dora Grosa. Mi hermana Silvia, al salir de su clase, lo vio todo, y volvió a casa llena de espanto. He aquí lo que ocurrió. Franti, con su gorra lustrosa de hule, aplastada y caída sobre una oreja, corrió de puntillas hasta alcanzar a Estardo, y para provocarle, dio un tirón a la trenza de su hermana; pero tan fuerte que casi la tira en tierra hacia atrás. La muchachita lanzó un grito; su hermano se volvió. Franti, que es mucho más alto y más fuerte que Estardo, pensaba: "O se aguantará, o le daré de cachetes". Pero Estardo no se detuvo a pensarlo; a pesar de ser tan pequeño y mal formado, se lanzó de un salto sobre aquel grandulón y le molió a puñetazos; pero no podía con él, y le tocaban más de los que él daba. Nadie pasaba por la calle sino algunas niñas; nadie podía separarlos. Franti le tiró al suelo; pero él en seguida se puso en pie, y vuelta a echársele encima a Franti, que le golpeaba como quien golpea en una puerta; en un momento le arrancó media oreja, le hundió un ojo y le hizo echar sangre por la nariz. Pero Estardo no cejaba, duro con él. Rugía:

—Me matarás; pero te las he de hacer pagar.

Franti le daba puntapiés y puñadas; Estardo se defendía a puntapiés y a empellones, y hasta con la cabeza. Una mujer gritaba desde la ventana:

—¡Bravo por el pequeño!

Otras decían:

—Es un muchacho que defiende a su hermana. ¡Valor! Dale a puño cerrado.

Y a Franti le gritaban:

—¡Porque eres mayor, cobarde!

Pero Franti también se había enfurecido, le echó la zancadilla, y Estardo cayó y él encima:

—¡Ríndete!

—¡No!
—¡Ríndete!
—¡No!

Y de un empujón se deslizó de entre sus manos y se puso en pie; le aferró a Franti por la cintura, y con un esfuerzo furioso lo tiró impetuosamente sobre el empedrado, echándole la rodilla al pecho.

—¡Ah, el infame tiene una navaja! —gritó un hombre que corría para desarmar a Franti. Pero ya Estardo, fuera de sí, le había asido el brazo con las dos manos, y dándole un fuerte mordisco le hizo dejar caer la navaja; la mano le sangraba. Acudieron otros, les separaron y les levantaron; Franti echó a correr, malparado. Estardo permaneció en el sitio, con la cara arañada y un ojo magullado, pero vencedor, al lado de su hermana, que lloraba mientras otras niñas recogían los cuadernos y los libros desparramados por el suelo.

—¡Bravo por el pequeño —decían alrededor—, que ha defendido a su hermana!

Pero Estardo, que pensaba más en su carrera que en su victoria, se puso luego a examinar uno por uno los libros y los cuadernos, para ver si faltaba algo o se habían estropeado; los limpió con la manga, miró el cartapacio, puso en su sitio todo, y luego, tranquilo y serio como siempre, dijo a su hermana:

—Vamos pronto, que tengo que hacer un problema con cuatro operaciones.

Los padres de los chicos

Lunes 6.

Esta mañana estaba el grueso padre de Estardo esperando a su hijo, temiendo que se encontrase a Franti de nuevo; pero Franti dicen que no volverá más, porque lo meterán a la cárcel. Había muchos padres esta mañana. Entre otros, se hallaba el revendedor de leña, el padre de Coreta, que es el retrato de su hijo: esbelto, alegre, con sus bigotes aguzados y un lacito de dos colores en el ojal de la chaqueta. Ya conozco a casi todos los padres de los muchachos, de verlos siempre allí. Hay una abuela encorvada, con cofia blanca, que aunque llueva, nieve o truene, viene siempre cuatro veces al día a traer o llevarse un nietecillo suyo, que va a la clase de primero superior, y a quien quita el capote, se lo vuelve a poner a la salida, le arregla la corbata, le sacude el polvo, lo atusa, le mira los cuadernos: ¡se comprende que no tiene otro pensamiento y que no encuentra nada más hermoso en el mundo! Viene a menudo también el capitán de artillería, padre de Roberto, el niño de las muletas, aquel que salvó a otro niño de un ómnibus; y así como todos los compañeros de su hijo, al pasar por su lado, le hacen una caricia, el padre devuelve la caricia o el saludo, sin olvidarse de nadie; a todos se dirige, y cuanto más pobres y peor vestidos van, con mayor alegría se las agradece. A veces también se ven cosas tristes: un caballero que no veía ya porque hacía un mes que se le había muerto un hijo y mandaba a la portera a recoger a otro, volvió ayer por primera vez, y al ver la clase y a los compañeros de su pequeñuelo muerto se metió en un rincón y prorrumpió en sollozos, tapándose la cara con las manos; el director lo tomó del brazo y lo llevó a su despacho. Hay padres y madres que conocen por su nombre a todos los compañeros de sus hijos, muchachas de la escuela inmediata y alumnos del instituto que vienen a esperar a sus hermanos. Suele venir también un anciano coronel, y cuando algún muchacho deja caer un cuaderno o pluma en medio de la calle, él lo recoge. No faltan tampoco señoras elegantes que hablan de cosas de la escuela con pobres mujeres de pañuelo a la cabeza y cesta al brazo, diciendo:

—¡Ah! ¡Ha sido terrible esta vez el problema! Esta mañana tenían una lección de gramática que no se acababa nunca.

Si hay un enfermo en una clase, todas lo saben, y cuando está mejor, todas se alegran. Precisamente esta mañana había ocho o diez señoras y artesanas que rodeaban a la madre de Crosi, la verdulera, para preguntarle noticias de un pobre niño de la clase de mi hermano que vive en su patio, y está en peligro de muerte. Parece que la escuela hace a todos iguales, y amigos a todos.

El número 78

Miércoles 8.

Ayer tarde presencié una escena conmovedora. Varios días hacía que la verdulera, siempre que Deroso pasaba a su lado, lo miraba y remiraba con una expresión de afecto muy grande, porque Deroso, después de hacer el descubrimiento del tintero del presidiario número 78, ha tomado cariño a Crosi, su hijo, el de los cabellos rojos, el del brazo paralítico; le ayuda a hacer los trabajos en la escuela, le indica las respuestas, le da papel, plumas y lápiz; en suma: le trata como a un hermano, como para compensarle de aquella desgracia de su padre, que le ha cabido en suerte y que él no conoce. Habían pasado varios días en que la verdulera miraba a Deroso, pareciendo querérselo tragar con los ojos, porque es una buena mujer, que no vive más que para su hijo; y como Deroso es el que le ayuda y gracias a él hace buen papel en la escuela, siendo Deroso un señor y el primero de la clase, le parece a ella un rey, un santo. Sus ojos daban a entender que quería decirle algo, pero que le daba vergüenza. Ayer de mañana, por último, se armó de valor, y le detuvo delante de una puerta.

—Dispénseme, señorito; usted, que es tan bueno y quiere tanto a mi hijo, hágame el favor de aceptar este pequeño recuerdo de una pobre madre —y sacó de su cesta de verdura una cajita de cartón blanca y dorada.

Deroso se puso como la grana, y la rechazó, diciendo, amable, pero resuelto:

—Désela usted a su hijo…, no acepto nada.

La mujer quedó contrariada y pidió perdón, balbuceando:

—No creía ofenderlo… ¡Si no son más que caramelos!

Pero Deroso repitió la negativa, meneando la cabeza. Entonces ella sacó tímidamente de la cesta un manojo de rabanillos, y le dijo:

—Acepte al menos éstos, que son frescos, para llevárselos a su madre.

Deroso sonrió, contestando:

—No, gracias, no quiero nada; haré siempre lo que pueda por Crosi, pero no debo aceptar nada; gracias de todos modos.

—Pero, ¿no se ha ofendido usted? —preguntó la pobre mujer con ansiedad.

Deroso le dijo, sonriendo:

—¡Bah!, no —y se fue, mientras ella exclamaba con alegría:

—¡Oh! ¡Qué muchacho tan bueno! ¡Nunca he visto otro tan guapo!

Todo parecía concluido; pero he aquí que por la tarde, a las cuatro, en lugar de la madre de Crosi se le acerca el padre, con su cara mortecina y melancólica. Detuvo a Deroso, y en la manera de mirarlo se comprendía en seguida su sospecha de que Deroso conociese su secreto; le miró fijamente, diciéndole con voz triste y afectuosa:

—Usted quiere mucho a mi hijo... ¿Por qué le quiere tanto?

Deroso se puso encendido. Hubiera querido responder: "Le quiero tanto, porque ha sido desgraciado; porque también usted, su padre, ha sido más desgraciado que culpable, expiando noblemente su delito, siendo un hombre de corazón".

Pero le faltaron ánimos para decirlo, porque en el fondo sentía temor y casi repugnancia ante aquel hombre que había derramado sangre de otro y había estado seis años preso. Éste lo adivinó todo, y bajando la voz dijo al oído y casi temblando a Deroso:

—Usted quiere bien al hijo, pero no quiere mal..., no desprecia al padre; ¿no es verdad?

—¡Ah, no, no! —exclamó Deroso en un arranque del alma. El hombre hizo entonces un movimiento impetuoso como para echarle un brazo al cuello, pero no se atrevió, contentándose con asir con dos dedos uno de sus rubios rizos; lo estiró y le dejó libre en seguida; luego se llevó su propia mano a la boca y la besó, mirando a Deroso con los ojos humedecidos, como para decirle que aquel beso era para él. Después tomó a su hijo de la mano y se fue con paso rápido.

El chiquitín muerto

Lunes 13.

El niño que vive en el patio de la verdulera, que pertenece a la sección primera superior, como mi hermano, ha muerto. La maestra Delcato vino el sábado por la tarde llena de aflicción a dar la noticia al maestro; inmediatamente Garrón y Coreta se ofrecieron para llevar el ataúd. Era un muchachito excelente: la semana anterior había ganado la medalla; quería mucho a mi hermano y le había regalado una hucha rota; mi madre le hacía caricias siempre que le encontraba. Usaba una gorra con dos tiras de paño rojo. Su padre es mozo de estación. Ayer tarde domingo, a las cuatro y media, fuimos a su casa para acompañarle hasta la iglesia. Vive en el piso bajo. Ya había en el patio muchos niños de su sección con sus madres, y cinco o seis maestras con cirios, y algunos vecinos. La maestra de la pluma roja y la Delcato habían entrado y las veíamos, por una ventana abierta, que estaban llorando, y a la madre del niño que sollozaba fuertemente. Dos señoras, madres de dos compañeros de escuela del muerto, habían llevado sendas guirnaldas de flores. A las cinco en punto nos pusimos en camino. Iba delante un muchacho que llevaba la cruz, luego el cura, luego la caja, una caja muy pequeña, ¡pobre niño!, cubierta de paño negro, y sujetas alrededor las guirnaldas de las dos señoras. A un lado del paño habían prendido la medalla y tres menciones honoríficas que el muchacho había ganado durante aquel año. Conducían el ataúd Garrón, Coreta y dos muchachos del patio. Detrás de la caja venía, en primer lugar, la señorita Delcato, que lloraba como si el muerto fuera hijo suyo; detrás otras maestras, y luego los muchachos, entre los cuales había algunos muy pequeños, con sus ramitos de violetas en la mano, y miraban el féretro absortos, dando la otra mano a sus madres, que uno de éstos decía: "¿Y ahora ya no vendrá más a la escuela?"

Cuando la caja salió del patio, un grito desesperado salió de la ventana: era la madre del niño, a quien hicieron retirar al interior en seguida. En la calle encontramos a los muchachos de un colegio que iban de dos en dos, y al ver el féretro con la medalla y a las maestras, se quitaron todos sus gorras. ¡Pobre chiquitín! ¡Se fue a dormir para siempre con su medalla! Ya no veremos más su gorrilla con las tiras rojas. Estaba bueno, y a los cuatro días murió. El último hizo un esfuerzo para levantarse y poder escribir su trabajo de gramática, y se empeñó en que le habían de poner la medalla sobre la cama, temiendo que se la quitaran. ¡Nadie te la quitará ya, pobre niño! ¡Adiós,

adiós! ¡Siempre nos acordaremos de ti en la sección Bareti! ¡Ángel, duerme en paz!

La víspera del 14 de marzo

Hoy ha sido un día más alegre que ayer. ¡Trece de marzo! Víspera de la distribución de premios en el teatro de Víctor Manuel, la fiesta grande y hermosa de todos los años. En la presente no han escogido a la suerte los muchachos que deben ir al escenario para presentar los diplomas de los premios a los señores que hacen la distribución. El director vino esta mañana al final de la clase, y dijo:

—Muchachos, una buena noticia —llamó en seguida—: ¡Coraci! Éste se levantó.

—¿Quieres ser uno de los que mañana, en el teatro, entreguen los diplomas a las autoridades?

El calabrés dijo que sí.

—Está bien —repuso el director—; de esta manera tendremos también un representante de la Calabria. Será cosa hermosa. El Ayuntamiento este año ha querido que los diez o doce muchachos que presentan los premios sean chicos de todas partes de Italia, entresacándolos de las distintas secciones de las escuelas públicas. Contamos con veinte secciones y cinco sucursales: siete mil alumnos; entre tan gran número, nos costó trabajo encontrar un muchacho por cada región italiana. En la sección llamada Torcuato Taso se encontraron dos representantes de las islas: un sardo y un siciliano; la escuela Buoncompagni dio un pequeño florentino, hijo de un escultor en madera; hay un romano, de la misma Roma, en la sección Tomaseo; vénetos, lombardos de las romañas, se encuentran varios; un napolitano, hijo de un oficial, procede de la sección Monviso; por nuestra parte damos un genovés y un calabrés; tú, Coraci. Con el piamontés, serán los doce. Es hermoso, ¿no os parece? Vuestros hermanos de todas las regiones italianas serán los que os den los premios: los doce se presentarán a la vez en el escenario. Acogedlos con nutridos aplausos. Son muchachos, pero representan el país, como si fueran hombres; lo mismo simboliza a Italia una pequeña bandera tricolor que una grande, ¿no es verdad? Aplaudidles calurosamente: mostrad que vuestros corazones infantiles se encienden, que también vuestras almas de diez años se exaltan ante la santa imagen de la patria.

Dicho esto, se fue; y el maestro añadió sonriendo:

—Por consiguiente, tú, Coraci, eres el diputado por Calabria.

Todos batieron palmas, riendo; y cuando salimos a la calle, rodearon todos a Coraci, lo asieron por las piernas, lo levantaron en alto y comenzaron a llevarlo en triunfo, gritando:

—¡Viva el diputado por Calabria!

Una broma, por supuesto, no para ridiculizarlo, sino para festejarlo, porque es un chico querido de todos; él no cesaba de reír. Así lo llevaron hasta la esquina, donde se encontraron con un señor de barba negra, que también rompió a reír. El calabrés dijo:

—¡Si es mi padre!

Entonces dejaron los compañeros al hijo en brazos de su padre, y se desparramaron por todas partes.

Reparto de premios

Marzo 14.

A eso de las dos el enorme teatro estaba lleno: el patio, las galerías, los palcos, la escena, todo rebosando; se veían miles de caras de muchachos, señoras, maestros, trabajadores, mujeres del pueblo, niños. Era un movimiento de cabezas y de manos, un vaivén de plumas, lazos, rizos; un murmullo nutrido y jovial, que daba verdadera alegría al alma. El teatro estaba adornado con pabellones de tela roja, blanca y verde. En el patio habían hecho dos escaleras; una a la derecha, por la cual los premiados debían subir al escenario; otra a la izquierda, por donde debían bajar después de haber recibido el premio. Adelante, en el escenario, había una fila de sillones rojos y de respaldo; del que ocupaba el centro pendía una linda corona de laureles; en el fondo, un trofeo de banderas; a un lado, una mesa con tapete verde, sobre el cual estaban todos los diplomas con lazos tricolores. La orquesta estaba en su sitio; los maestros y las maestras llenaban la mitad de la primera galería, que le había sido reservada;

las butacas estaban atestadas de cientos de muchachos que debían cantar, con los papeles de música en la mano. Por todas partes veíase ir y venir maestros y maestras que arreglaban las filas de los premiados, y a las madres que daban el último toque a los cabellos y a las corbatas de sus hijos.

Apenas entré con mi familia en el palco, vi en el de enfrente a la maestrilla de la pluma roja que reía, con sus graciosos hoyuelos en las mejillas, y con ella a la maestra de mi hermana y a la monjita, vestida de negro, y a mi buena maestra de la sección superior; pero tan pálida, ¡Pobrecilla!, y tosiendo tan fuerte, que se oía de todas partes. Mirando al patio, me encontré en seguida con la simpática carota de Garrón y la cabecita rubia de Nelle pegada al hombro de aquél. Algo más allá vi a Garofi, con su nariz de gavilán, que se agitaba mucho por recoger listas impresas de los que iban a ser premiados, y de las cuales había reunido un gran fajo, para hacer, sin duda, algún tráfico de los suyos... que mañana sabremos. Cerca de la puerta estaba el vendedor de leña con su mujer, ambos vestidos de día de fiesta, y su hijo, que tiene tercer premio en la sección segunda; me quedé maravillado al ver que no llevaba la gorra de piel de gato y el chaleco de punto color de chocolate; estaba vestido como un señorito. En la galería alcancé a ver por un momento a Votino, con su gran cuello bordado; luego desapareció. También estaba en un palco del proscenio, lleno de gente, el capitán de artillería, el padre de Roberto, el niño de las muletas.

Al dar las dos la banda ejecutó, y en el mismo momento subieron por la escalerilla de la derecha el alcalde, el gobernador, el asesor y muchos otros señores vestidos todos de negro, que se fueron a sentar en los sillones rojos colocados delante del escenario. La banda cesó de tocar. Se adelantó el director de las escuelas de canto, batuta en mano. A una señal suya todos los muchachos del patio se pusieron en pie; a otra, comenzaron a cantar. Eran setecientos los que cantaban una bellísima canción; setecientas voces de muchachos. ¡Qué hermoso coro! Todos escuchaban inmóviles: era un canto dulce, límpido, lento, que parecía canto de iglesia; cuando callaron, todos aplaudieron; después reinó completo silencio. La distribución iba a comenzar. Mi maestrillo de la sección segunda se había adelantado ya, con su cabeza rubia y sus avispados ojos, para leer los nombres de los premiados. Se esperaba que entrasen los doce muchachos para presentar los diplomas. Los periódicos habían publicado ya que serían chicos pertenecientes a todas las provincias italianas. Todos lo sabían y los esperaban, mirando con curiosidad al sitio por donde debían entrar el alcalde y los demás señores; en todo el teatro imperaba un profundo silencio.

De repente aparecen a la carrera, deteniéndose en el proscenio, en correcta formación y sonrientes. Todo el teatro, tres mil personas, se levantan y prorrumpen a la vez en un aplauso, que más bien parecía el estallido de un trueno. Los muchachos parecen desconcertados en el primer momento.

—¡Ahí tenéis a Italia! —dijo una voz desde el escenario.

Inmediatamente reconocí a Coraci, el calabrés, vestido, como siempre, de negro. Un señor del Municipio que estaba con nosotros y conocía a todos, se los iba indicando a mi madre.

—Aquel pequeño, rubio, es el representante de Venecia. El romano es aquel otro alto y con el pelo rizado.

Había dos o tres vestidos de señoritos; los demás eran hijos de artesanos, pero bien ataviados y limpios. El florentino, que era el más pequeño, llevaba una faja azul a la cintura. Pasaron todos delante del alcalde, quien fue besando en la frente uno a uno, mientras otro señor que estaba al lado le iba diciendo por lo bajo y sonriendo los nombres de las ciudades: "Florencia, Nápoles, Bolonia, Palermo...", y a cada uno que desfilaba, el teatro entero aplaudía. Luego se colocaron todos al lado de la mesa verde para ir tomando los diplomas; el maestro comenzó a leer la lista, diciendo las secciones, las clases y los nombres, comenzando a subir por su orden los premiados.

Apenas habían subido los primeros, cuando comenzó a oírse detrás del escenario una música muy suave de violines, que duró todo el tiempo que tardaron en desfilar los agraciados; tocaba un aire gracioso y siempre igual, que semejaba un murmullo de muchas voces apagadas; las voces de todas las madres y de todos los maestros y maestras, como si todos juntos diesen a una consejos, suplicasen y regañasen amorosamente. Mientras tanto, los premiados pasaban uno tras otro delante de los señores sentados, que les presentaban los diplomas y les decían alguna palabra afectuosa, o les hacían alguna caricia. Cada vez que algún pequeñuelo pasaba, los muchachos de las butacas y de las galerías aplaudían; lo mismo cuando se presentaba alguno de pobre aspecto o que tuviera los cabellos rizados o fuese vestido de encarnado o de blanco. Entre ellos había algunos de la sección primera superior que, una vez en el escenario, se confundían y no sabían dónde volverse, provocando la risa de todo el teatro; uno de ellos, que apenas medía tres palmos, con un gran nudo de cinta encarnada en la espalda, le costaba trabajo andar, se enredó en la alfombra y cayó; el gobernador lo levantó, y fue motivo para risas y aplausos generales. Otro se resbaló en la escalerilla, yendo a parar de nuevo al patio; se oyeron algunos gritos, pero no se hizo daño. Toda clase de fisonomías fueron desfilando; caras de traviesos, caras de asustados, caras coloradas como las cerezas, y caras siempre risueñas; apenas bajaban a las butacas, los padres y las madres les agarraban y se los llevaban consigo. Cuando tocó la vez a nuestra sección, ¡entonces sí que me divertí! Conocía a casi todos. Pasó Coreta, que se estrenaba un traje, con el semblante risueño y alegre, enseñando sus blancos dientes, y, sin embargo, ¡quién sabe cuántos quintales de leña había ya repartido por la mañana! El alcalde, al darle el diploma, le preguntó qué era una señal encarnada que tenía en la frente, manteniendo entretanto la mano apoyada en el hombro; yo busqué en el patio a su padre y a su madre, y los vi que reían, tapándose la boca con las manos. Pasó luego Deroso, vestido de azul, con los botones relucientes, y los rizos como de oro; esbelto, gracioso, con la frente alta, tan guapo y tan simpático, que le hubiera dado un abrazo; todos los señores le hablaban y le dieron un apretón de manos. El maestro pronunció después el nombre de Roberto, y vimos avanzar al hijo del capitán de artillería con las muletas. Cientos de muchachos conocíamos el hecho; la voz se esparció en un abrir y cerrar de ojos, y una salva de aplausos y de gritos hizo retemblar el teatro; los hombres se pusieron en pie, y las señoras agitaron sus pañuelos, y el pobre muchacho se detuvo en medio del escenario, aturdido y tembloroso... El alcalde le hizo acercarse y le dio el premio y un beso, y tomando del respaldo de su sillón la corona de laurel que estaba colgada la colocó en la almohadilla de una muleta. Le acompañó luego hasta el palco del proscenio, donde estaba su padre, el cual le levantó en peso y le metió dentro, en medio de una gritería indecible de *bravos* y de *vivas*. La suave música de los violines continuaba entretanto; y los muchachos seguían pasando: los de la sección del Consulado eran casi todos hijos de comerciantes; los de la sección Buoncompagni, muchos de ellos hijos de labradores; los de la escuela Raniero, hijos de artesanos. Apenas concluyó el reparto de premios, los setecientos muchachos de las butacas cantaron otro hermosísimo himno; habló luego el alcalde, tras éste el inspector de escuelas, que terminó su discurso diciendo:

—No salgáis de aquí sin enviar un saludo a los que tanto se afanan por vosotros, a los que os consagran todas las fuerzas de su inteligencia y de su corazón, y que viven y mueren por vosotros. ¡Helos allí!... —y señaló a la galería de los maestros.

Todos los muchachos de las galerías, de los palcos y de las butacas se levantaron, señalándoles con los brazos al vitorearlos; los maestros respondían agitando las manos, los sombreros, los pañuelos; era una escena conmovedora. La banda tocó otra vez, y el público envió su último saludo en un fragoroso aplauso a los doce muchachos de todas las provincias de Italia, que se presentaron en fila en el escenario, con los brazos entrelazados, bajo una lluvia de ramos de flores.

Litigio

Lunes 20.

Sin embargo, no es posible que porque él haya alcanzado el premio y yo no, por envidia, haya tenido un altercado con Coreta. No fue por envidia. ¡Sí, hice mal! El maestro le había colocado a mi lado, yo estaba escribiendo en el cuaderno de caligrafía, me empujó con el codo y me hizo echar un borrón y manchar también el cuento mensual, "Sangre romañola", que tenía que copiar para el albañilito, que está enfermo. Yo me enfurecí y le solté una palabrota. Él me contestó sonriendo:

—No lo he hecho a propósito.

Debería haberle creído, porque le conozco; pero me desagradó que sonriera, y pensé: "¡Oh! ¡Ahora que ha obtenido el premio, está ensoberbecido!", y al poco rato para vengarme le di un empujón que le estropeé la plana. Entonces, encendido por la rabia:

—Tú sí que me lo has hecho de intento —me dijo, levantando la mano. El maestro lo vio, y la retiró. Coreta añadió por lo bajo—: ¡Te espero fuera!

Yo quedé en mala situación; la rabia se desvaneció, y sentí verdadero arrepentimiento. No, Coreta no podía haberlo hecho de propósito. "Él es bueno", pensé. Me vino a la memoria cómo le había visto cuidar a su madre enferma y la alegría con que luego le había recibido en mi casa, y cuánto le había gustado a mi padre. ¡No sé lo que habría dado por haberle dicho aquella palabrota, ni cometido semejante bajeza! Me ocurría el consejo que mi padre me hubiera dado. "¿Has hecho mal? ¿Sí? Pues entonces, pídele perdon." No me atrevía a hacerlo así, porque me avergonzaba al tener que humillarme. Le miraba de reojo, veía su chaqueta de punto descosida por la espalda, ¡quién sabe!, quizá por la mucha leña que había tenido que llevar; sentía que le quería de veras, y me decía a mí mismo: "¡Valor!", pero la palabra "Perdóname" no pasaba de la garganta. Él también, alguna que otra vez, me miraba de reojo, pero más bien me parecía apesadumbrado que rabioso. En tales ocasiones también yo le miraba fosco, para dar a entender que no le tenía miedo. Él me repitió:

—¡Ya nos veremos fuera!

Y yo:

—¡Sí que nos veremos fuera!

Pero no cesaba de pensar en lo que mi madre me había dicho una vez:

—Si no tienes razón, defiéndete, ¡pero no te pelees!

Y no cesaba decir para mis adentros: "Me defenderé, pero no pegaré". Estaba desazonado, triste; no oía lo que decía el maestro. Al fin llegó la hora de la salida. Cuando me encontré solo en la calle, noté que él me seguía. Me detuve, y lo esperé con la regla en la mano. Se acercó él, y yo levanté la regla.

—No, Enrique —dijo él con su bondadosa sonrisa—; seamos tan amigos como antes.

Me quedé aturdido por un momento, y luego sentí como si una mano me empujase por las espaldas, hasta encontrarme en sus brazos. Me abrazó y dijo:

—Basta de mohines entre nosotros, ¿no es verdad?

—¡Nunca, jamás! ¡Nunca, jamás! —le respondí. Y nos separamos contentos. Cuando llegué a casa, sin embargo, y se lo conté a mi padre, creyendo que le agradaría, le sentó muy mal, y me replicó:

—Tú debías haber sido el que primero tendiese la mano, puesto que habías cometido la falta. —Luego añadió—: ¡No debiste levantar la regla sobre un compañero mejor que tú, sobre el hijo de un soldado! —Y apoderándose de mi regla la hizo pedazos y la arrojó contra la pared.

Mi hermana

Viernes, 24.

¿Por qué, Enrique, después que nuestro padre te censuró el que te hubieses portado mal con Coreta, has hecho conmigo aquella acción? No te puedes imaginar la pena que he tenido. ¿No sabes que cuando tú eras un niñito estaba al lado de tu cuna horas y horas, en vez de ir a divertirme con mis amigas, y que cuando estabas malo todas las noche saltaba de la cama para ver si quemaba tu frente? ¿No sabes tú que ofendes a tu hermana, que ella haría de madre si una tremenda desgracia nos afligiese, y te querría tanto como a un hijo? ¿No sabes que cuando nuestro padre y nuestra madre no existan yo seré tu mejor amiga, la sola con quien podrás hablar de nuestros muertos y de la infancia, y que si fuera preciso trabajaría para ti, Enrique, para poder tener pan y hacerte estudiar, y que te querré siempre cuando seas grande, y te seguiré con mi pensamiento cuando estés lejos, sin cesar, porque hemos crecido juntos y tenemos la misma sangre? ¡Oh, Enrique, tenla por seguro! Cuando seas hombre si te ocurre una desgracia, si estás solo, estoy segura que me buscarás y me vendrás a decir: "Silvia, hermana mía, déjame estar contigo, hablemos de cuando éramos felices; ¿te acuerdas? Hablemos de nuestra madre, de nuestra casa, de aquellos días hermosos tan lejanos."

¡Ah, Enrique! Siempre encontrarás a tu hermana con los brazos abiertos. Sí, querido Enrique; y perdóname también el regaño que ahora te hago. Yo no me acordaré de ninguna sin razón tuya, ni aun cuando me dieses otros disgustos. ¡Qué me importa! Serás siempre mi hermano; del mismo modo, no me acordaré de otra cosa más que de haberte tenido en brazos cuando niño, haber querido al padre y a la madre contigo, haberte visto crecer y haber sido por tantos años su más fiel compañera. Pero escríbeme alguna palabra en este mismo cuaderno, y yo pasaré de nuevo a leerla antes de la noche. Entretanto, para demostrarte que no estoy incomodada contigo, al ver que estabas cansado he copiado por ti el cuento mensual 'Sangre romañola', que tú debías copiar para el albañilito enfermo: búscalo en el cajoncito de la izquierda de tu mesa; lo he escrito todo en esta noche, mientras dormías. Escríbeme alguna palabrita cariñosa, te lo suplico.

Tu hermana Silvia."

No soy digno de besar tus plantas.

Enrique.

Sangre romañola
(Cuento mensual)

Aquella tarde la casa de Federico estaba más tranquila que de costumbre. El padre, que tenía una pequeña tienda de mercadería, había ido a Forli de compras; su madre le acompañaba con Luisita, una niña a quien llevaba para que el médico la viera y le operase un ojo malo. Poco faltaba ya para la medianoche. La mujer, que venía a prestar servicio durante el día, se había ido al oscurecer. En la casa no quedaba más que la abuela, con las piernas paralizadas, y Federico, muchacho de trece años. Era una casita sólo con piso bajo, colocada en la carretera y como a un tiro de pistola de un pueblo inmediato a Forli, ciudad de la Romaña, y no tenía a su lado más que otra casa deshabitada, arruinada hacía dos meses por un incendio, sobre la cual se veía aún la muestra de una hostería. Detrás de la casita había un huertecillo rodeado de seto vivo, al cual daba una puertecita rústica; la puerta de la tienda, que era también puerta de casa, se abría sobre la carretera. Alrededor se extendía la campiña solitaria, vastos campos cultivados y plantados de moreras.

Llovía y el viento soplaba con intensidad. Federico y la abuela, todavía levantados, estaban en el cuarto donde comían, entre el cual y el huerto había una habitación llena de muebles viejos. Federico había vuelto a casa a las once, después de pasar fuera muchas horas; la abuela le había esperado con los ojos abiertos, llena de ansiedad, clavada en un ancho sillón de brazos, en el cual solía pasar todo el día y frecuentemente la noche, porque la fatiga no la dejaba respirar estando acostada.

El viento azotaba la lluvia contra los cristales; la noche era oscurísima. Federico había vuelto cansado, lleno de fango y herido de una pedrada; venía de apedrearse con sus compañeros; llegaron a las manos, como de costumbre, y por añadidura jugó y perdió sus cuartos, extraviándosele además la gorra en un foso.

Aun cuando la cocina no estaba iluminada más que por un pequeño velón de aceite, colocado en la esquina de una mesa que estaba al lado del sillón, sin embargo, la pobre abuela había visto en seguida en qué estado miserable se encontraba su nieto, y en parte adivinó y en parte le hizo confesar sus diabluras a Federico.

Ella quería con toda su alma al muchacho. Cuando lo supo todo, se echó a llorar.

—¡Ah, no! —dijo luego al cabo de largo silencio—; tú no tienes corazón para tu pobre abuela. No tienes corazón cuando de tal modo te aprovechas de la ausencia de tu padre y de tu madre para darme estos disgustos. ¡Todo el día me has dejado sola! No has tenido ni tan siquiera compasión. ¡Mira, Federico! Tú vas por pésimo camino, el cual te conducirá a un triste fin. He visto otros que comenzaron como tú y concluyeron muy mal. Se empieza por marcharse de casa para armar camorra con los chicos y jugar los cuartos; luego, poco a poco, de las pedradas se pasa a los navajazos, del juego a otros vicios y de los vicios… al hurto.

Federico escuchaba firme, a tres pasos de distancia, apoyado en un arca, con la barba caída sobre el pecho, con el entrecejo arrugado, y todavía caldeado por la ira de la riña. Un mechón de pelo castaño caía sobre su frente, y sus ojos azules permanecían inmóviles.

—Del juego al robo —repitió la abuela, que seguía llorando—. Piensa en ello, Federico. Piensa en aquella ignominia de aquí, del pueblo, en aquel Víctor Monzón, que está ahora en la ciudad siendo un vagabundo; que a los veinticuatro años ha estado dos veces en la cárcel y ha hecho morir de sentimiento a aquella pobre mujer, su madre, a la cual yo conocía, y ha obligado a huir a su padre desesperado a Suiza. Piensa en ese triste sujeto, al cual su padre se avergüenza de devolver el saludo, que anda en enredos con malvados peores que él, hasta el día que vaya a parar a un presidio. Pues bien; yo le he conocido siendo muchacho, y comenzó como tú. Pienso que llegarás a reducir a tu padre y a tu madre al extremo a que él ha reducido a los suyos.

Federico callaba. En realidad sentía contristado el corazón, pues sus travesuras se derivaban más bien de superabundancia de vida y de audacia que de mala índole; su padre le tenía mal acostumbrado precisamente por esto; porque considerándole capaz en el fondo de los más hermosos sentimientos, y esperando ponerlo a prueba por acciones varoniles y generosas, le dejaba rienda suelta, en la confianza de que por sí mismo se haría juicioso. Era, en fin, más bien bueno que malo, pero obstinado y muy difícil, aun cuando estuviese con el corazón oprimido por el arrepentimiento, para dejar escapar de su boca aquellas palabras que nos obligan al perdón: "¡Sí, he hecho mal, no lo haré más, te lo prometo, perdóname!" Tenía el alma llena de ternura; pero el orgullo no le consentía que rebosase.

—¡Ah, Federico! —continuó la abuela viéndole tan mudo—. ¿No tienes ni una palabra de arrepentimiento? ¿No ves a qué estado me encuentro reducida, que me podrían enterrar? No debes tener corazón para hacerme sufrir, para hacer llorar a la madre de tu madre, tan vieja, con los días contados; a tu pobre abuela, que siempre te ha querido tanto, que noches y noches enteras te mecía en la cuna cuando eras niño de pocos meses y que no comía por entretenerte. ¡Tú no sabes! Lo decía siempre: "¡Éste será mi último consuelo!" ¡Y ahora me haces morir! Daría de buena voluntad la poca vida que me resta por ver que te habías vuelto bueno, obediente, como en aquellos días… cuando te llevaba al Santuario. ¿Te acuerdas, Federico, que me llenabas los bolsillos de piedrecillas y hierbas, y yo te volvía a casa en brazos, dormido? Entonces querías mucho a tu pobre abuela; ahora, que estoy paralítica y necesito de tu cariño, como del aire para respirar, porque no tengo otro en el mundo, una pobre mujer medio muerta… ¡Dios mío!

Federico iba a lanzarse hacia su abuela, vencido por la emoción, cuando le pareció oír un ligero rumor, cierto rechinamiento en el cuartito inmediato, aquel que daba sobre el huerto. Pero no comprendió si eran las maderas sacudidas por el viento u otra cosa.

Puso el oído alerta. La lluvia azotaba los cristales. El ruido se repitió. La abuela lo oyó también.

—¿Qué es? —preguntó, turbada, después de un momento.

—La lluvia —murmuró el muchacho.

—Por consiguiente, Federico —dijo la vieja enjugándose los ojos —, ¿me prometes que serás bueno, que no harás nunca llorar a tu abuela?

La interrumpió nuevamente un ligero ruido.

—¡No me parece la lluvia! —exclamó palideciendo—. ¡Vete a ver! Pero —añadió en seguida— no, quédate aquí —y agarró a Federico por la mano.

Ambos permanecieron con la respiración en suspenso. No oían sino el ruido de la lluvia.

Luego ambos se estremecieron.

Tanto a uno como a otra les había parecido sentir pasos en el cuartito.

—¿Quién anda ahí? —preguntó el muchacho haciendo un esfuerzo.

Nadie respondió.

—¿Quién anda ahí? —volvió a preguntar Federico, helado de miedo.

Pero apenas había pronunciado aquellas palabras, ambos lanzaron un grito de terror.

Dos hombres entraron en la habitación; el uno agarró al muchacho y le tapó la boca con la mano; el otro asió a la abuela por la garganta; el primero dijo:

—¡Silencio, si no quieres morir!

El segundo:

—¡Calla! —y la amenazó con un cuchillo. Uno y otro llevaban un pañuelo oscuro por la cara con dos agujeros delante de los ojos.

Durante un momento no se oyó más que la entrecortada respiración de los cuatro y el rumor de la lluvia; la vieja apenas podía respirar de fatiga; tenía los ojos fuera de las órbitas.

El que tenía sujeto al chico le dijo al oído:

—¿Dónde tiene tu padre el dinero?

El muchacho respondió con un hilo de voz y dando diente con diente.

—Allá..., en el armario.

—Ven conmigo —dijo el hombre.

Le arrastró hasta el cuartito teniéndole cogido por el cuello. Alli había una linterna en el suelo.

—¿Dónde está el armario? —preguntó.

El muchacho, sofocado, señaló el armario.

Entonces, para estar seguro del muchacho, el hombre lo arrodilló delante del armario, y apretándole el cuello entre sus piernas para poderlo estrangular si gritaba, y teniendo la navaja entre los dientes y la linterna en una mano, sacó del bolsillo con la otra un hierro aguzado que metió en la cerradura, forcejeó, rompió, abrió de par en par las puertas, revolvió furiosamente todo, se llenó las faltriqueras. cerró, volvió a abrir y rebuscó; luego asió al muchacho por la nuca, llevándole donde el otro tenía amarrada a la vieja convulsa, con la cabeza caída y la boca abierta.

Éste preguntó en voz baja:

—¿Encontraste?

El compañero respondió:

—Encontré. —Y añadió —: Mira a la puerta.

El que tenía sujeta a la vieja corrió a la puerta del huerto a ver si se sentía a alguien, y dijo desde el cuartito con voz que pareció un silbido:

—Ven.

El que había quedado, y que todavía tenía agarrado a Federico, enseñó el puñal al muchacho y a la vieja, que volvía a abrir los ojos, y dijo:

—Ni una voz, o vuelvo atrás y os degüello.

Y les miró fijamente a los dos.

En el mismo momento se oyó a lo lejos, por la carretera, un cántico de muchas voces.

El ladrón volvió rápidamente la cabeza hacia la puerta, y por la violencia del movimiento se le cayó el antifaz.

La vieja lanzó un grito:

—¡Monzón!

—¡Maldita! —rugió el ladrón reconocido—. Tienes que morir. —Y se volvió con el cuchillo levantado contra la vieja, que quedó desvanecida en el mismo instante.

El asesino descargó el golpe. Pero con un movimiento rapidísimo, dando un grito desesperado, Federico se había lanzado sobre su abuela y la había cubierto con su cuerpo.

El asesino huyó empujando la mesa y echando la luz por el suelo, que se apagó.

El muchacho resbaló lentamente de encima de la abuela; cayó de rodillas ante ella, y así permaneció con los brazos rodeándole la cintura y la cabeza apoyada en su seno.

Pasó algún tiempo; todo permanecía completamente oscuro; el cántico de los labradores se iba alejando por el campo. La vieja volvió de su desmayo.

—¡Federico! —llamó con voz apenas perceptible, temblorosa.

—¡Abuela! —respondió el niño.

La vieja hizo un esfuerzo para hablar, pero el terror le paralizaba la lengua. Estuvo un momento silenciosa, temblando fuertemente. Luego logró preguntar.

—¿Ya no están?

—No.

—¡No me han matado! —murmuró la vieja con la voz sofocada.

—No..., estás salvada —dijo Federico, con débil voz—. Estás salvada, querida abuela. Se han llevado el dinero. Pero padre... había recogido casi todo.

La abuela respiró con fuerza.

—Abuela —dijo Federico de rodillas y apretándole la cintura—: querida abuela..., ¿me quieres mucho, verdad?

—¡Oh, Federico! ¡Pobre hijo mío! —respondió aquélla poniéndole las manos sobre la cabeza—. ¡Qué espanto debes haber tenido! ¡Oh, santo Dios misericordioso! Enciende luz... No, quedémonos a oscuras; todavía tengo miedo.

—Abuela —replicó el muchacho—, yo siempre os he dado disgustos a todos...

—No, Federico, no digas eso; ya no pienses más en ello, todo lo he olvidado: ¡te quiero tanto!

—Siempre os he dado disgustos —continuó Federico, trabajosamente y con la voz trémula—; pero os he querido siempre. ¿Me perdonas? Perdóname, abuela.

—Sí, hijo, te perdono; te perdono de corazón. Piensa, si no te debo perdonar. Levántate, niño mío. Ya no te reñiré nunca. ¡Eres bueno, eres bueno! Encendamos luz. Tengamos un poco de valor. Levántate, Federico.

—Gracias, abuela —dijo el muchacho, con la voz cada vez más débil—. Ahora... estoy contento. Te acordarás de mí, abuela..., ¿no es verdad? Os acordaréis siempre de mí..., de vuestro Federico.

—¡Federico mío! —exclamó la abuela, maravillada e inquieta, poniéndole la mano en las espaldas e inclinando la cabeza, como tratando de mirarle la cara.

—Acordaos de mí —murmuró todavía el niño, con la voz que parecía un soplo—. Da un beso a mi madre..., a mi padre..., a Luisita... Adiós, abuela...

—En el nombre del cielo, ¿qué tienes? —gritó la vieja, palpando afanosamente al niño en la cabeza, que había caído abandonada a sí misma en sus rodillas; y luego con cuanta voz tenía en su garganta, gritaba desesperadamente:

—¡Federico! ¡Federico! ¡Federico! ¡Niño mío! ¡Amor mío! ¡Cielo santo, ayudadme!

Pero Federico ya no respondía. El pequeño héroe, el salvador de la madre de su madre, herido de una cuchillada en el costado, había entregado su hermosa y valiente alma a Dios.

El albañilito moribundo

Martes 28.

El pobre hijo del albañil está gravemente enfermo; el maestro nos dijo que fuésemos a verle, y convinimos en ir juntos Garrón, Deroso y yo. Estardo habría venido también; pero como el maestro nos encargó la descripción del monumento a Cavour, quería él verlo para hacerla más exacta. Sólo para probarle, invitamos al soberbio Nobis, que nos contestó: "No", sin decir más. Votino se excusó a sí mismo, quizá por miedo de mancharse el vestido de cal. Nos fuimos al salir, a las cuatro. Llovía a cántaros. Garrón se detuvo de pronto, diciendo con la boca llena de pan: "¿Qué compramos?", y hacía sonar quince céntimos en el bolsillo. Pusimos otros diez más cada uno, y compramos tres naranjas grandes. Subimos la guardilla. Delante de la puerta, Deroso se quitó la medalla y se la echó en el bolsillo; le pregunté por qué.

—No sé —respondió—, para no presentarme así... Me parece más delicado entrar sin la medalla.

Llamamos; nos abrió el padre, aquel hombrón que parece un gigante: tenía la cara desencajada, y estaba como espantado.

—¿Quién sois? —preguntó.

Garrón respondió:

—Somos compañeros de escuela de Antonio, a quien traemos tres naranjas.

—¡Ah, pobre Tono! —exclamó el albañil moviendo la cabeza—. ¡Tengo miedo de que no coma vuestras naranjas! —y se limpiaba los ojos con el revés de la mano.

Nos hizo pasar adelante, y entramos en un cuarto aguardillado, donde vimos el albañilito que dormía en una cama de hierro; su madre estaba apoyada en la cama con la cara entre las manos, y apenas se volvió para mirarnos; a un lado había colgadas brochas de encalar, picos y cribas para la cal; a los pies del enfermo estaba extendida una chaqueta de albañil, blanqueada por el yeso. El pobre muchacho estaba flaco, muy pálido, con la nariz afilada, la respiración premiosa. ¡Oh, querido Tono, compañero mío, tan bueno y tan alegre, qué pena verte así! ¡Cuánto hubiera dado por verle poner el hocico de liebre, pobre albañililllo! Garrón le dejó una naranja sobre la almohada, pegando con la cara; el perfume le despertó; la tomó, pero luego la abandonó, y se quedó mirando fijamente a Garrón.

—Soy yo —dijo éste—, Garrón; ¿me conoces?

Se sonrió con una sonrisa apenas perceptible, levantó con dificultad la mano y se la presentó a Garrón, que la tomó entre las suyas, apoyando contra ella sus mejillas, y diciéndole:

—¡Ánimo, ánimo, albañilito! Te pondrás bueno pronto, y volverás a la escuela, y el maestro te pondrá cerca de mí: ¿estás contento?

Pero él no respondió. La madre contestó en sollozos:

—¡Oh, mi pobre Tono! ¡Mi pobre Tono! ¡Tan guapo, tan bueno, y Dios me lo quiere arrebatar!

—¡Cállate! —le dijo el albañil, desesperado—. ¡Cállate, por amor a Dios, o pierdo la cabeza!

Luego dirigiéndose a nosotros angustiosamente:

—Idos, idos, muchachos; gracias; idos. ¿Qué queréis hacer aquí? Gracias; idos a casa.

El muchacho había cerrado los ojos y parecía muerto.

—¿Necesita usted algún encargo? —preguntó Garrón.

—No, hijo mío, gracias —respondió el albañil—; idos a casa.

Y repitiendo esto, nos empujó hacia el descansillo de la escalera, y cerró la puerta. Pero apenas habíamos bajado la mitad de los escalones, cuando le oímos gritar:

—¡Garrón! ¡Garrón!

Subimos a escape los tres.

—¡Garrón! —gritó el albañil con el semblante descompuesto—; te ha llamado por tu nombre; dos días hacía que no hablaba y te ha llamado dos veces; quiere que estés con él: ven en seguida. ¡Ah, santo Dios! ¡Si fuera una buena señal!

—Hasta la vista —nos dijo Garrón—; yo me quedo —y se entró en la casa con el padre.

Deroso tenía los ojos llenos de lágrimas. Yo le dije:

—¿Lloras por el albañilito? Si ya ha hablado, se curará.

—¡Así lo creo! —respondió Deroso—. Pero no pensaba ahora en él... ¡Pensaba en lo bueno que es y en el alma tan hermosa que tiene Garrón!

El conde de Cavour

Miércoles 29.

"Tienes que hacer la descripción del monumento al conde Cavour. Puedes hacerla. Pero, quién era el conde de Cavour, no lo puedes comprender por ahora. Sabe solamente lo siguiente: fue durante muchos años primer ministro del Piamonte; fue quien mandó el ejército piamontés a Crimea para levantar, con la victoria de Cernaia, nuestra gloria militar, caída en la derrota de Novara; fue quien hizo bajar de los Alpes ciento cincuenta mil franceses para arrojar a los austriacos de Lombardía; quien gobernó a Italia en el periodo más solemne de nuestra revolución; quien dio en aquellos años el más poderoso impulso a la santa empresa de la unidad de la patria, con su claro ingenio, con su constancia invencible, con su laboriosidad fuera de los humanos límites. Muchos generales pasaron horas terribles sobre el campo de batalla; pero él las pasó más terribles aun en su gabinete, cuando su enorme empresa podía venirse a tierra de un momento a otro, como frágil edificio sacudido por un terremoto; pasó horas de lucha, noches de angustia, con la razón perturbada y la muerte en el corazón. Este trabajo gigantesco y tempestuoso le acortó veinte años la vida. Y sin embargo, devorado por la fiebre que le debía llevar al sepulcro, luchaba todavía desesperadamente con la enfermedad, para poder hacer algo por su patria.

"—Es extraño —decía con dolor desde su lecho de muerte—; ya no sé leer, no puedo leer.

"Mientras le sacaban sangre y la fiebre aumentaba, pensaba en Italia y decía imperiosamente:

"—Curadme: mi mente se oscurece, necesito todas mis facultades para poder ocuparme de graves asuntos.

"Cuando estaba en sus últimos momentos, y toda la ciudad se agitaba, y el rey no se separaba de su cabecera, decía con angustia:

"—Tengo muchas cosas que deciros, señor; muchas cosas que haceros ver; pero estoy enfermo, no puedo, no puedo —y se desconsolaba.

"Siempre su pensamiento febril volaba tras del Estado, a las nueve provincias italianas que se habían unido a nosotros a tantas otras cosas que quedaban por hacer. Cuando el delirio se apoderaba de él:

"—Educad a la infancia —exclama entre las angustias de la muerte—; educad a la infancia y a la juventud..., gobernad con la libertad.

"El delirio crecía; la muerte se venía encima, y él invocaba con ardientes palabras al general Garibaldi, con el cual había tenido disentimientos, y a Venecia y a Roma, que todavía no eran libres; tenía vastas visiones del porvenir de Italia y de Europa; soñaba con una invasión extranjera; preguntaba dónde estaban los cuerpos de ejército y los generales; temblaba por nosotros todavía, por su pueblo. Su mayor dolor, comprendes, no era que le faltase la vida, sino ver que se le escapaba la patria que aún tenía necesidad de él, y por la cual había consumido en pocos años las fuerzas desmedidas de su prodigioso organismo. Murió con el grito de batalla en la garganta, y su muerte fue grande como su vida. Ahora piensa un poco, Enrique, ¡qué es nuestro trabajo, que, sin embargo, nos parece tan pesado; qué son nuestros dolores, nuestra misma muerte, frente a los trabajos, a los afanes formidables, a las tremendas agonías de aquellos hombres sobre cuyo corazón pesa un mundo! Piensa en esto, hijo, cuando pases por delante de aquella imagen de mármol, y dile desde el fondo de tu corazón:

"—¡Yo te glorifico!

Tu padre."

Abril

Primavera

Sábado 19.

¡Primero de abril! Tres meses, tres meses todavía. Ha sido la mañana de hoy una de las más hermosas del año. Estaba contento en la escuela porque Coreta me había dicho que iríamos pasado mañana con su padre a ver llegar al rey, que dice que le conoce; y también porque mi madre me había prometido llevarme el mismo día a visitar el asilo infantil de la Carrera Valdoceo. También lo estaba porque el albañilillo está mejor, y porque ayer tarde, al pasar, el maestro dijo a mi padre:

—Va bien, va bien.

¡Y luego hacía una mañana tan hermosa de primavera! Desde las ventanas de la escuela se veía el cielo azul, los árboles del jardín todos cubiertos de brotes y las ventanas de las casas abiertas de par en par, con los cajones y tiestos ya reverdecidos. El maestro no se reía —porque jamás se ríe—, pero estaba de buen humor, tanto, que no se le veía la arruga recta que casi siempre tiene en medio de la frente, y explicaba un problema en la pizarra bromeando. Bien se notaba que sentía placer al respirar el aire del jardín que entraba por las ventanas, lleno de fresco perfume de tierra y hojas, que hacía pensar en los paseos del campo. Mientras él explicaba, se oía en la calle inmediata a un maestro herrero que golpeaba sobre el yunque, y en la casa de enfrente una mujer que cantaba para dormir a un niño; lejos, en el cuartel de la Cernaia, sonaban las trompetas. Todos parecían contentos, hasta el mismo Estardo. En un momento, el herrero se puso a martillar más fuertemente, y la mujer a cantar más alto. El maestro cesó de explicar, y puso el oído atento. Luego, mirando por la ventana, dijo lentamente:

—El suelo que sonríe, una madre que canta, un hombre honrado que trabaja, muchachos que estudian… ¡Oh, qué cosas tan hermosas!

Cuando salimos de la clase, vimos que todos los demás también estaban alegres; marchaban en fila marcando fuertemente el paso y cantando como en víspera de vacaciones; las maestras jugueteaban: la de la pluma roja saltaba siguiendo a sus niños como una colegiala; los padres de los muchachos hablaban entre sí, riéndose, y la madre de Crosi, la verdulera, tenía en la cesta muchos ramitos de violetas que llenaban de aroma el salón de espera. Yo nunca he sentido tanto contento al ver a mi madre que me aguardaba en la calle. Y se lo dije según corría a su encuentro:

—Estoy alegre; ¿qué ocurre para que esté tan contento hoy?

Y mi madre respondió, sonriendo, que era la bella estación y la conciencia tranquila.

El rey Humberto

Lunes 3.

A las diez en punto mi padre vio desde la ventana a Coreta, el vendedor de leña, y a su hijo, que me esperaban en la plaza.

—Allí están, Enrique —me dijo—. Ve a ver al rey.

Bajé a escape como un cohete. Padre e hijo estaban más listos que nunca, y jamás me pareció que se semejasen tanto el uno al otro: el padre llevaba puesta en la chaqueta la medalla al valor, entre otras dos conmemorativas, los bigotes rizados y puntiagudos, como dos agujas.

Nos pusimos en marcha en seguida hacia la estación del camino de hierro, donde debía llegar el rey a las diez y media. Coreta padre fumaba su pipa y restregaba las manos.

—¿Sabéis —decía— que no le he vuelto a ver desde la guerra del sesenta y seis? La friolera de quince años y seis meses. Primero tres años en Francia, luego en Mondoví, y aquí que le hubiera podido ver, jamás ocurrió que estuviese en la ciudad cuando él venía. ¡Lo que son las casualidades!

Llamaba al rey Humberto como si fuera su camarada. "Humberto mandaba la 16ª división, Humberto tenía veintidós años y tantos días. Humberto montaba un caballo de esta y de la otra manera."

—¡Quince años! —decía fuertemente, alargando el paso—. Tengo verdaderas ansias de verlo. Lo dejé príncipe y le vuelvo a ver rey. También yo he caminado; he pasado de soldado a vendedor de leña.

Y se reía. El hijo le preguntó:

—Si te viera, ¿te reconocería?

Se echó a reír.

—¡Estás loco! —respondió—. ¡Pues no faltaba más! Él, Humberto, era uno solo: y nosotros éramos como las moscas. y luego, ¡te parece que nos iba a estar mirando uno a uno!

Desembocamos en la carrera de Víctor Manuel; mucha gente se dirigía a la estación. Una compañía de alpinos pasaba con trompetas. Dos guardias civiles iban a galope. El cielo estaba esplendente.

—¡Sí! —exclamó Coreta padre, animándose—; tengo un inmenso gusto al volver a ver a mi general de división. ¡Ah! ¡Qué pronto he envejecido! Aun me parece que fue ayer cuando tenía la mochila al hombro y el fusil entre las manos en medio de aquella confusión, la mañana del 24 de junio, cuando íbamos a comenzar la pelea. Humberto iba y venía con sus oficiales, mientras el cañón retumbaba a lo lejos; todos le mirábamos y nos decíamos: "¡Con tal de que no le toque a él una bala!" Estaba a mil leguas de pensar que pronto le encontraría tan inmediato, allí mismo, ante las lanzas de los hulanos austriacos; pero así, precisamente a cuatro pasos uno de otro, hijos míos. Era un día hermoso; el cielo parecía un espejo; ¡con un calor!... Veamos si se puede entrar.

Habíamos llegado a la estación; se veía inmerso gentío; carruajes, guardias, carabineros, sociedades con banderas. Tocaba la banda de un regimiento. Coreta padre intentó entrar bajo el pórtico, pero no le dejaron. Entonces pensó meterse en primera fila, entre la multitud que hacía ala a la salida, y abriéndose paso con los codos logró empujarnos adelante aun a nosotros. Pero la muchedumbre, en sus movimientos de vaivén, nos llevaba a veces para este lado, otras para aquél. El vendedor de leña se colocó pegado a una pilastra del pórtico, donde los guardias no dejaban estar a nadie.

—Venid conmigo —dijo de repente, tomándonos de la mano. En dos saltos atravesamos el espacio libre, y se fue a plantar con las espaldas pegadas a la pared.

Inmediatamente acudió un sargento de seguridad y le dijo:

—No se puede estar aquí.

—Soy del 4° batallón del 49 —respondió Coreta, enseñando la medalla.

El sargento le miró y dijo:

—Bien, quédese.

—Pero, ¡si siempre lo he dicho! —exclamó Coreta con aire de triunfo—: el decir cuarto del cuarenta y nueve es una palabra mágica. ¡No tengo derecho a ver un momento a satisfacción a mi general, yo que formé parte del cuadro! Si entonces le tuve cerca, me parece justo que ahora le pueda ver de cerca también. ¡Y qué digo general! ¡Si fue el comandante de mi batallón por media hora, porque en aquellos momentos era él quien le mandaba, porque estaba en medio, y no el comandante Ubrich, diablo!

En el salón de espera y fuera se veía un confuso tropel de señores y oficiales, y delante de la puerta una fila de coches con los lacayos vestidos de encarnado.

Coreta preguntó a su padre si el príncipe Humberto tenía la espada en la mano cuando estaba en el cuadro.

—¡Ya lo creo que tenía la espada en la mano! —respondió—. Para poder parar una lanzada, que lo mismo podía tocarle a él que a cualquier otro. ¡Ah, los demonios desencadenados se nos vinieron encima con la ira de Dios! Corrían por entre los grupos, por entre los cuadros y por entre los cañones, que parecían empujados por el huracán, atravesándolo todo con la lanza. Era una confusión de coraceros de Alejandría, lanceros de Foggia, de infantería, de hulanos, de cazadores; un infierno del cual no era posible entender nada. Yo oí gritar: "¡Alteza! ¡Alteza!" Vi venir las lanzas a la carga: disparamos los fusiles; una nube de pólvora lo ocultó todo... Luego el humo de la pólvora se disipó... La tierra estaba cubierta de caballos y de hulanos heridos y muertos, Me volví hacia atrás y vi en medio de nosotros a Humberto a caballo, que miraba en derredor, tranquilo, y como con aire de preguntar: "¿Hay alguno de mis valientes que esté arañado?" Nosotros le vitoreamos: "¡Viva!" en su misma cara, como locos. ¡Santo Dios, qué momento!... ¡Ahí está el tren!

La banda tocó, los oficiales acudieron, y la gente se puso sobre las puntas de los pies.

—¡Ah, no saldrá tan pronto! —dijo un guardia—. Ahora está oyendo un discurso.

Coreta padre no cabía en su pellejo.

—¡Ah! Cuando pienso en ello —dijo— me parece que lo estoy viendo siempre allí. Está bien: con los coléricos y los que sufrieron terremotos y no sé con cuánta gente más, ha sido un valiente; pero yo le tengo en mi cabeza como le vi entonces, entre nosotros, y con aquella cara tranquila. Y estoy seguro que él mismo se acuerda también del 4° del 49, ahora siendo rey; y que tendría mucho gusto en que nos reuniéramos a comer juntos todos los que estuvimos a su lado en aquellos momentos. Ahora tiene generales, señorones y libreas; entonces no tenía más que pobres soldados. ¡Si pudiera cruzar a solas cuatro palabras con él! ¡Nuestro general de veintidós años, nuestro príncipe confiado a nuestras bayonetas!... ¡Quince años que no le veo!... ¡Nuestro Humberto! Esta música me enciende la sangre: palabra de honor.

Una frenética gritería le interrumpió; millares de sombreros saludaron; cuatro señores vestidos de negro subieron en el primer carruaje.

—¡Él es! —gritó Coreta, permaneciendo como encantado. Luego dijo en voz baja—: ¡Virgen mía, qué canoso está ya!

Los tres se descubrieron. El carruaje avanzaba con lentitud, en medio de la gente que gritaba y agitaba los sombreros. Yo miraba a Coreta padre. Parecía otro: más alto, más serio, y algo pálido allí pegado a la pilastra.

El carruaje llegó delante de nosotros, a un paso nada más de la pilastra.

—¡Viva! —gritaron muchos—. ¡Viva! —gritó Coreta después de todos.

El rey le miró a la cara, y detuvo un momento su mirada sobre las tres medallas.

Entonces Coreta perdió la cabeza, gritando:

—¡Cuarto batallón del cuarenta y nueve!

El rey, que había vuelto la cabeza a otro lado, se volvió hacia nosotros, y fijándose en Coreta, extendió la mano fuera del coche.

Coreta dio un salto hacia delante y se la apretó. El carruaje pasó, la multitud se interpuso, y nos quedamos separados, perdiendo de vista a Coreta padre. fue sólo un momento. Le encontramos en seguida, fatigado, con lágrimas en los ojos, llamando a voces a su hijo y con la mano alzada. El hijo se lanzó hacia él, y él le gritaba:

—¡Ven acá, chiquitín, que todavía tengo caliente la mano! —y le pasó la mano por la cara, diciendo—: Ésta es una caricia del rey.

Allí se quedó como si despertase de un sueño, contemplando a lo lejos el carruaje, sonriendo, con la pipa entre las manos y en medio de un grupo de curiosos que le miraban. "Es uno del 4° del 49", decían. "Es un soldado que conoce al rey." "Es el rey quien le ha reconocido." "Él es el que le tendió la mano." "Ha dado un memorial al rey", dijo otro más fuertemente.

—No —respondió Coreta, volviéndose con brusquedad—; no, yo no le he dado ningún memorial. Otra cosa le daría, si me la pidiese…

Todos se le quedaron mirando.

Y el sin inmutarse, dijo:

—¡Mi sangre!

El asilo infantil

Martes 4.

Mi madre, según me había prometido, me llevó ayer, después de almorzar, al asilo infantil de la Carrera Valdoceo. Iba para recomendar a la directora una hermanita de Precusa. Yo no había visto nunca un asilo. ¡Cuánto me divertí! Eran doscientos entre los niños y niñas, tan pequeños, que los de la sección primera de nuestra escuela son hombres a su lado… Llegamos en el momento en que entraban formados en el refectorio, donde había dos larguísimas mesas con muchos agujeros redondos, y en cada uno su escudilla negra, llena de arroz y judías, y una cucharilla de estaño al lado. Al entrar, algunos se caían y permanecían sentados en el suelo, y allí se quedaban hasta que venía alguna maestra a ponerlos en pie. Muchos se paraban delante de una escudilla, creyendo que aquel era su sitio, engullían a escape una cucharada, cuando llegaba una maestra, diciéndoles: "¡Adelante!" Avanzaban tres o cuatro pasos, y vuelta a tragar otra cucharada; y adelante todavía, hasta que llegaban a su puesto, después de haber picado una media ración a cuenta de los demás. Finalmente, a fuerza de empujar y gritar "¡Despachad! ¡Vamos pronto!", les pusieron a todos en orden y comenzó la oración. Pero los de las filas de dentro, que al rezar tenían que ponerse de espaldas a la escudilla, volvían la cabeza hacia atrás para no perderla de vista, como si temiesen que se la quitasen, y así rezaban, con las manos juntas y los ojos al cielo, pero el corazón en el plato. Luego se pusieron a comer. ¡Oh, qué espectáculo tan divertido! Uno comía con dos cucharas; otro se arreglaba con las manos; muchos separaban las judías enteras y se las metían en el bolsillo; otros vertían en el delantalito y las golpeaban hasta hacer una pasta. No faltaba quien dejaba de comer, embobado, viendo volar las moscas, ni quien al toser lanzase una lluvia de arroz por su boca. Un gallinero parecía aquel comedor. Pero, así y todo, el espectáculo era gracioso. Las dos filas de niñas hacían hermoso conjunto, con sus cabellos atados atrás con cintas rojas, verdes, azules. Una maestra preguntó a una fila de ocho niñas: "¿En dónde nace el arroz?" Las ocho, abriendo de par en par la boca llena de comida, respondieron a una voz cantando: "Nace en el agua". Luego la maestra mandó: "¡Manos en alto!" Daba gusto ver entonces cómo de todos los bracitos que dos meses antes estaban fajados, salían las manecitas, agitándose como si fueran otras tantas mariposas blancas o sonrosadas.

Más tarde fueron a jugar; pero antes todos iban tomando su cestita con la merienda, que estaban colgadas en las paredes. Salieron al jardín, y se desparramaron, sacando sus provisiones: pan, ciruelas, pasas, pedacitos de queso, un huevo cocido, manzanillas, puñaditos de cerezas, un ala de pollo. En un momento quedó cubierto el jardín de migajas, como si se hubieran esparcido granzas para bandadas de pájaros. Comían de las maneras más extrañas, como los conejos, como los topos y como los gatos, bien royendo, lamiendo o chupando.

Habia un niño que sostenía de punta contra el pecho una rebanada de pan y la untaba con un níspero, como si estuviese sacando brillo a una espada. Niñas que estrujaban en la mano requesones frescos, que escurrían por los dedos, como si fuera leche, hasta meterse por entre las mangas, y apenas si lo advertían ellos. Corrían y se perseguían unos a otros, con las manzanas y los panecillos entre los dientes. como los perros. Me chocó ver tres niñas que agujereaban con un palito un huevo duro, creyendo que en su interior había un tesoro, le desparramaban por el ruelo, y luego iban tomándolo poco a poco con gran paciencia, como si fuesen perlas. Al que tenía en su cesto algo extraordinario le rodeaban ocho o diez con la cabeza inclinada para mirar, como habrían mirado la luna dentro de un pozo. Lo menos había veinte alrededor de cierto arrapiezo, que tenía en la mano un cucurucho de azúcar, y todos iban a hacer cumplidos para que les permitiera mojar el pan allí; él daba permiso a unos y a otros a fuerza de súplicas; mas sólo concedía que le chupasen un dedo después de haberle metido en el cucurucho.

Mi madre, en esto, había vuelto al jardín, y acariciaba ya a uno, ya a otro. Muchos la seguían y se le echaban encima, pidiéndole un beso, como si mirasen a un tercer piso, abriendo y cerrando la boca, como para pedir la papilla. Uno le ofreció un casco de naranja mordido ya; otro una cortecita de pan; una niña le dio una hoja; otra le enseñó con gran seriedad la punta del dedo índice, donde, mirando bien, se veía una ampollita microscópica que se había hecho el día antes tocando la llama de la luz. Le ponían ante los ojos como grandes maravillas los insectos pequeñísimos, que yo no sé cómo los veían y los recogían, tapones de corcho partidos por la mitad, botoncitos de camisa, florecillas que cortaban de los tiestos. Un niño con una venda por la cabeza, que quería que a toda costa le oyesen, le contó yo no sé qué historia de una voltereta, de que no pude comprender ni palabra; otro se empeñó en que mi madre se inclinase, y le dijo al oído: "Mi padre hace escobas". En el entretanto, mil desgracias ocurrían que hacían acudir a las maestras: niñas que lloraban porque no podían deshacer un nudo del pañuelo; otras que se disputaban a arañazos y gritos dos semillas de manzanas; otro niño que se había caído boca abajo sobre un banco derribado, y sollozaba sin poder levantarse.

Antes de salir, mi madre tomó en brazos a tres o cuatro, y entonces de todos lados vinieron corriendo para que también los alzaran, con las caras manchadas de yema de huevo y de zumo de naranja; quién la agarraba de las manos; quién la asía un dedo para ver la sortija; quién le tiraba de la cadena del reloj, y quién se esforzaba por tocarle las trenzas.

—¡Por Dios! —decían las maestras—, le estropean a usted todo el vestido.

Pero a mi madre le importaba poco el vestido, y siguió besándoles, y ellos echándose encima, los primeros con los brazos extendidos, como si quisieran trepar, los más distantes tratando de ponerse en primera fila, metiéndose por entre todos.

—¡Adiós! ¡Adiós! ¡Adiós! —gritaban todos.

Por fin mi madre pudo escapar del jardín. Todos fueron corriendo a asomarse por entre los hierros de la verja para verla pasar y sacar los brazos fuera saludándola, ofreciéndole todavía pedazos de pan, bocaditos de nísperos, cortezas de queso y gritando al unísono:

—¡Adiós! ¡Adiós! ¡Adiós! ¡Vuelve mañana! ¡Que vengas otra vez!

Mi madre, al salir, acarició todavía a aquellas cien manecitas, pasando la mano por ellas como sobre una guirnalda de rosas, y una vez en la calle, toda cubierta de migajas y de manchas, ajada y descompuesta, con una mano llena de flores y los ojos llenos de lágrimas, se sentía contenta como si saliera de una fiesta. Aun se oía el vocerío de dentro, cual gorjeo de pajarillos que dijeran:

—¡Adiós! ¡Adiós! ¡Adiós! ¡Ven otra vez, señorita!

En clase de gimnasia

Miércoles 5.

En vista de que el tiempo sigue hermosísimo, nos han hecho pasar de la gimnasia de salón a la de aparatos, que están colocados en el jardín. Garrón estaba ayer en el despacho del director cuando llegó la madre de Nelle, aquella señora rubia, vestida de negro, para suplicarle que dispensasen a su hijo de los nuevos ejercicios.

Cada palabra le costaba un esfuerzo, y hablaba teniendo una mano puesta sobre la cabeza de su muchacho.

—No puede ... —dijo al director.

Pero Nelle se puso tan angustiado al ver que le excluían de los aparatos y que tenía que sufrir otra humillación más...

—Ya verás, mamá —decía—, cómo hago lo que los demás.

Su madre le miraba en silencio, con expresión de afecto y de piedad. Luego, dudando, le hizo observar:

—Pero temo que sus compañeros... Quería decir..., temo que le hagan burla.

Pero Nelle respondió:

—¡No me importa!... Y luego está Garrón. Me basta que esté él y que no se ría.

En vista de esto lo dejaron venir. El maestro, aquel que tenía una herida en el cuello, y que estuvo con Garibaldi, nos llevó en seguida a las barras verticales, que son muy altas, y era preciso que trepásemos hasta la punta, y que nos pusiéramos en pie sobre el penúltimo eje transversal. Deroso y Coreta se subieron como dos monos; también el pequeño Precusa subió con soltura, aunque entorpecido por su chaquetón, que le llegaba hasta las rodillas; para hacerle reír mientras iba subiendo, todos le decían su estribillo: "Dispénsame, dispénsame". Estardo bufaba, se ponía colorado como pavo, apretaba los dientes que parecía perro rabioso; pero aun cuando hubiera reventado, habría llegado a lo alto, como llegó, en efecto; y también Nobis, que al llegar arriba adoptó una actitud de emperador; pero Votino resbaló dos veces a pesar de su bonito traje nuevo de rayitas azules, hecho especialmente para la gimnasia. Para subir con más facilidad, todos se habían embadurnado las manos con pez griega, colofonia, como la llaman; y ya se sabe, el traficante de Garofi es quien provee a todos, vendiéndola en polvo a cinco céntimos el cartucho, y ganándose otro tanto. Luego tocó a la vez a Garrón, que subió mascando pan, como si no hiciese nada, y creo que hubiera sido capaz de subir a uno de nosotros montado en las espaldas; hasta tal punto es vigoroso y fuerte aquel torito. Después de Garrón vino Nelle. Apenas le vieron agarrarse a la barra con sus manos largas y delgadas muchos comenzaron a reír y a hacerle bromas; pero Garrón cruzó sus gruesos brazos sobre el pecho, y echó en derredor una mirada tan expresiva, que todos entendieron claramente que soltaría cuatro sopapos al que se atreviera, aun delante del maestro; así que todos dejaron de reír. Nelle comenzó a trepar; le costaba mucho trabajo, ¡pobrecillo!; se le ponía la cara morada; respiraba muy fuerte; le corría el sudor por la frente. El maestro dijo "¡Baja!", pero él no hizo caso; se obstinaba y hacía esfuerzos; yo esperaba verlo desplomarse medio muerto. ¡Pobre Nelle! Pensaba que si hubiese sido como él y me hubiese visto mi madre, ¡cómo habría sufrido, pobre madre mía! Y pensando en esto, le quería tanto a Nelle, que hubiese dado no sé qué para verlo al fin llegar arriba, o por poderlo sostener por debajo, sin que me viesen. Entretanto Garrón, Deroso y Coreta decían: "¡Arriba, Nelle, arriba, fuerza; todavía otro empujón, ánimo!" Y Nelle hizo un esfuerzo violento, lanzando un gemido, y se encontró a dos cuartas del travesaño. "¡Bravo!" —gritaron todos—. ¡Ánimo! ¡Ya no falta más que otro empujón!" Y Nelle se agarró al travesaño. Todos le aplaudieron.

—¡Bravo! —dijo el maestro—, pero ya basta; bájate.

Nelle quiso subir hasta la punta como los demás, y'después de forcejear un momento, llegó a agarrarse con los brazos al último travesaño; luego puso las rodillas en el penúltimo, y, por fin, los pies: ¡ya está de pie!, sin poder respirar, pero sonriente. Volvimos a aplaudirle, y él miró entonces hacia la calle. Volví la cabeza hacia aquel lado, y a través de las plantas que cubren las verjas del jardín vi a su madre que paseaba por la acera, sin atreverse a mirar. Nelle bajó y todos le festejaron: estaba excitado, encendido; sus ojos resplandecían, y no parecía el mismo. Luego, a la salida, cuando su madre se le acercó y le preguntó algo inquieta abrazándole:

—Y qué, pobre hijo, ¿cómo ha ido? —todos los compañeros respondieron:

—¡Lo ha hecho bien! Ha subido como nosotros. Es fuerte. Es ágil. Hace lo que los demás.

¡Era preciso entonces ver el placer de aquella señora! Nos quiso dar la gracias y no pudo: apretó la mano a tres o cuatro; hizo una caricia a Garrón; se llevó consigo al hijo, y les vimos por un gran trecho que iban de prisa, hablando y gesticulando entre sí, tan contentos como no se los había visto nunca.

El maestro de mi padre

Martes 11.

¡Qué expedición tan hermosa hice ayer con mi padre! He aquí cómo. Anteayer, al comer, leyendo el periódico, mi padre saltó de repente con una exclamación de maravilla. Luego añadió:

—¡Y yo que lo creía muerto hacía veinte años! ¿Sabéis que todavía vive mi primer maestro de escuela, Vicente Croseti, que tiene ochenta y cuatro años? Veo que el ministerio le ha dado la medalla de benemérito por sesenta años de enseñanza. Sesenta años..., ¿entendéis? Y no hace más que dos que ha necesitado dejar de dar clase. ¡Pobre Croseti! Vive a una hora de ferrocarril de aquí, en Condove, el pueblo de nuestra antigua jardinera de la quinta de Chieri. —Y luego añadió—: Enrique, iremos a verle.

Y en toda la tarde no se habló más que de él.

El nombre de su maestro de escuela le traía a la memoria mil cosas de cuando era muchacho, de sus primeros compañeros, de su madre, ya difunta.

—Croseti —exclamaba— tenía cuarenta años cuando yo iba a la escuela. Me parece estarlo viendo. Un hombrecillo un tanto encorvado ya, con los ojos claros y la cara siempre afeitada. Severo, pero de buenas maneras, que nos quería como un padre, sin dejarnos pasar nada. A fuerza de estudio y de privaciones había llegado a maestro, desde trabajador del campo. Un hombre honrado. Mi madre le profesaba gran afecto, y mi padre le trataba como a un amigo. ¿Cómo ha ido a parar a Condove desde Turín? No me reconocerá, ciertamente. No importa. Lo reconoceré yo. Han pasado cuarenta y cuatro años. ¡Cuarenta y cuatro años! Enrique, iremos a verle mañana.

Ayer de mañana estábamos en la estación de Susa. Yo hubiese querido que Garrón nos acompañase; pero no pudo porque tiene a su madre enferma. Era una hermosa mañana de primavera. El tren corría por entre verdes prados y setos floridos; se percibía un aire cargado de olores. Mi padre estaba contento, y a cada paso me echaba un brazo al cuello y me hablaba como a un amigo, mirando el campo.

—¡Pobre Croseti! —decía—. Él es el primer hombre que me quiso después de mi padre. No he olvidado nunca ciertos buenos consejos suyos, ni tampoco algunos regaños desabridos que me hacían volver a casa con el corazón triste. Tenía las manos gruesas y pequeñas. Aun le estoy viendo entrar en la escuela: ponía su bastón en un rincón, colgaba su capa en la percha, siempre con los mismos movimientos. Todos los días el mismo humor, concienzudo, atento y lleno de cariño, como si siempre fuera la primera vez que diera clase. Lo recuerdo como si ahora mismo me gritase: "¡Chico, eh, chico! ¡El índice y el del corazón sobre la pluma!" ¡Cómo habrá cambiado después de cuarenta y cuatro años!

Apenas llegamos a Condove fuimos en busca de nuestra antigua jardinera de Chieri, que tiene una tenducha en una callejuela. Le encontramos con sus muchachos, nos recibió con mucha alegría, nos dio noticias de su marido, que debe volver de Gracia, donde está trabajando hace tres años, y de su primera hija, que está en el colegio de sordomudos, en Turín. Luego nos enseñó la calle para ir a casa del maestro, a quien todos conocen.

Salimos del pueblo y tomamos un caminito en cuesta, flanqueado de setos en flor. Mi padre ya no hablaba: parecía totalmente absorto en sus recuerdos, y tan pronto sonreía como sacudía la cabeza. De repente se detuvo y dijo:

—¡Ahí está; apostaría cualquier cosa a que es él!

Venía bajando hacia nosotros, por el caminillo, un viejo pequeñito, de barba blanca, con ancho sombrero y apoyado en su bastón; arrastraba los pies y le temblaban las manos.

—Él es —repitió mi padre apresurando el paso.

Cuando estábamos cerca nos detuvimos. El viejo también se detuvo y miró a mi padre. ¡Todavía tenía la cara fresca y los ojos claros y vivos!

—¿Es usted —preguntó mi padre, quitándose el sombrero— el maestro Vicente Croseti?

El viejo también se quitó el sombrero y respondió con voz temblona pero llena:

—Yo soy.

—Pues bien —dijo mi padre asiéndole de una mano—, permita apretar su mano a un antiguo discípulo, y preguntarle cómo está. He venido de Turín para ver a usted.

El viejo le miró asombrado. Luego dijo:

—Es demasiado honor para mí..., no sé... ¿Cuándo ha sido mi discípulo? Perdóneme si le pregunto. ¿Cuál es su nombre, por favor?

Mi padre le dijo su nombre, el año que había ido a su escuela y dónde, y añadió:

—Usted no se acordará de mí, es natural. ¡Pero yo le reconozco a usted tan bien!...

El maestro inclinó la cabeza y se puso a mirar al suelo, pensando y murmurando por dos o tres veces el nombre de mi padre; el cual, entretanto, lo miraba con los ojos fijos y sonriente.

De pronto, el viejo levantó la cabeza, con los ojos muy abiertos, y dijo con lentitud:

—¿Conque... hijo del ingeniero?... ¿Aquel que vivía en la plaza de la Consolación?

—Aquél —respondió mi padre .

—Entonces... —dijo el viejo— permítame, querido señor, permítame —y habiéndose adelantado, abrazó a mi padre. Su cabeza, blanca, apenas le llegaba al hombro. Mi padre apoyó la mejilla sobre su frente.

—Tenga la bondad de venir conmigo —dijo el maestro.

Y sin hablar, se volvió y emprendió el camino hacia su casa. En pocos minutos llegamos a un corral, delante de una casa pequeña con dos puertas, una de ellas con dintel blanqueado alrededor.

El maestro abrió la segunda y nos hizo entrar en un cuarto. Cuatro paredes blancas; en un rincón un catre de tijera con colcha de cuadritos blancos y azules; en otro, la mesita con una pequeña librería; cuatro sillas y un viejo mapa clavado en la pared; ¡qué olor tan rico a manzanas!

Nos sentamos los tres. Mi padre y el maestro se estuvieron mirando en silencio un momento.

—¡Ya, ya! —exclamó el maestro fijando su mirada sobre el suelo de ladrillos, donde el sol pintaba un tablero de ajedrez—. ¡Oh!, me acuerdo perfectamente bien. ¡Su señora madre era tan buena!... Usted, en el primer año estuvo una temporada en el primer banco de la izquierda. cerca de la ventana. ¡Vea usted si me acuerdo! Me parece que estoy viendo su cabeza rizada. —Luego se quedó un rato pensativo—. ¡Era un muchacho vivo!... ¡Vaya! ¡Mucho! El segundo año estuvo enfermo. Me acuerdo cuando volvió usted a la escuela, delgado y envuelto en un mantón. Cuarenta años han pasado, ¿no es verdad? Ha sido muy bueno al acordarse de su maestro. Han venido otros en años anteriores a buscarme, antiguos discípulos míos: un coronel, sacerdotes, varios señores.

Preguntó a mi padre cuál era su profesión. Luego dijo:

—Me alegro, me alegro de todo corazón. Se lo agradezco. Hacía ya tanto tiempo que no veía a nadie, que tengo miedo de que usted sea el último.

—¡Quién piensa en eso! —exclamó mi padre—. Usted está bien y es robusto; no debe decir semejante cosa.

—¡Eh, no! —respondió el maestro—. ¿No ve usted este temblor? —y enseñó las manos—. Esto es mala señal: me atacó hace tres años, cuando todavía estaba en la escuela. Al principio no hice caso; me figuré que pasaría. Pero al contrario, fue creciendo. Llegó un día en que no podía ya escribir. ¡Ah!, aquel día, la primera vez que hice un garabato en el cuaderno de un discípulo, fue para mí un golpe mortal. Aun seguí adelante algún tiempo, pero al fin no pude más, y después de sesenta años de enseñanza tuve que despedirme de la escuela, de los alumnos y del trabajo. Me costó mucha pena. La última vez que di lección me acompañaron todos hasta casa y me festejaron mucho; pero yo estaba triste y comprendía que mi vida había acabado. El año anterior había perdido a mi esposa y a mi hijo único. No me quedaron más que dos nietos labradores. Ahora vivo con algunos cientos de liras que me dan de pensión. No hago nada, y los días me parecen que no concluyen nunca. Mi única ocupación consiste en hojear mis viejos libros de escuela, colecciones de periódicos escolares y algún libro que me regalan. Allí están —dijo señalando la pequeña biblioteca—; allí están mis recuerdos, todo mi pasado. ¡No me queda más en el mundo!

Luego, cambiando de improviso, dijo alegremente:

—Voy a proporcionar a usted una sorpresa, querido señor.

Se levantó y, acercándose a la mesa, abrió un cajoncito largo que contenía muchos paquetes pequeños, atados todos con un cordón, y con una fecha. Después de buscar un momento, abrió uno, hojeó muchos papeles, sacó uno amarillento, y se lo presentó a mi padre. ¡Era un trabajo suyo de hacía cuarenta años! En el encabezamiento había escrito lo siguiente: (el nombre de mi padre), y Dictado, 3 de abril 1838. Mi padre al momento conoció su letra, gruesa, de chico; se puso a leer sonriendo, pero de pronto se nublaron sus ojos. Yo me levanté para preguntarle qué tenía.

Me pasó un brazo en derredor de la cintura, y apretándome contra él, me dijo:

—Mira esta hoja. ¿Ves? Éstas son las correcciones de mi pobre madre. Ella siempre me duplicaba las eles y las eres. Las últimas lineas son todas suyas. Había aprendido a imitar mi letra, y cuando estaba cansado y tenía sueño, terminaba el trabajo por mí. ¡Santa madre mía!

Y besó la página.

—He aquí —dijo el maestro, enseñando los paquetes— ¡mis memorias! Cada año ponía aparte un trabajo de cada uno de mis discípulos, y aquí están numerados y ordenados. Muchas veces los ojeo, y así, al pasar, leo una línea de uno, otra línea de otro, y vuelven a mi mente mil cosas, que me hacen resucitar tiempos añejos. ¡Cuántos han pasado, querido señor! Yo cierro los ojos, y empiezo a ver caras y más caras, clases y más clases, cientos y cientos de muchachos, de los cuales Dios sabe cuántos han muerto ya. De muchos me acuerdo bien. Me acuerdo bien de los mejores y de los peores, de aquellos que me han dado muchas satisfacciones y de aquellos que me hicieron pasar momentos tristes; los he tenido verdaderamente endiablados, porque en tan gran número no hay más remedio. Ahora, usted lo comprende, estoy ya como en el otro mundo, y a todos los quiero igualmente.

Se volvió a sentar tomando una de mis manos entre las suyas.

—Y de mí —preguntó mi padre riéndose—, ¿no recuerda ninguna travesura?

—¿De usted, señor? —respondió el viejo con la sonrisa también en los labios—. No, por el momento. Pero no quiere esto decir que no las hiciera. Usted tenía, sin embargo, juicio, y era serio para su edad. Me acuerdo el cariño tan grande que le tenía su señora madre… ¡Qué bueno ha sido y qué atento al venir a verme aquí! ¿Cómo ha podido dejar sus ocupaciones para llegar hasta la pobre morada de un viejo maestro?

—Oiga, señor Croseti —respondió mi padre con viveza—. Recuerdo la primera vez que mi pobre madre me acompañó a su escuela. Era la primera vez que debía separarse de mí dos horas, dejarme fuera de casa, en otras manos que las de mi padre, al lado de una persona desconocida. Para aquella buena criatura, mi entrada en la escuela era como la entrada en el mundo, la primera de una larga serie de separaciones necesarias y dolorosas: era la sociedad que le arrancaba por primera vez al hijo para no devolvérselo jamás por completo. Estaba conmovida, y yo también. Me recomendó a usted con voz temblorosa, y luego, al irse, me saludó por la puerta entreabierta con los ojos llenos de lágrimas. Precisamente en aquel momento usted le hizo un ademán con una mano, poniéndose la otra sobre el pecho, como para decirle:

"Señora, confíe en mí". Pues bien; aquel ademán suyo, aquella mirada por la cual me di cuenta de que usted había comprendido todos los sentimientos, todos los pensamientos de mi madre; aquella mirada, que quería decir: "¡Valor!"; aquel ademán, que era una honrada promesa de protección, de cariño y de indulgencia, jamás la he olvidado; me quedó esculpida en el corazón para siempre; aquel recuerdo es el que me ha hecho salir de Turín. Heme aquí, después de cuarenta y cuatro años, para decirle: "Gracias, querido maestro".

El maestro no respondió: me acariciaba los cabellos con la mano, la cual temblaba, saltando de los cabellos a la frente, de la frente a los hombros.

Entretanto, mi padre miraba aquellas paredes desnudas, aquel pobre lecho, un pedazo de pan, una botellita de aceite que tenía sobre la ventana, como si quisiese decir: "Pobre maestro, después de sesenta años de trabajo, ¿es éste tu premio?"

Pero el pobre viejo estaba contento, y comenzó de nuevo a hablar con viveza de nuestra familia, de otros maestros de aquellos años, y de los compañeros de escuela de mi padre, el cual se acordaba de algunos, pero de otros no; el uno daba a otro noticias de éste o aquél; mi padre interrumpió la conversación para suplicar al maestro que bajase con nosotros al pueblo para almorzar. Él contestó con espontaneidad:

—Se lo agradezco, muchas gracias… —pero parecía indeciso. Mi padre, tomándole ambas manos, le suplicó una y otra vez.

—¿Pero cómo voy a arreglarme —dijo el maestro— para comer con estas pobres manos, que siempre están bailando de este modo? ¡Es un martirio para los demás!

—Nosotros le ayudaremos, maestro —dijo mi padre, Aceptó, moviendo la cabeza y sonriendo.

—¡Hermoso día! —dijo cerrando la puerta de fuera—; ¡un día hermoso, querido señor! Le aseguro que me acordaré mientras viva.

Mi padre dio el brazo al maestro, éste me asió por la mano, y bajamos el caminito. Encontramos dos muchachillas descalzas que conducían vacas, y a un muchacho que pasó corriendo con una gran carga de paja al hombro. El maestro nos dijo que eran dos alumnas y un alumno de segunda, que por la mañana llevaban las bestias al pasto y trabajaban en el campo, y por la tarde se ponían los zapatitos e iban a la escuela. Era ya cerca de mediodía. No encontramos a nadie más. En pocos minutos llegamos a la posada, nos sentamos en una gran mesa, colocándose el maestro en el centro, y empezamos enseguida a almorzar. La posada estaba silenciosa como un convento. El maestro rebosaba de alegría, y la emoción aumentaba el temblor de sus manos; casi no podía comer. Pero mi padre le partía la carne, le preparaba el pan y le ponía la sal en los manjares. Para beber era necesario que tomase el vaso con las dos manos, y aun así le golpeaba contra los dientes. Charlaba mucho con calor, de los libros de lectura, de cuando era joven, de los horarios de entonces, de los elogios que los superiores le habían otorgado, de los reglamentos de los últimos años, sin perder su fisonomía serena, más encendida que en un principio, con la voz simpática y la cara animada de un muchacho. Mi padre no se cansaba de mirarle, con la misma expresión con que a veces le sorprendo yo cuando me mira en casa, pensando y sonriendo a solas, con la cabeza algo inclinada hacia un lado. Al maestro se le vertió el vino sobre el pecho, y mi padre se levantó y le limpió con la servilleta.

—¡No, eso no, señor, no lo permito! —decía riéndose. Pronunciaba algunas palabras en latín. Al fin, levantó el vaso, que le bailaba en la mano, y dijo con mucha seriedad—: ¡A su salud, querido señor…, a la de sus hijos, y a la memoria de su buena madre!

—¡A vuestra salud, mi buen maestro! —respondió mi padre apretándole una mano. En el fondo de la habitación estaban el posadero y otros, que miraban y sonreían de tal modo, que parecía que gozaban en aquella fiesta en honor del maestro de su pueblo.

Pasadas las dos salimos, y el maestro se empeñó en acompañarnos a la estación. Mi padre le dio el brazo otra vez, y él me tomó de nuevo de la mano; yo le llevaba el bastón. La gente se detenía a mirar, porque todos le conocían; algunos le saludaban. Cuando llegábamos a determinado sitio del camino, oímos voces que salían de una ventana, como de muchachos que leían juntos. El viejo se detuvo y pareció entristecerse.

—He ahí, querido señor mío —dijo—, lo que me da pena: oír la voz de los muchachos en la escuela, y no estar con ellos y pensar que está otro. He escuchado sesenta años seguidos esta música, y mi corazón estaba hecho a ella. Ahora estoy sin familia. Ya no tengo hijos.

—No, maestro —le dijo mi padre reanudando la marcha—; usted tiene ahora muchos hijos esparcidos por el mundo, que se acuerdan de usted como me he acordado yo siempre.

—No, no —respondió el maestro con tristeza—; ya no tengo escuela, ya no tengo hijos. Y sin hijos no puedo vivir más. Pronto sonará mi última hora.

—No diga eso, maestro, no lo piense —repuso mi padre—. De todos modos, ¡usted ha hecho tanto bien!... ¡Ha empleado su vida tan noblemente!...

El viejo maestro inclinó un momento su blanca cabeza sobre el hombro de mi padre, y me apretó la mano. Habíamos entrado ya en la estación. El tren iba a partir.

—¡Adiós, maestro! —dijo mi padre abrazándole y besándole la mano.

—¡Adiós, gracias, adiós! —respondió el maestro asiendo con sus temblorosas manos una de mi padre, que apretaba contra su corazón.

Luego le besé yo; tenía la cara mojada por las lágrimas. Mi padre me empujó hacia dentro del coche, y en el momento de subir tomó con rapidez el tosco bastón que llevaba el maestro en su mano, poniéndole en su lugar una hermosa caña con puño de plata y sus iniciales, diciéndole:

—Consérvela en mi memoria.

El viejo intentó devolvérsela y recobrar la suya; pero mi padre estaba ya dentro y había cerrado la portezuela.

—¡Adiós, mi buen maestro!

—¡Adiós, hijo mío!… —contestó él mientras el tren se ponía en movimiento—, ¡y que Dios le bendiga por el consuelo que ha traído a un pobre viejo!

—¡Hasta la vista! —gritó mi padre con voz conmovida.

Pero el maestro movió la cabeza como diciendo: "No, ya no nos veremos más".

—Sí, sí —repitió mi padre—; ¡hasta la vista!

Él respondió, levantando su trémula mano al cielo:

—¡Allá arriba!

Y desapareció a nuestra vista en la misma postura, señalando con la mano al cielo.

Convalecencia

Jueves 20.

¡Quién me había de decir, cuando volvía tan alegre de aquella hermosa excursión con mi padre, que pasaría diez días sin ver el campo ni el cielo! He estado muy malo, en peligro de muerte. He oído sollozar a mi madre, he visto a mi padre muy pálido, mirándome con los ojos fijos, a mi hermana Silvia y a mi hermano que hablaban en voz baja, al médico de los anteojos, que no se separaba de mi lado y me decía cosas que no comprendía. He estado bien cerca de dar el último adiós a todos. ¡Ah, pobre madre mía! Pasé tres o cuatro días por lo menos, de los cuales no recuerdo nada, como si hubiese estado en medio de un sueño embrollado y oscuro. Me parece haber visto al lado de mi cama a la buena maestra, de la sección primaria superior, que se esforzaba por sofocar la tos con el pañuelo para no molestarme; recuerdo, confusamente también, a mi maestro, que se inclinó para besarme y me pinchó un poco la cara con las barbas; he visto pasar, como en medio de una niebla, la cabeza roja de Crosi, los rizos rubios de Deroso, al calabrés vestido de negro, a Garrón, que me trajo una naranja mandarina con hojas, y se marchó en seguida, porque su madre estaba enferma. Me desperté como de larguísimo sueño, y comprendí que estaba mejor al ver a mi padre y a mi madre que sonreían, y al oír a Silvia que cantaba. ¡Oh, qué sueño tan triste ha sido! Luego, cada día que pasaba me sentía mejor. Vino Coreta y también Garofi, a regalarme dos billetes para su nueva rifa de "un cortaplumas con cinco sorpresas", que compró a un tendero amigo suyo. Ayer, mientras dormía, entró Precusa, puso su cara sobre mi mano, sin despertarme, y como venía del taller de su padre, negro del polvo de carbón, me dejó una marca negra en la manga, que luego he visto con mucho gusto. ¡Qué verdes se han puesto los árboles en estos pocos días! ¡Y qué envidia me dan los muchachos que veo ir corriendo a la escuela con sus libros cuando mi padre me acerca a la ventana! Pero poco tardaré en volver yo también. Estoy tan impaciente por volver a ver a todos, mi banco, el jardín, aquellas calles; saber todo lo que en este tiempo haya pasado; tomar de nuevo mis libros y mis cuadernos, que me parece que ya hace un año que no los veo. ¡Pobre madre mía, qué delgada y qué pálida está! ¡Pobre padre mío, qué aire tan cansado tiene! ¡Y mis buenos compañeros que han venido a verme, y andaban de puntillas y me besaban en la frente! Me da tristeza pensar que llegará el día en que nos separemos. Con Deroso y con algún otro quizá continuaré haciendo mis estudios; pero ¿y los demás? Una vez que concluyamos el cuarto año, ¡adiós!, no nos volveremos a ver; no les veré ya al lado de mi cama cuando esté malo; Garrón, Precusa, Coreta, tan buenos muchachos, tan queridos compañeros míos, ésos no los volveré a ver probablemente.

Los amigos artesanos

Jueves 20.

"¿Por qué, Enrique, no les volverás a ver? Esto dependerá de ti. Una vez que termines el cuarto año, irás al Gimnasio, y ellos se dedicarán a un oficio. Pero permaneceréis en la misma ciudad quizá por muchos años. ¿Por qué entonces no os habéis de ver más? Cuando estés en la Universidad o en la Academia, les irás a buscar a sus tiendas o a sus talleres y te dará mucho gusto encontrarte con tus compañeros de la infancia, ya hombres, en su trabajo. ¿Cómo es posible que tú no vayas a buscar a Coreta y a Precusa, dondequiera que estén? Irás y pasarás con ellos horas enteras en su compañía, y verás, estudiando la vida y el mundo, cuántas cosas puedes aprender de ellos, y que nadie te sabrá enseñar mejor, tanto sobre sus oficios como acerca de su sociedad, como de tu país. Y ten presente que si no conservas estas amistades, será muy difícil que adquieras otras semejantes en el porvenir; amistades, quiero decir, fuera de la clase a que tú perteneces; así vivirás en una sola clase; y el hombre que no frecuenta más que una clase sola es como el hombre estudioso que no lee más que un solo libro. Proponte por consiguiente, desde ahora, conservar estos buenos amigos aun para cuando os hayáis separado, y procura cultivar su trato con preferencia, precisamente porque son hijos de artesanos. Mira: los hombres de las clases superiores son los oficiales, y los operarios son los soldados del trabajo; pero tanto en la sociedad civil como en el ejército no sólo es el soldado tan noble como el oficial, toda vez que la nobleza está en el trabajo y no en la ganancia, en el valor y no en el grado, sino que si hay superioridad en el mérito, está de parte del soldado y del operario, porque sacan de su propio esfuerzo menor ganancia. Ama, pues, y respeta sobre todos, entre tus compañeros, a los hijos de los soldados del trabajo; honra en ellos el sacrificio de sus padres; desprecia las diferencias de fortuna y clase, porque sólo las personas superficiales miden los sentimientos y la cortesía por aquellas diferencias; piensa que de las venas de los que trabajan en los talleres y los campos salió la sangre bendita que redimió la patria; ama a Garrón, ama a Precusa, ama a Coreta, ama a tu albañilillo, que en sus pechos de operarios encierran corazones de príncipes; júrate a ti mismo que ningún cambio de fortuna podrá jamás arrancar de tu alma estas santas amistades infantiles. Jura que si dentro de cuarenta años, al pasar por una estación de ferrocarril, reconocieras bajo el traje de maquinista a tu viejo Garrón, con la cara negra… ¡Ah! No quiero que lo jures; estoy seguro que saltarás sobre la máquina y que le echarás los brazos al cuello, aun cuando seas senador del Reino.

Tu padre."

La madre de Garrón

Sábado 29.

Apenas volví a la escuela, recibí una muy triste noticia. Hacía varios días que Garrón no concurría, porque su madre estaba gravemente enferma. Murió el sábado por la tarde. Ayer de mañana, en seguida que entré en la escuela, nos dijo el maestro:

—Al pobre Garrón le ha cabido la más negra desgracia que puede caer sobre un niño. Su madre ha muerto. Mañana volverá a clase. Desde ahora os suplico, muchachos, que respetéis el terrible dolor que destroza su alma. Cuando entre, saludadlo con cariño, estad serios; nadie juegue, nadie sonría al mirarlo, nadie, os lo recomiendo.

Y, en efecto, esta mañana, algo más tarde que los demás, entró el pobre Garrón. Sentí una grande angustia en el corazón al verlo. Tenía la cara sin vida, los ojos encendidos, y apenas se sostenía sobre las piernas: parecía que había estado enfermo un mes; era difícil reconocerlo; vestía todo de negro, y daba compasión. Nadie respiró; todos le miraron. Apenas entró, al ver por vez primera la escuela, donde su madre había venido a buscarle casi todos los días; aquel banco sobre el cual tantas veces se había inclinado ella los días de examen para hacerle la última recomendación, y donde él tantas veces había pensado en ella, impaciente por salir a encontrarla, no pudo menos que estallar en un golpe de llanto desesperado. El maestro lo atrajo a su lado, y, apretándolo contra su pecho, le dijo:

—¡Llora, llora, pobre niño, pero ten valor! Tu madre ya no está aquí; pero te ve, te ama todavía, vive a tu lado, y la volverás a ver, porque tienes un alma buena y honrada como ella. Ten valor.

Dicho esto, le acompañó al banco cerca de mí. Yo no me atrevía a mirarle. Sacó sus cuadernos y sus libros, que hacía muchos días que no había abierto; al abrir el libro de lectura, donde hay una viñeta que representa una madre con su hijo de la mano, no pudo contener el llanto y dejó caer su cabeza sobre el brazo. El maestro nos hizo señal para que lo dejásemos estar así, y comenzó la lección. Yo hubiese querido decirle algo, pero no sabía. Le puse una mano sobre el brazo, y le dije al oído;

—No llores, Garrón.

No contestó, y sin levantar la cabeza del banco puso su mano en la mía, y así la tuvo un buen rato. A la salida nadie le habló; todos pasaron a su lado con respeto y en silencio. Yo vi a mi madre, que me esperaba, y corrí a su encuentro para abrazarla; pero ella me rechazaba, y miraba a Garrón. En el primer momento no comprendí por qué; pero luego advertí que Garrón solo, a un lado, me miraba; me miraba con implacable tristeza, que quería decir: "¡Tú abrazas a tu madre; yo ya no la abrazaré más! ¡Tú tienes todavía madre, y la mía ha muerto!"

Entonces comprendí por qué mi madre me rechazaba, y salí sin darle la mano.

Giuseppe Mazzini

Sabado 29.

Garrón vino también hoy por la mañana a la escuela; estaba pálido y tenía los ojos hinchados por el llanto; apenas miró los regalillos que le habíamos puesto sobre el banco para consolarle. El maestro había llevado, sin embargo, una página de un libro de lectura para reanimarle. Primero nos advirtió que fuésemos todos mañana a las doce al Ayuntamiento para ver dar la medalla al valor a un muchacho que ha salvado a un niño en el Po, y que el lunes dictaría él la descripción de la fiesta, en vez del cuento mensual. Luego, volviéndose a Garrón, que estaba con la cabeza baja, le dijo:

—Garrón, haz un esfuerzo, y escribe tú también lo que voy a dictar. —Todos tomamos la pluma. El maestro dictó—: Giuseppe Mazzini, nacido en Génova en 1805, murió en Pisa en 1872; patriota de alma grande, escritor de preclaro ingenio, inspirador y primer apóstol de nuestra revolución italiana, por amor a la patria vivió cuarenta años pobre, desterrado, perseguido, errante, con heroica consecuencia en sus principios y en sus propósitos. Giuseppe Mazzini, que adoraba a su madre, y que había heredado de ella todo lo que en su alma fortísima y noble había de más elevado y puro, escribía así a un fiel amigo suyo para consolarle de las desventuras. Poco más o menos, he aquí sus palabras: "Amigo: No, no verás nunca a tu madre sobre esta tierra. Ésta es la tremenda verdad. No voy a verte, porque el tuyo es de aquellos dolores solemnes y santos que es necesario sufrir y vencer cada cual por sí mismo. ¿Comprendes lo que quiero decir con estas palabras? ¡Es preciso vencer el dolor! Vencer lo que el dolor tiene de menos santo, de menos purificante; lo que, en vez de mejorar el alma, la debilita y la rebaja. Pero la otra parte del dolor, la parte noble, la que engrandece y levanta el espíritu, ésta debe permanecer contigo y no abandonarte jamás. Aquí abajo nada sustituye a una buena madre. En los dolores, en los consuelos que todavía puede darte la vida, tú no la olvidarás jamás. Pero debes recordarla, amarla, entristecerte por su muerte de un modo que sea digno de ella. ¡Oh, amigo, escúchame! La muerte no existe, no es nada. Ni siquiera se puede comprender. La vida es vida, y sigue la ley de la existencia: el progreso. Tenías ayer una madre en la tierra; hoy tienes un ángel en otra parte. Todo lo que es bueno sobrevive, con mayor potencia a la vida eterna. Por consiguiente, también el amor de tu madre. Ella te quiere ahora más que nunca, y tú eres responsable de tus actos ante ella más que antes. De ti depende, de tus obras, el encontrarla, el volverla a ver en otra vida. Debes, por tanto, por amor y reverencia a tu madre, llegar a ser mejor; que goce de ti, de tu conducta. Tú, en adelante, deberás en todo acto tuyo decirte a ti mismo: '¿Lo aprobaría mi madre?' Su transformación ha puesto para ti en el mundo un ángel custodio, al cual debes referir todas las cosas. Sé fuerte y bueno; resiste el dolor desesperado y vulgar; ten la tranquilidad de los grandes sufrimientos de las grandes almas; esto es lo que ella quiere."

—¡Garrón! —añadió el maestro—, sé fuerte y está tranquilo; esto es lo que ella quiere. ¿Comprendes?

Garrón indicó que sí con la cabeza; pero gruesas y abundantes lágrimas le caían sobre las manos, sobre el cuaderno, sobre el banco.

Valor cívico
(Cuento mensual)

A mediodía estábamos con el maestro ante el palacio municipal para presenciar la entrega de la medalla del valor cívico al chico que salvó a un compañero suyo en el Po. Sobre la terraza de la fachada ondeaba la bandera tricolor. Entramos en el patio. Ya estaba lleno de gente. Se veía allí en el fondo una mesa con tapete encarnado y encima varios papeles, y detrás una fila de sillones dorados para el alcalde y la Junta; varios ujieres del Ayuntamiento estaban de pie alrededor del estrado con sus dalmáticas azules y sus calzas blancas. A la derecha del patio había formado un piquete de guardias municipales, todos los cuales se hallaban condecorados con muchas y distintas cruces, y al lado otro piquete de carabineros; en la parte opuesta, los bomberos con uniforme de gala y muchos soldados sin formar, que habían venido a presenciar la ceremonia, de caballería, infantería, cazadores, artillería; de todas las armas, en fin. Y por último, alrededor, caballeros, gente del pueblo, oficiales, mujeres y niños que se apretaban; un gentío inmenso. Nos arrinconamos en un ángulo del patio.

Alumnos de otras escuelas estaban con sus maestros, y había cerca de nosotros un grupo de muchachos del pueblo; de diez a dieciocho, que reían y hablaban fuerte, y se comprendía que eran todos del barrio del Po, compañeros o conocidos del que debía recibir la medalla. Arriba, en todas las ventanas, estaban asomados los empleados del Ayuntamiento; la galería de la biblioteca también estaba llena de gente, que se apiñaba contra la balaustrada, y en la del lado opuesto, que está sobre la puerta de entrada, se agolpaba gran número de muchachos de las escuelas públicas, y muchas huérfanas de militares, con graciosos velos celestes. Parecía un teatro. Todos discurrían alegremente, mirando de vez en cuando el sitio donde estaba la mesa encarnada, a ver si se presentaba alguno. La banda de música se oía a lo lejos, en el fondo del pórtico. Las paredes resplandecían con el sol. Estaba aquello muy hermoso.

De pronto, todos empezaron a aplaudir en los patios, en las galerías, en las ventanas. Yo, para ver, tuve que empinarme.

La multitud que estaba detrás de la mera encarnada había abierto paso, y se pusieron delante un hombre y una mujer. El hombre llevaba de la mano a un niño. Era el que había salvado a su compañero.

El hombre era su padre, un albañil vestido de día de fiesta. La mujer, su madre, pequeña y rubia, estaba vestida de negro. El muchacho, también rubio y pequeño, tenía una chaqueta gris.

Al ver a toda aquella gente y oír aquel ruido de aplausos, se quedaron los tres tan sorprendidos, que no se atrevían a mirar y a moverse. Un guardia municipal les empujó al lado de la mesa, a la derecha.

Todos callaron un momento, y después resonaron de nuevo los aplausos por todos lados. El muchacho miró hacia arriba, hacia las ventanas, y luego a la galería de las huérfanas de militares; tenía el sombrero en la mano y parecía que no sabía bien en dónde estaba. Me pareció que se daba cierto aire a Coreta en la cara, pero era más sonrosado. Su padre y su madre no apartaban los ojos de la mesa.

Entretanto, todos los muchachos del barrio del Po, que estaban cerca de nosotros, pasaron delante; y le hacían señas a su compañero para hacerse ver, llamándole en voz baja. A fuerza de llamarle se hicieron oír. El muchacho los miró y se cubrió la boca con el sombrero para ocultar una sonrisa. En un momento dado todos los guardias se cuadraron. Entró el alcalde acompañado de muchos señores. El alcalde tenía el cabello canoso y llevaba una faja tricolor. Se puso de pie junto a la mesa; los demás, detrás y a los lados. Cesó de tocar la banda, hizo el alcalde una señal, y callaron todos.

Empezó a hablar. Sus primeras frases no las oí bien; pero comprendí bien que estaba relatando la hazaña del muchacho. Después levantó la voz, y se esparció tan clara y sonora por todo el patio que no perdí ya ni palabra… "Cuando vio desde la orilla al compañero que se revolvía en el río, presa ya del terror de la muerte, se quitó la ropa y acudió sin titubear un momento. Le gritaron: '¡Que te ahogas!' No, respondió; lo agarraron, y se soltó; lo llamaron y ya estaba en el agua. El río estaba muy crecido y el riesgo era terrible hasta para un hombre. Pero él desafió la muerte con toda la fuerza de su pequeño cuerpo y de gran corazón; alcanzó y agarró a tiempo al desgraciado que estaba ya bajo del agua, y lo sacó a flote; luchó furiosamente con la corriente que lo quería envolver y con el compañero, que se le enroscaba: varias veces desapareció bajo la superficie y volvió a salir fuera, haciendo esfuerzos desesperados, obstinados, y decidido en su santo propósito, no como un niño que quiere salvar a otro, sino como un hombre, como un padre que lucha por salvar a su hijo, que es su esperanza y su vida. En fin, Dios no permitió que fuese inútil hazaña tan generosa. El pequeño nadador arrebató su presa al gigante río y lo sacó a tierra, y aun le prestó, con los demás, los primeros auxilios; después de lo cual se volvió a su casa sereno y tranquilo, a contar sencillamente el suceso. Señores: hermoso, admirable es el heroísmo de un hombre; pero en el niño, en el cual no es posible aun ninguna mira de ambición o de otro interés; en el niño, que debe tener tanto más arrojo cuanta menos fuerza tiene; en el niño, en el cual nada pedimos, que en nada es tenido, que ya nos parece tan noble y digno de ser amado, no ya cuando cumple, sino sólo cuando comprende y reconoce el sacrificio de otro en el niño, el heroísmo es divino. No diré más, señores; no quiero adornar con elogios superfluos una grandeza tan sublime. He aquí, delante de vosotros el salvador noble y generoso. Soldados, saludadlo como a un hermano; madres, bendecidlo como a un hijo; niños, recordad su nombre, estampad su rostro en vuestra memoria, que no se borre ya de vuestra mente ni de vuestro corazón. Acércate, muchacho. En nombre del rey de Italia te doy la cruz de Beneficencia.

Un viva atronador, lanzado a la vez por multitud de voces, atronó en el palacio. El alcalde tomó la condecoración de la mesa y la puso en el pecho del muchacho. Después lo abrazó y lo besó. La madre se llevó la mano a los ojos; el padre tenía la barba en el pecho.

El alcalde estrechó la mano a los dos, y tomando la orden de concesión de la cruz, atada con una cinta, se la entregó a la madre. Después se volvió al muchacho y le dijo:

—Que el recuerdo de este día, tan glorioso para ti, tan feliz para tus padres, te sostenga toda la vida en el camino de la virtud y del honor. ¡Adiós!

El alcalde salió; tocó la banda y todo parecía concluido, cuando de las filas de la multitud salió un muchacho de ocho a nueve años, impulsado por una señora que se escondió en seguida, y se lanzó al condecorado, dejándose caer entre sus brazos.

Otro rumor de vivas y aplausos hizo atronar el patio; todos comprendieron desde luego que era el muchacho salvado en el Po, el que acababa de dar las gracias a su salvador. Después de haberlo besado se le agarró a un brazo para acompañarlo fuera. Ellos dos, primero, y el padre y la madre detrás, se dirigieron hacia la salida, pasando con trabajo por entre la gente que les formaba calle, confundiéndose guardias, niños, soldados y mujeres. Todos se echaban hacia adelante y se empinaban para ver al muchacho. Los que estaban más cerca le daban la mano. Cuando pasó por delante de los niños de la escuela, todos echaron sus sombreros por el aire. Los del barrio del Po prorrumpieron en grandes aclamaciones, agarrándole por los brazos y por la chaqueta, gritando; "¡Viva Pinot! ¡Bravo Pinot!" Yo lo vi pasar muy cerca. Iba muy encarnado y contento: la cruz tenía la cinta blanca, roja y verde. Su madre lloraba y reía; su padre se retorcía el bigote con una mano que le temblaba mucho, como si tuviese calentura. Arriba, por las ventanas y galerías, seguían asomándose y aplaudiendo. De pronto, cuando iban a entrar bajo el pórtico, cayó de la galería de las huérfanas militares una verdadera lluvia de pensamientos, de ramitos de violetas y de margaritas, que daban en la cabeza del muchacho, en la de sus padres y en el suelo. Muchos se bajaban a recogerlos y se los alargaban a la madre. Y a lo lejos, en el fondo del patio, se oía la banda que tocaba un aire precioso que parecía el canto de otras tantas voces argentinas que se alejaban lentamente por orillas del río.

Mayo

Los niños raquíticos

Viernes 5.

Hoy he estado de vacación, porque no me encontraba bien, y mi madre me ha llevado al Instituto de los niños raquíticos, donde ha ido a recomendar a una niña del portero; pero no me ha dejado entrar en la escuela…

"¿No has comprendido, Enrique, por qué no te he dejado entrar? Para no presentar delante de aquellos desgraciados, en medio de la escuela, casi como de muestra, un muchacho sano y robusto: ¡demasiadas ocasiones tienen ya de encontrarse en dolorosos parangones! ¡Qué cosa tan triste! El llanto me sube del corazón al entrar allí dentro. Habría unos sesenta, entre niños y niñas. ¡Pobres huesos torturados! ¡Pobres manos, pobres pies encogidos y crispados! ¡Pobres cuerpecitos contrahechos!

"Pronto se observan muchas caras graciosas, ojos llenos de inteligencia y de cariño; había una carita de niña, con la nariz afilada y la barba puntiaguda, que parecía una viejecilla; pero tenía una sonrisa de celestial dulzura. Algunos, vistos por delante, eran hermosos, y parecía que no tenían defectos; pero se volvían y angustiaban el corazón. Allí estaba el médico que los visitaba. Los ponía en pie sobre los bancos y les levantaba los vestidos para tocarles los vientres hinchados y las abultadas articulaciones; pero las pobres criaturas no se avergonzaban; se veía que eran niños acostumbrados a ser desnudados, examinados y vistos por todas partes. Y eso que ahora están en el periodo mejor de su enfermedad y ya casi no sufren. Pero ¿quién puede pensar lo que sufrieron cuando empezó su cuerpo a deformarse; cuando al crecer su enfermedad, veían disminuir el cariño en torno suyo, pobres niños, a quienes se dejaba solos horas y horas en el rincón de una habitación o de un patio, mal alimentados, escarnecidos a veces y atormentados meses enteros con vendajes y aparatos ortopédicos, muchas veces inútiles?

"Ahora, en cambio, gracias a las curas, a la buena alimentación y a la gimnasia, muchos mejoran. La maestra les obligó a hacer gimnasia. ¡Daba lástima verlos extender sobre los bancos, al oír ciertas voces, todas aquellas piernas fajadas, comprimidas entre los aparatos; nudosas, deformes, piernas que se hubieran cubierto de besos! Algunos no podían levantarse del banco, acariciando las muletas con la mano; otros, al mover los brazos, sentían que les faltaba la respiración y volvían a sentarse pálidos. pero sonriendo, para disimular su fatiga. ¡Ah, Enrique! ¡Vosotros, que no apreciáis la salud y os parece muy poca cosa el estar bien! Yo pensaba en los muchachos hermosos. fuertes y robustos que las madres llevan a paseo como en triunfo, orgullosas de su belleza; y hubiera agarrado todas aquellas cabezas y las hubiera estrechado sobre mi corazón, desesperadamente; hubiera dicho, si hubiese estado sola: 'No me muevo ya de aquí; quiero consagraros la vida; serviros, hacer de madre para vosotros, hasta el último día de mi vida…'

"Y, entretanto, cantaban; cantaban con vocecillas delicadas, dulces, tristes, que llegaban al alma, y habiéndoles la maestra elogiado, los pobrecillos se pusieron tan contentos, y mientras pasaba por entre los bancos, le besaban las manos y los brazos, porque sienten mucha gratitud hacia el que les hace bien, y son muy cariñosos. También aquellos angelitos tienen talento y estudian, según me dijo la maestra. La maestra es joven y agraciada; en su rostro, lleno de bondad, se adivina cierta expresión de tristeza, reflejo de las desventuras que acaricia y consuela. ¡Pobre niña! Entre todas las criaturas humanas que se ganan la vida con su trabajo, ¡no hay ninguna que se lo gane más santamente que tú, hija mía!

Tu madre."

Sacrificio

Martes 9.

Mi madre es buena y mi hermana Silvia es como ella; tiene su mismo corazón noble y generoso. Estaba yo copiando anoche una parte del cuento mensual "De los Apeninos a los Andes", que el maestro nos ha dado a copiar a todos por partes, porque es muy largo, cuando Silvia entró de puntillas, corriendo y bajito:

—Ven conmigo donde está mamá. Los he oído esta mañana discurriendo preocupados: a papá le ha salido mal un negocio; estaba abatido, y mamá le animaba: pasamos un momento de estrechez, ¿comprendes? No hay dinero. Papá decía que es menester hacer sacrificios para salir adelante.Necesario es, pues, que nosotros nos sacrifiquemos también, ¿no es verdad? ¿Estás dispuesto? Bueno; hablo con mamá, tú indicas tu conformidad y prométele, bajo palabra de honor, que harás todo lo que yo diga.

Dicho esto, me asió de la mano y me llevó adonde estaba mamá, a quien vimos coser muy pensativa. Me senté en un costado del sofá; Silvia en el otro, y dijo de pronto:

—Oye, mamá, tengo que hablarte. Tenemos que hablarte.

Mamá nos miró, admirada, y Silvia empezó:

—Papá no tiene dinero, ¿no es verdad?

—¿Qué dices? —replicó mamá sonrojándose—. ¡No es verdad! ¿Qué sabes tú? ¿Quién te lo ha dicho?

—Lo sé —dijo Silvia con resolución—. Y bien, oye, mamá: tenemos que hacer sacrificios también nosotros. Tú me habías prometido un abanico para fines de mayo y Enrique esperaba su caja de pinturas; no queremos ya nada; no queremos que se gaste dinero, y estaremos tan contentos, ¿has comprendido?

Mamá intentó hablar, pero Silvia continuó:

—No; tiene que ser así. Lo hemos decidido, y hasta que papá tenga dinero, no queremos ya fruta ni otras cosas; nos bastará con el cocido, y por la mañana, en la escuela, comeremos pan. Así se gastará menos en la casa, que ya gastamos demasiado, y te prometemos que nos verás siempre alegres como antes. ¿No es verdad, Enrique?

Yo respondí que sí.

—Siempre contentos, como antes —repitió Silvia tapándole la boca a mamá con la mano—; y si hay otro sacrificio qué hacer, en el vestir o en cualquier cosa, lo haremos gustosos y hasta venderemos nuestros regalos. Yo doy todas mis cosas; te serviré de criada; no daremos ya nada a coser fuera de casa; trabajaré contigo todo el día; haré todo lo que quieras: estoy dispuesta a todo, a todo —exclamó echando los brazos al cuello de mi madre—, para que papá y mamá no tengan ya disgustos, para que vuelva a veros tranquilos y de buen humor, como antes, en medio de vuestros hijos, que os quieren tanto, que darían su vida por vosotros.

¡Ah! No he visto nunca a una madre tan contenta, como al oír aquellas palabras. No nos ha besado nunca como entonces, llorando y riendo sin poder hablar. Después aseguró a Silvia que había entendido mal, que no estábamos, por fortuna, tan apurados como ella creía, y nos dio mil veces las gracias, estando alegre toda la noche, hasta que volvió mi padre, a quien le narró todo.

Él no abrió la boca. ¡Pobre padre mío! Pero esta mañana, sentados a la mesa, experimenté al mismo tiempo un gran placer y un gran disgusto. Yo encontré bajo mi servilleta mi caja de pinturas y Silvia se encontró su abanico.

¡El incendio![1]

Jueves 11.

Esta mañana había yo concluido de copiar mi parte del cuento "De los Apeninos a los Andes", y estaba buscando un tema para la composición libre que nos ordena hacer el maestro, cuando oí por la escalera un griterío desacostumbrado. Poco después entraban en casa los bomberos, los cuáles pidieron permiso a mi padre para examinar las chimenea y las estufas, porque se veía humo por los tejados y no se sabía de dónde era. Mi padre les autorizó, y aunque no teníamos fuego encendido en ninguna parte, comenzaron

[1] El suceso sucedió la noche del 27 de enero de 1880.

a andar por las habitaciones y a aplicar el oído a las paredes para oír si hacía ruido el fuego dentro de los cañones que comunicaban con las chimeneas de la casa.

Mi padre me dijo mientras andaban por las habitaciones:

—Enrique, he aquí un buen tema para tu composición: ponte a escribir lo que voy a contarte: "Los vi trabajando hace dos años, una noche que salía del teatro 'Balbo', a hora avanzada. Al entrar en la calle Roma, vi un resplandor raro y una turba de gente que corría; era que había fuego en una casa. Lenguas de llamas y nubes de humo salían de las ventanas y del tejado; hombres y mujeres aparecían y desaparecían de la fachada exhalando gritos desesperados. Había un gran tumulto delante del portal: la multitud gritaba: '¡Que se queman vivos! ¡Socorro! ¡Bomberos!'

"Llegó en aquel momento un carruaje, del que bajaron cuatro bomberos, los primeros que se encontraron en el Ayuntamiento, y los cuales se lanzaron dentro de la casa. Habían apenas entrado, cuando se vio una cosa horrible; una señora se asomó desesperada a una ventana del tercer piso, se agarró al antepecho, se montó en él y permaneció así agarrada, casi suspendida en el vacío, con la espalda fuera, encorvada bajo el humo y las llamas que, huyendo de la habitación, casi llegaban a la cabeza. La multitud exhaló un grito de horror; los bomberos, detenidos por equivocación en el segundo piso, donde había también inquilinos aterrorizados, tenían ya destrozada una pared y se precipitaban de habitación en habitación, cuando con sonoros gritos les advirtieron: '¡Al tercer piso, al tercer piso!'

"Volaron al piso tercero. Aquello era una ruina infernal: vigas del techo que crujían, corredores llenos de llamas, humo que asfixiaba. Para llegar a los cuartos donde estaban encerrados los inquilinos no había otro camino que el tejado. Se lanzaron en seguida arriba, y minutos después se vio como un fantasma negro saltar sobre las tejas entre el humo: era el jefe, que había llegado primero. Pero para ir a la parte del tejado que correspondía al cuartito cercado por el fuego, era menester pasar por un espacio estrechísimo, comprendido entre un alero y la fachada; todo lo demás estaba ardiendo, y aquel pequeño trecho estaba cubierto de nieve y de hielo, y no había dónde agarrarse. '¡Es imposible que pase!', gritaba la gente desde abajo. El jefe avanzó sobre el alero del tejado. Todos temblaban y miraban fijos, con la respiración suspendida. '¡Pasó!' Una inmensa aclamación atronó el espacio. El jefe volvió a emprender su marcha, y llegó al punto amenazado; empezó a romper furiosamente, con el azadón, tejas, vigas y ladrillos, para abrir un boquete y bajar por dentro.

"Entretanto, la señora continuaba suspendida fuera de la ventana y las llamas le llegaban a la cabeza; un minuto más y se hubiera arrojado a la calle. El boquete se ensanchó; se vio al jefe de bomberos quitarse la ropa y meterse dentro; los otros bomberos, reunidos ya, le siguieron. En aquel instante, una altísima escalera llegada entonces, se apoyó en la cornisa de la casa, delante de las ventanas de donde salían llamas y alaridos de locos. Pero se creía que ya era tarde. "¡Ninguno se salva!", gritaban. "¡Los bomberos se queman! ¡Todo ha concluido! ¡Se han muerto!"

"De pronto se vio aparecer en la ventana de la esquina la negra figura del jefe, iluminada por las llamas; la señora se le echó al cuello, él la apretó precipitadamente con sus dos brazos; la levantó y la colocó dentro de la habitación. De la multitud se escaparon mil y mil gritos, que cubrían el fragor del incendio. Pero, ¿y los demás? ¿Cómo bajarían? La escalera, apoyada en el tejado por delante de otra ventana, distaba de aquélla todavía un buen trecho. ¿Cómo podrían salvarlos? Mientras la gente se decía esto, uno de los bomberos se echó fuera de la ventana; puso el pie derecho en el antepecho y el izquierdo en la escalera, y así, de pie en el aire, se le abrazaban uno a uno los inquilinos, que los demás le alargaban desde adentro, se los entregaba a un compañero que había subido desde la calle y que, asiéndolos fuertemente por donde podía, les hacía bajar uno tras otro, ayudado por el resto de los bomberos. Bajó primero la señora de la esquina, luego una niña, otra señora y un viejo.

"Todos se salvaron. Después del viejo bajaron los bomberos que aún quedaban dentro: el último en bajar fue el jefe, a pesar de haber sido el primero en acudir. La multitud les acogió a todos con una salva de aplausos; pero cuando apareció el último, el avanzada de los salvadores, el que había arrastrado a los demás a afrontar el peligro, el que hubiera muerto seguramente si alguno hubiese tenido que morir, el gentío lo saludó como a un triunfador, gritando y extendiendo los brazos como en demostración cariñosa de admiración y gratitud, en pocos momentos su nombre oscuro, José Rabino, se repetía en todos los labios.

"¿Has comprendido? Eso es valor; el valor del corazón, que no razona, que no vacila, que va derecho, con los ojos cerrados y con la velocidad del rayo, a donde oye el grito de los que van a morir. Yo te llevaré un día a las maniobras de los bomberos y te enseñaré a Robino; porque te dará mucho gusto conocerlo, ¿no es verdad?"

Respondí que sí.

—Helo aquí —dijo mi padre.

Yo me volví de pronto. Dos bomberos, terminado el examen, atravesaban la habitación para salir.

Mi padre me enseñó el más pequeño, el que llevaba galones, y me dijo:

—Estrecha la mano del cabo Robino.

El cabo se paró y me dio la mano, sonriendo; yo se la estreché, me saludó y salió.

—Recuerda esto bien —dijo mi padre—, porque de mil manos que estreches en tu vida, quizá no haya diez que valgan más que la suya.

De los Apeninos a los Andes
(Cuento mensual)

Hace muchos años, cierto muchacho genovés de trece años, hijo de un obrero, fue de Génova a América sólo para buscar a su madre. Ésta había partido dos años antes a Buenos Aires, capital de la República Argentina, para ponerse al servicio de alguna casa rica y ganar así, en poco tiempo, algo con qué ayudar a la familla, la cual, por efecto de desgracias sucesivas, había caído en la pobreza y tenía muchas deudas. No son pocas las mujeres animosas que hacen tan largo viaje con aquel objeto, gracias a los buenos salarios que allí encuentra la gente que se dedica a servir, y las cuales vuelven a su patria, al cabo de algunos años, con algunos miles de pesos. La pobre madre había llorado lágrimas de sangre al separarse de sus hijos, uno de dieciocho años y otro de once; pero marchó muy animada y con el corazón lleno de esperanzas. El viaje fue feliz; apenas llegó a Buenos Aires, encontró en seguida, por medio de un comerciante genovés, primo de su marido, establecido allí desde hacía mucho tiempo, una excelente familia del país, que le daba buen salario y la trataba bien. Por algún tiempo mantuvo con los suyos una correspondencia regular. Como habían convenido entre sí, el marido dirigía las cartas al primo, que se las entregaba a la mujer, y ésta le daba las contestaciones para que las mandase a Génova, escribiendo él por su parte algunos renglones. Ganando ochenta pesos al mes y no gastando nada en ella, mandaba a su casa cada tres meses una buena suma, con la cual el marido, que era muy hombre de bien, iba pagando poco a poco las deudas más urgentes y adquiriendo así buena reputación. Entretanto, trabajaba y estaba contento de lo que hacía y lisonjeado con la esperanza de que la mujer volvería dentro de poco, porque la casa parecía en sombra con su falta, y el hijo menor, principalmente, que quería mucho a su madre, se entristecía y no podía resignarse a su ausencia.

Pero transcurrido un año desde la marcha, después de una carta breve en la que decía no estaba bien de salud, no se recibió más correspondencia. Escribieron dos veces al primo, y éste no contestó. Escribieron a la familia donde estaba sirviendo la mujer; pero sospecharon que no llegaría la carta, porque habían equivocado el nombre en el sobre, y, en efecto, no tuvieron contestación. Temiendo una desgracia, escribieron al consulado italiano de Buenos Aires, para que hiciese investigaciones; y después de tres meses se les contestó que, a pesar del anuncio publicado en los periódicos, nadie se había presentado, ni para dar noticias. Y no podía suceder de otro modo, entre otras razones, por ésta: que con la idea de salvar el decoro de su familia que creía mancharlo haciéndose criada, la buena mujer no había dicho a la familia argentina su verdadero nombre. Pasaron otros meses sin que tampoco hubiera ninguna noticia. Padre, e hijos estaban consternados; al más pequeño le oprimía una tristeza que no podía vencer. ¿Qué hacer? ¿A quién recurrir? La primera idea del padre fue marcharse a América en busca de su mujer. Pero ¿y el trabajo? ¿Quién sostendría a sus hijos? Tampoco podía marchar el hijo mayor, porque comenzaba a ganar algo y era necesario para la familia. En este afán vivían, repitiendo todos los días las mismas conversaciones dolorosas o mirándose unos a otros en silencio. Una noche, Marcos, el más pequeño, dijo resueltamente:

—Voy a América a buscar a mi madre.

El padre movió la cabeza tristemente y no respondió.

Era un buen pensamiento, pero impracticable. ¡A los trece años, solo, hacer un viaje a América, necesitándose un mes para llegar! Pero el muchacho insistió pacientemente. Insistió aquel día, al siguiente, todos los días, con gran parsimonia, y razonando como un hombre.

—Otros han ido —decía— más pequeños que yo. Una vez que esté en el barco, llegaré como los demás. Una vez allí, no tengo que hacer más que buscar la casa del tío. Como hay allá tantos italianos, alguno me enseñará la calle. Encontrando al tío, encuentro a mi madre, y si no la encuentro, buscaré al cónsul y a la familia argentina. Haya ocurrido lo que quiera, hay allí trabajo para todos; yo también encontraré ocupación, al menos lo bastante para ganar con qué volver a casa.

Y así, poco a poco, casi llegó a convencer a su padre. Éste lo apreciaba, sabía que tenía juicio y ánimos, que estaba acostumbrado a las privaciones y los sacrificios, y que todas estas buenas cualidades daban doble fuerza a su decisión en aquel santo objeto de buscar a su madre, que adoraba. Sucedió también que cierto comandante de un buque mercante, amigo de un conocido suyo, habiendo oído hablar del asunto, se empeñó en ofrecerle, gratis, billete de tercera clase para la República Argentina. Entonces, después de nuevas vacilaciones, el padre consintió y se decidió el viaje. Llenaron un baulillo de ropa, le pusieron algún dinero en el bolsillo, le dieron las señas del tío, y una hermosa tarde del mes de abril lo embarcaron.

—Marcos, hijo mío —le dijo el padre, dándole el último beso con lágrimas en los ojos, sobre la escalerilla del buque que estaba para salir—: ¡ten ánimo, vas con un fin santo y Dios te ayudará!

¡Pobre Marcos! Tenía corazón esforzado y estaba preparado también para las más duras pruebas de aquel viaje; pero cuando vio desaparecer en el horizonte la hermosa Génova y se encontró en alta mar, sobre aquel gran navío lleno de compatriotas que emigraban; solo, desconocido de todos, con aquel pequeño baúl que encerraba toda su fortuna, le asaltó repentino desánimo. Dos días permaneció arrinconado en la proa, como un perro, casi sin comer, y sintiendo gran necesidad de llorar. Toda clase de tristes pensamientos asaltaban su mente, y el más triste, el más terrible era el que más se apoderaba de ella: el pensamiento de que su madre hubiese muerto. En sus sueños, sobresaltados y penosos, veía siempre la faz de un desconocido que lo miraba con aire de compasión. y después le decía al oído: "¡Tu madre ha muerto!", y entonces despertábase ahogando un grito. Al fin, pasado el estrecho de Gibraltar, en cuanto vio el océano Atlántico, se sintió más animado y cobró esperanzas. Pero fue breve alivio. Aquel inmenso mar, igual siempre; el creciente calor, la tristeza de toda aquella pobre gente que le rodeaba, el sentimiento de la propia soledad, volvieron a echar por tierra sus pasados bríos. Los días se sucedían tristes y monótonos, confundiéndose unos con otros en la memoria, como le sucede a los enfermos. Le parecía que hacía ya un año que estaba en el mar. Cada mañana, al despertar, experimentaba nuevo estupor al encontrarse allí solo, en medio de aquella inmensidad de agua, viajando hacia América. Los hermosos peces voladores que iban a cada instante a caer en el barco, aquellas admirables puestas de sol de los trópicos, con aquellas inmensas nubes color de fuego y sangre, aquellas fosforescencias nocturnas que hacían aparecer a todo el océano encendido como mar de lava, no le hacían el efecto de cosas reales sino más bien de fantasmas vistos en el sueño. Hubo días de mal tiempo, durante los cuales permaneció encerrado en el camarote, donde todo bailaba y se caía, en medio de un coro espantoso de quejidos e imprecaciones, y creía que había llegado su última hora. Hubo otros días, de mar tranquilo y amarillento, de calor insoportable e infinitamente aburrido; horas interminables y siniestras, durante las cuales los pasajeros encerrados, tendidos inmóviles sobre las tablas, parecían muertos. Y el viaje no acababa nunca: mar y cielo, cielo y mar, hoy como ayer, mañana como hoy, todavía, siempre eternamente. Y él se pasaba las horas apoyado en la borda y mirando aquel mar sin fin aturdido, pensando vagamente en su madre, hasta que los ojos se le cerraban y la cabeza se le caía, rendida por el sueño, y entonces volvía a ver aquella cara desconocida que lo miraba con aire de lástima y le repetía al oído: "¡Tu madre ha muerto!", y a aquella voz se despertaba sobresaltado para volver a soñar con los ojos abiertos y mirando el inalterable horizonte.

Veintisiete días duró el viaje. Pero los últimos fueron los mejores. El tiempo permanecía bueno y el aire era fresco. Había entablado relaciones con un buen viejo lombardo que iba a América, a reunirse con su hijo, labrador en la ciudad de Rosario; le había contado todo lo que ocurría en su casa, y el viejo, a cada instante, le repetía, dándole palmaditas en el cuello:

—¡Animo, galopín! Encontrarás a tu madre sana y contenta.

Aquella compañía le animaba, y sus presentimientos, de tristes, se habían tornado alegres. Sentado en la proa, al lado del viejo labrador que fumaba en pipa, bajo un hermoso cielo estrellado, en medio de grupos de emigrantes que cantaban, se representaban mil veces en su pensamiento la llegada a Buenos Aires; se veía en una calle, encontraba la tienda, se echaba en brazos del tío: "¿Cómo está mi madre? ¿Dónde está? ¡Vamos en seguida! En seguida vamos". Corrían juntos, subían una escalera, se abría una puerta... Y aquí el sordo soliloquio se detenía, se perdía su imaginación en un sentimiento de inexplicable ternura que le hacía sacar, a escondidas, una medallita que llevaba en el cuello y murmurar, besándola, sus oraciones.

El vigesimoséptimo día después de la salida, llegaron. Era una hermosa mañana de mayo cuando el buque echó el ancla en el inmenso río de la Plata, sobre una arma en la cual se extiende la vasta ciudad capital de la República Argentina. Aquel tiempo espléndido le pareció de buen augurio. Estaba fuera de sí de alegría y de impaciencia. ¡Su madre se hallaba a pocas millas de distancia de él! Dentro de pocas horas la habría ya visto! ¡Y él se encontraba en América, en el Nuevo Mundo, y había tenido el atrevimiento de ir solo! Todo aquel larguísimo viaje le parecía, entonces, que había pasado en un momento. Le parecía haber volado, soñando, y haber despertado entonces. Y era tan feliz, que casi no se sorprendió ni se afligió cuando se registró los bolsillos y se encontró una sola de las dos partes en que había dividido su pequeño tesoro, para estar seguro de no perderlo todo. Le habían robado la mitad, no le quedaban más que muy pocos pesos; pero ¿qué le importaba ya, estando tan cerca de su madre? Con su baulillo al hombro, pasó con otros muchos italianos a un vaporcito que lo llevó a poca distancia de la orilla; saltó del vaporcito a una lancha que llevaba el nombre de Andrés Doria, desembarcó en el muelle, se despidió de su viejo amigo lombardo, y se dirigió de prisa a la ciudad.

Llegado a la desembocadura de la primera calle que encontró, paró a un hombre que pasaba y le rogó le indicase qué dirección debía tomar para ir a la calle de las Artes. Por casualidad se había encontrado con un obrero italiano. Éste le miró con curiosidad, y le preguntó si sabía leer. El muchacho contestó que sí.

—Pues bien —le dijo el obrero, indicándole la calle de que salía—; sube derecho, leyendo siempre los nombres de las calles en todas las esquinas, y acabarás por encontrar la que buscas.

El muchacho le dio las gracias y siguió adelante por la calle que le indicaron.

Era recta y larga, pero estrecha, flanqueada por casas bajas y blancas, que parecían otras tantas casitas de campo: llena de gente, de coches, de carros, que producían ruido ensordecedor; aquí y allá se izaban inmensas banderas de varios colores en las que había escritos, en gruesos caracteres, anuncios de salida de vapores para ciudades desconocidas. A cada instante, volviéndose a derecha e izquierda, veía otras calles que parecían tiradas a cordel, flanqueadas de casas, también blancas y bajas, llenas de gente y de carruajes, y situadas en el mismo plano de la extensa llanura americana, semejante al horizonte del mar. La ciudad le parecía infinita; creía que se podía pasar días y semanas viendo siempre, aquí y allá, otras calles como aquéllas, y que toda América estaba formada así. Miraba atentamente los nombres de las calles; nombres raros, que le costaba trabajo leer. A cada calle nueva que divisaba, sentía que le latía más de prisa el corazón, pensando que fuese la que buscaba. Miraba a todas las mujeres con la idea de encontrar a su madre. Vio una delante de sí, y le dio una sacudida el corazón; la alcanzó, la miró: era una negra. Y seguía andando, apretando el paso: llegó a una plazoleta, leyó y quedó como clavado en la acera. Era la calle De las Artes. Volvió, vio el número 117; la tienda del tío era el número 175. Apretó más el paso, casi corría; en el número 171 tuvo que detenerse para tomar aliento, diciendo entre sí: "¡Ah, madre mía, madre mía! ¿Es verdad que te veré dentro de un instante?" Corrió más; llegó a una pequeña tienda de quincalla. Aquélla era. Se asomó. Vio a una señora con el pelo gris y anteojos.

—¿Qué quieres, niño? —le preguntó aquélla en español.

—¿No es ésta —dijo el muchacho procurando echar fuera la voz— la tienda Francisco Merelo?

—Francisco Merelo murió —respondió la señora en italiano.

El chico recibió una fuerte impresión al oírlo.

—¿Cuándo murió?

—¡Oh! Hace tiempo —respondió la señora—; algunos meses; tuvo malos negocios y se fue. Dicen que se fue a Bahía Blanca, muy lejos de aquí, y murió apenas llegó allá. La tienda es mía.

El muchacho palideció.

Después dijo precipitadamente:

—Merelo conocía a mi madre, la cual estaba aquí sirviendo en casa del señor Mequínez. Él sólo podría decirme dónde está. He venido a América a buscar a mi madre. Merelo le mandaba las cartas. Necesito encontrar a mi madre.

—Hijo mío —respondió la señora—, yo no sé de eso. Puedo preguntarle al muchacho del corral, que conoce al joven que le hacía los encargos a Merelo. Puede ser que éste sepa algo.

Fue al fondo de la tienda y llamó al chico, que llegó en seguida.

—Dime —le preguntó la tendera—: ¿recuerdas si el dependiente de Merelo iba alguna vez a llevar cartas a una mujer que estaba de criada en casa de hijos del país?

—En casa del señor Mequínez —respondió el muchacho—, sí, señora, alguna vez. A lo último de la calle De las Artes.

—¡Ah! ¡Gracias, señora! —gritó Marcos—. Dígame el número..., ¿no lo sabe? Hágame acompañar, acompáñame tú mismo en seguida, chico. Aun me quedan algunos centavos.

Y dijo esto con tanto calor, que, sin esperar la venia de la señora, el muchacho respondió:

—Vamos —y salió el primero a ligero paso.

Casi corriendo, sin decir una palabra, fueron hasta el fin de la larguísima calle; atravesaron el portal de una pequeña casa blanca y se detuvieron delante de una hermosa cancela de hierro, desde la cual se veía un patio lleno de macetas de flores. Marcos llamó a la campanilla.

Apareció una señorita.

—Vive acá la familia Mequínez, ¿no es verdad? —preguntó con ansiedad el muchacho.

—Aquí vivía —respondió la señorita, pronunciando el italiano a la española—. Ahora vivimos nosotros; la familia Ceballos.

—¿Y adónde han ido los señores Mequínez? —preguntó Marcos, latiéndole el corazón.

—Se han ido a Córdoba.

—¡Córdoba! —exclamó Marcos—; ¿dónde está Córdoba? ¿Y la persona que tenían a su servicio? La mujer, mi madre, la criada era mi madre. ¿Se han llevado también a mi madre?

La señorita le miró y dijo:

—No lo sé. Quizá lo sepa mi padre, que los vio cuando se fueron. Espérate un momento.

Se retiró y volvió con su padre, un señor alto, con la barba gris. Éste miró fijamente un momento a aquel simpático tipo de pequeño marinero genovés, de cabellos rubios y nariz aguileña, y le preguntó en mal italiano:

—¿Es genovesa tu madre?

Marcos respondió que sí.

—Pues bien; la criada genovesa se fue con ellos.

—¿Y adónde han ido?

—A la ciudad de Córdoba.

El muchacho dio un suspiro, después dijo con resignación:

—Entonces ... iré a Córdoba.

—¡Ah, pobre niño! —exclamó el señor, mirándolo con lástima—. ¡Pobre niño! Córdoba está a mil leguas de aquí.

Marcos se quedó pálido como un muerto y se apoyó con una mano en la cancela.

—Veamos, veamos —dijo entonces el señor, movido a compasión, abriendo la puerta—; entra un momento, veremos si se puede hacer algo. Siéntate.

Le dio asiento, le hizo contar su historia, estuvo escuchando muy atento y se quedó un rato pensativo; después le dijo con resolución:

—Tú no tienes dinero, ¿no es verdad?

—Tengo todavía, pero muy poco —respondió Marcos.

El señor pensó otros cinco minutos; después se sentó a una mesa; escribió una carta, la cerró, y dándosela al muchacho le dijo:

—Oye, italianito, ve con esta carta a la Boca. Es un barrio pequeño, medio genovés, que está a dos horas de camino de aquí. Todo el que te encuentre te puede indicar el camino. Ve allí y busca a este señor, al cual va dirigida la carta, y que es muy conocido. Llévale esta carta. Él te hará salir mañana para la ciudad del Rosario, y te recomendará a alguno de allí que podrá proporcionarte que sigas el viaje hasta Córdoba, donde encontrarás a la familia Mequínez y a tu madre. Entretanto, toma esto —y le dio algunos pesos—. Anda, y ten ánimo; por todas partes aquí hay compatriotas tuyos, y no te abandonarán. Adiós.

El muchacho le dijo:

—Gracias.

Sin ocurrírsele otras palabras, salió con su cofre, y despidiéndose de su pequeño guía se puso en camino lentamente hasta la Boca, atravesando la gran ciudad lleno de tristeza y de estupor.

Todo lo que le sucedió desde aquel momento hasta la noche del día siguiente le quedó después en la memoria, confuso e incierto como ensueños de calenturiento: ¡tan cansado, turbado y debilitado se encontraba! Al día siguiente, al anochecer, después de haber dormido la noche antes en un cuartucho de una casa de la Boca, al lado de un almacén del muelle; después de haber pasado casi todo el día sentado sobre un montón de maderos y, como entre sueños, enfrente de millares de barcos, de lanchas y de vapores, se encontraba en la popa de una barcaza de vela, cargada de frutas, que salía para la ciudad del Rosario conducida por tres robustos genoveses, bronceados por el sol, la voz de los cuales y el dialecto querido que hablaban, llevó algunos bríos al ánimo de Marcos.

Salieron, y el viaje duró tres días y cuatro noches, siendo continua admiración para el pequeño viajero. Tres días y tres noches remontó aquel maravilloso río del Paraná, en cuya comparación nuestro gran Po no es más que un arroyuelo, y la extensión de Italia, cuadruplicada, no alcanza a la de su curso. El barco iba lentamente a través de aquella masa de agua inmensa. Ora pasaba en medio de largas islas, antiguos nidos de serpientes, de tigres, cubiertas de árboles frondosos, semejantes a bosques flotantes; ora se deslizaba entre estrechos canales, de los cuales parecía que no podía salir; ora desembocaba en vastas extensiones de agua, que semejaban grandes lagos tranquilos; después, saliendo de entre las islas, por los canales intrincados de un archipiélago, llegaba a sitios rodeados de montones inmensos de vegetación. Reinaba profundo silencio. En largos trechos, las orillas y las aguas solitarias y vastísimas evocaban la imagen de un río desconocido, que aquel pobre barco de vela era el primero en el mundo que se aventuraba a surcar. Mientras más avanzaban, tanto más aumentaba aquel río inmenso. Pensaba que su madre se encontraba aún a gran distancia, y que la navegación debía durar años aún. Dos veces al día comía un poco de pan y de carne en conserva con los marineros, los cuales, viéndole triste, no le dirigían nunca la palabra.

Por la noche dormía sobre cubierta, y despertaba a cada instante bruscamente, admirando la luz clarísima de la luna que blanqueaba las inmensas y lejanas orillas; entonces el corazón se le oprimía: "¡Córdoba!", repetía, "¡Córdoba!", como el nombre de una de aquellas ciudades misteriosas de las que había oído hablar en las leyendas. Pero después pensaba: "Mi madre ha pasado por aquí; ha visto estas islas, aquellas orillas", y entonces no le parecían ya tan raros y solitarios aquellos parajes en los cuales se había fijado la mirada de su madre... Por la noche alguno de los marineros cantaba. Aquella voz le recordaba las canciones de su madre cuando le adormecía de niño. La última noche, al oír aquel canto, sollozó. El marinero se interrumpió. Después le gritó:

—¡Ánimo, chico, valor! ¡Qué diablo! ¡Un genovés que llora por estar lejos de su casa! ¡Los genoveses atraviesan todo el mundo tan contentos como orgullosos!

Aquellas palabras le hicieron experimentar una sacudida: oyó la voz de la sangre genovesa que corría por sus venas, y levantó la frente con orgullo, dando un golpe en el timón.

"Bien; —dijo para sí—, también daré yo la vuelta al mundo; viajaré años y años, andaré a pie centenares de leguas, seguiré adelante hasta que encuentre a mi madre. Llegaré, aunque sea moribundo, para caer muerto a sus pies. ¡Con tal que vuelva a verla una sola vez!... ¡Ánimo!..."

Y con estos bríos llegó, al clarear una fría y hermosa mañana, frente a la ciudad de Rosario, situada en la ribera del Paraná, reflejándose en las aguas los palos y banderas de mil barcos de todos los países.

Poco después de desembarcado, subió a la ciudad con su cofre al hombro, buscando a un señor argentino, para el cual su protector de la Boca le había dado una tarjeta con algunas líneas de recomendación. Al entrar en Rosario, le pareció que se encontraba en una ciudad ya conocida. Aquellas calles eran interminables, rectas, flanqueadas de casas blancas y bajas, atravesadas en todas direcciones, por sobre los tejados, por espesas fajas de hilos telegráficos y telefónicos, que parecían inmensas telarañas, y oyéndose gran ruido de gente, caballos y carruajes. La cabeza se le iba; casi creía que volvía a entrar en Buenos Aires y que iba otra vez a buscar a su tío. Anduvo cerca de una hora de aquí para allá, dando vueltas y revueltas, y pareciéndole que volvía siempre a la misma calle; y a fuerza de tantas preguntas, encontró al fin la casa de su nuevo protector. Llamó a la campanilla. Se asomó a la puerta un hombre grueso, rubio, áspero, que tenía el aire de corredor de comercio, y que le preguntó fríamente, con pronunciación extranjera:

—¿Qué quieres?

El muchacho dijo el nombre del patrón.

—El patrón —respondió el corredor— ha salido anoche para Buenos Aires con toda su familia.

El muchacho se quedó paralizado. Después balbuceó:

—Pero yo… no tengo a nadie aquí… ¡Soy solo! —y le dio una tarjeta.

El corredor la tomó, la leyó, y dijo con mal humor:

—No sé qué hacer. Ya le diré dentro de un mes cuando vuelva…

—¡Pero yo estoy solo! ¡Estoy necesitado! —exclamó el chico con voz suplicante.

—¡Ah, anda! —dijo el otro—; ¿no hay ya bastantes pordioseros de tu país en Rosario? Vete a pedir limosna a Italia.

Y le dio con la puerta en las narices.

El muchacho se quedó petrificado. Después tomó con desaliento su baúl, y salió con el corazón angustiado, con la cabeza hecha una bomba, y asaltado de un cúmulo de pensamientos desagradables .

¡Qué hacer! ¿Adónde ir? De Rosario a Córdoba hay medio día de viaje en ferrocarril. Le quedaba ya muy poco dinero. Deduciendo lo que habría de gastar aquel día, no le quedaría casi nada. ¿Dónde conseguir para pagarse el viaje? ¡Podía trabajar! Pero, ¡cómo! ¿A quién pedir trabajo? ¡Pedir limosna! ¡Ah, no! ¡Ser arrojado, insultado, humillado como hacía poco, no; nunca; jamás; antes morir! Y ante aquella idea, al ver otra vez delante de sí la inmensa calle que se perdía a lo lejos en la interminable llanura, sintió que le faltaban otra vez las fuerzas; echó a tierra el cofre, se sentó en él, apoyando la espalda contra la pared, y se cubrió la cara con las manos, sin llorar, en actitud desconsoladora. La gente le tocaba con los pies al pasar; los carruajes hacían ruido por la calle; algunos muchachos se paraban para mirarlo. Estuvo así un buen rato, De su letargo le sacó una voz que le dijo medio en italiano, medio en lombardo:

—¿Qué tienes, chiquillo?

Alzó la cara al oír aquellas palabras, y en seguida se puso en pie, lanzando una exclamación de sorpresa:

—¿Usted aquí?

Era el viejo labrador lombardo, con el cual había contraído amistad durante el viaje.

La admiración del viejo no fue menor que la suya.

Pero el muchacho no le dejó tiempo para preguntarle, y le contó rápidamente lo ocurrido.

—Heme aquí ahora sin dinero; es menester que trabaje; búsqueme usted trabajo para poder reunir unos pocos pesos; yo haré de todo: llevar ropa, barrer, hacer encargos, hasta trabajar en el campo; me contento con vivir de pan de munición; pero que pueda yo marchar pronto, que pueda encontrar alguna vez a mi madre; ¡hágame usted caridad, búsqueme usted trabajo, por amor de Dios, que yo no puedo resistir más!

—¡Cáspita, cáspita! —dijo el viejo mirando alrededor rascándose la barba—. ¿Qué historia es ésta? Trabajar..., se dice muy pronto. ¡Veamos! ¿No habrá aquí medio de encontrar treinta pesos entre tantos compatriotas?

El muchacho le miraba, animado por un rayo de esperanza.

—Ven —dijo el viejo.

—¿Dónde? —preguntó el chico volviendo a cargar con el baulillo.

—Ven conmigo.

El viejo se puso en marcha. Marcos lo siguió, y anduvieron juntos un buen trecho de calle sin hablar.

El lombardo se detuvo en la puerta de una fonda que tenía en la muestra una estrella, y escrito debajo: "La Estrella de Italia"; se asomó adentro, y volviéndose hacia el muchacho le dijo alegremente:

—Llegamos a tiempo.

Entraron en una habitación grande, donde había varias mesas y muchos hombres sentados que bebían y hablaban alto. El viejo lombardo se acercó a la primera mesa, y en el modo como saludó a los seis parroquianos que estaban a su alrededor se comprendía que se había separado de ellos poco antes. Estaban muy encarnados, y hacían sonar sus vasos, voceando y riendo.

—¡Camaradas! —dijo el lombardo sin más preámbulos, quedándose en pie y presentando a Marcos—: he aquí un pobre muchacho, compatriota nuestro, que ha venido solo, desde Génova a Buenos Aires, para buscar a su madre. En Buenos Aires le dijeron: "No está aquí, está en Córdoba". Viene embarcado a Rosario, en tres días y tres noches, con dos renglones de recomendación; presenta la carta, le reciben mal. No tiene un centavo. Está aquí solo, desesperado. Es un infeliz muy animoso. Hagamos algo por él. ¿No ha de encontrar lo necesario para pagar el billete hasta Córdoba y buscar a su madre? ¿Hemos de dejarle aquí como a un perro?

—¡Nunca, por Dios! ¡Nunca nos lo perdonaríamos! —gritaron todos a la vez, pegando puñetazos en la mesa—. ¡Un compatriota nuestro! ¡Ven aquí, pequeño! ¡Cuenta con nosotros, los inmigrantes! ¡Mira un hermoso muchacho! ¡Aflojad los ochavos, camaradas! ¡Bravo! ¡Ha venido solo! ¡Tiene ánimos! Bebe un sorbo, compatriota. Te enviaremos con tu madre, no hay que dudarlo.

Uno le tiraba un pellizco en la mejilla, otro le daba palmadas en la espalda; un tercero le aliviaba del peso del cofrecillo; otros inmigrantes se levantaron de las mesas próximas y se acercaban; la historia del muchacho corrió por toda la hostería; acudieron de la habitación inmediata tres parroquianos argentinos, y en menos de diez minutos el lombardo que presentaba el sombrero le reunió cuarenta y dos pesos.

—¿Has visto —dijo entonces, volviéndose hacia el muchacho— qué pronto se hace esto en América? ¡Bebe! —le gritó brindándole un vaso de vino—. ¡A la salud de tu madre!

Todos levantaron los vasos. Y Marcos repitió:

—A la salud de mi…

Pero un sollozo de alegría le impidió concluir, y dejando el vaso sobre la mesa se echó en brazos del viejo lombardo.

A la mañana siguiente, al romper el día, había ya salido para Córdoba, animado y sonriente, lleno de presentimientos halagüeños. Pero esta alegría no correspondería al aspecto siniestro de la naturaleza. El cielo estaba cerrado y obscuro; el tren, casi vacío, corría a través de inmensa llanura, en la que no se veía ninguna señal de habitación. Se encontraba solo en un vagón grandísimo, que se parecía a los trenes para los heridos. Miraba a derecha e izquierda, y no se veía más que una soledad sin fin, ocupada solamente por pequeños árboles deformes, de ramas y troncos contrahechos, que ofrecían figuras raras y casi angustiosas y airadas; una vegetación oscura, extraña y triste, que daba a la llanura el aspecto de inmenso cementerio.

Dormitaba una media hora y volvía a mirar: siempre el mismo espectáculo. Las estaciones del camino estaban solitarias, como casas de ermitaños; y cuando el tren se paraba no se oía una voz; le parecía que se encontraba solo en un tren perdido, abandonado en medio del desierto. Creía que cada estación debía ser la última, y que se entraba, después de ella, en las tierras misteriosas y horribles de los salvajes. Una brisa helada le azotaba el rostro. Embarcándolo en Génova a fines de abril, su familia no había pensado que en América podría encontrar el invierno, y le habían vestido de verano. Al cabo de algunas horas comenzó a sentir frío, y con el frío, el cansancio de los días pasados, llenos de emociones violentas, y de noches de insomnio, y agitadas. Se durmió; durmió mucho tiempo; se despertó aterido, se sentía mal. Y entonces le aconteció un vago terror de caer malo, de morirse en el viaje y de ser arrojado allí, en medio de aquella llanura solitaria, donde su cadáver sería despedazado por los perros y por las aves de rapiña como algunos cuerpos de caballos y de vacas que veía junto al camino de vez en cuando, y de los cuales apartaba la mirada con espanto.

En aquel malestar inquieto, en medio de aquel tétrico silencio de la naturaleza, su imaginación se excitaba y volvía a pensar en lo más negro. ¿Estaba, por otra parte, bien seguro de encontrar en Córdoba a su madre? ¿Y si no estuviera allí? ¿Y si aquellos señores de la calle de Las Artes se hubieran equivocado? ¿Y si se hubiera muerto?

Con estos pensamientos volvió a adormecerse, y soñó que estaba en Córdoba, de noche, y oía gritar en todas las puertas y desde todas las ventanas: "¡No está aquí! ¡No está aquí!"

Despertó sobresaltado, aterido, y vio en el fondo del vagón a tres hombres con barbas, envueltos en mantas de diferentes colores que lo miraban hablando bajo entre sí; y le asaltó la sospecha de que fuesen asesinos y lo quisieran matar para robarle el equipaje. Al frío, al malestar, se agregó el miedo; la fantasía, ya turbada, se le extravió; los tres hombres le miraban siempre; uno de ellos se movió hacia él; entonces le faltó la razón, y corriendo a su encuentro, con los brazos abiertos, gritó:

—No tengo nada. Soy un pobre niño. Vengo de Italia, voy a buscar a mi madre, estoy solo. ¡No me hagáis daño!

Los viajeros lo comprendieron todo en seguida; tuvieron lástima, le hicieron caricias y lo tranquilizaron, diciéndole muchas palabras, que no entendía; y viendo que castañeteaba los dientes por el frío, le echaron encima una de sus mantas y le hicieron volver a sentarse para que se durmiera. Y volvió a dormir al anochecer. Cuando lo despertaron estaban en Córdoba.

¡Ah! ¡Qué bien respiró y con qué ímpetu se echó del vagón!

Preguntó a un empleado de la estación dónde vivía el ingeniero Mequínez; le dijo el nombre de una iglesia, al lado de la cual estaba su casa; el muchacho echó a correr hacia ella. Era de noche. Entró en la ciudad. Le pareció entrar a Rosario otra vez, al ver calles rectas, flanqueadas de pequeñas casas blancas, y cortadas por otras calles rectas y larguísimas. Pero había poca gente, y a luz de los pocos faroles encontraba rostros extraños, de un color desconocido, entre negro y verdoso; y alzando la cara de vez en cuando, veía iglesias de una arquitectura rara, que se dibujaban inmensas y negras sobre el firmamento. La ciudad estaba oscura y silenciosa; pero después de haber atravesado aquel inmenso desierto, le pareció alegre. Preguntó a un sacerdote y pronto encontró la iglesia y la casa; llamó a la campanilla con mano temblorosa y se apretó la otra contra el pecho, para sostener los latidos de su corazón, que se le quería subir a la garganta.

Una vieja fue a abrir con una luz en la mano.

—¿A quién buscas? —preguntó aquélla en español.

—Al ingeniero Mequínez —dijo Marcos.

La vieja, despechada, respondió meneando la cabeza:

—¡También tú, ahora, preguntas por el ingeniero Mequínez! Me parece que ya es tiempo de que esto concluya. Ya hace tres meses que nos importunan con lo mismo. No basta que lo hayamos dicho en los periódicos. Será menester anunciar en las esquinas que el señor Mequínez se ha ido a vivir a Tucumán.

El chico hizo un movimiento de desesperación. Después dijo en una explosión de rabia:

—¡Me persigue, pues, una maldición! ¡Yo me moriré en medio de la calle sin encontrar a mi madre! ¡Yo me vuelvo loco! ¡Me mato! ¡Dios mío! ¿Cómo se llama ese país? ¿Dónde está? ¿A qué dístancia?

—¡Pobre niño! —respondió la vieja. compadecida—. ¡Una friolera! Estará a cuatrocientas o quinientas leguas por lo menos.

El muchacho se cubrió la cara con las manos; después preguntó sollozando:

—Y ahora..., ¿qué hago?

—¿Qué quieres que te diga, hijo mío —respondió la mujer—; yo no sé.

Pero de pronto se le ocurrió una idea, y la soltó en seguida.

—Oye, ahora que me acuerdo, haz una cosa. Volviendo a la derecha, por la calle encontrarás a la tercera puerta, un patio; allí vive un capataz, un comerciante, que parte mañana para Tucumán con sus carretas y sus bueyes; ve a ver si te quiere llevar, ofreciéndole tus servicios; te dejará, quizá, un sitio en el carro; anda en seguida.

El muchacho cargó su cofre, dio las gracias a escape, y al cabo de dos minutos se encontró en un ancho patio, alumbrado por linternas, donde varios hombres trabajaban en cargar sacos de trigo sobre algunos grandes carros, semejantes a casetas de titiriteros, con la cubierta redonda y las ruedas altísimas. Un hombre alto, con bigote, envuelto en una especie de capa con cuadros blancos y negros, con dos anchos borceguíes, dirigía la faena. El muchacho se acercó a él, y le expuso, tímidamente, su pretensión, diciéndole que venía de Italia y que iba a buscar a su madre.

El capataz, o sea el conductor de aquel convoy de carros, le echó una ojeada de pies a cabeza, y le dijo secamente:

—No tengo colocación para ti.

—Tengo quince pesos —replicó el chico suplicante—; se los doy. Trabajaré por el camino. Iré a buscar agua y pienso para las bestias; haré todos los servicios. Un poco de pan me basta. Déjeme ir, señor.

El capataz volvió a mirarlo y respondió con mejor aire:

—No hay sitio..., y además, no vamos a Tucumán; vamos a otra ciudad, a Santiago. Te tendríamos que dejar en el camino, y tendrías que andar todavía un buen trecho a pie.

—¡Ah! ¡Yo andaría el doble! —exclamó Marcos—; yo andaré, no lo dude usted; llegaré de todas maneras; ¡déjeme un sitio, señor, por caridad; por caridad no me deje aquí solo!

—¡Mira que es un viaje de veinte días!

—No importa.

—¡Es un viaje muy penoso!

—Todo lo sufriré.

—¡Tendrás que viajar solo!

—No tengo miedo a nada. Con tal que encuentre a mi madre... ¡Tenga usted compasión!

El capataz le acercó a la cara una linterna, y lo miró. Después dijo:

—Está bien.

El muchacho le besó las manos.

—Esta noche dormirás en un carro —añadió el capataz, dejándolo—; mañana te despertaré. Buenas noches.

Por la mañana, a las cuatro, a la luz de las estrellas, la larga fila de los carros se puso en movimiento con gran ruido; cada carro iba tirado por seis bueyes. Seguía a todos un gran número de animales para mudar los tiros. El muchacho, despierto y metido dentro de uno de los carros, con su bagaje, se durmió bien pronto profundamente. Cuando se despertó, el convoy estaba detenido en un lugar solitario, bajo el sol, y todos los hombres, los peones, estaban sentados en círculo alrededor de un cuarto de ternera que se asaba al aire libre, clavado en una especie de espadón plantado en la tierra, al lado de gran fuego, agitado por el viento. Comieron todos juntos, durmieron, y después volvieron a emprender la jornada, y así continuó el viaje, regulado como una marcha militar. Todas la mañanas se ponían en camino a las cinco; paraban a las nueve; volvían a andar a las cinco de la tarde; y paraban de nuevo a las diez. Los peones iban a caballo y excitaban a los bueyes con palos largos. El muchacho encendía el fuego para el asado, daba de comer a las bestias, limpiaba los faroles y llevaba el agua para beber. El país pasaba delante de él como una visión fantástica; vastos bosques de pequeños árboles oscuros; aldeas de pocas casas, dispersas, quizá antiguos lechos de grandes lagos salados, blanqueados por la sal, hasta donde alcanzaba la vista; y por todas partes, y siempre llanura, soledad, silencio. Rarísima vez encontraban dos o tres viajeros a caballo, seguidos de unos cuantos caballos sueltos, que pasaban a galope, como una exhalación. Los días eran todos iguales, como en el mar, sombríos e interminables. Pero el tiempo estaba hermoso. Los peones, como el muchacho se había hecho un servidor obligado, se hacían de día en día más exigentes; algunos lo trataban brutalmente, con amenazas; todos se hacían servir de él sin consideración; le hacían llevar cargas enormes de forrajes; le mandaban por agua a grandes distancias; y él, extenuado por la fatiga, no podía ni aun dormir de noche, despertado a cada instante por las sacudidas violentas del carro y por el ruido ensordecedor de las ruedas y de los maderos. Además, habiéndose levantado viento, una tierra fina, rojiza y sucia, que lo envolvía todo, penetraba en el carro, se le introducía por entre la ropa, le impedía la vista y la respiración, oprimiéndole continuamente de un modo insoportable. Extenuado por la fatiga y el insomnio, roto y sucio, reprendido y maltratado desde la mañana hasta la noche, el pobre muchacho se debilitaba más cada día, y hubiese decaído su ánimo por completo si el capataz no le dirigiese de vez en cuando alguna palabra agradable. A veces en un rincón del carro, cuando no le veían, lloraba con la cara apoyada en su baúl, que no contenía ya más que andrajos. Cada mañana se levantaba más débil y más desanimado, y al mirar el campo y ver siempre aquella implacable llanura sin límites, como un océano de tierra, decía para sí: "¡Oh! ¡A la noche no llego, no llego a la noche! ¡Hoy me muero en el camino!" Y los trabajos crecían, los malos tratamientos se redoblaban. Una mañana, porque había tardado en llevar el agua, uno de los hombres, no estando el capataz, le pegó. Desde entonces comenzaron a hacerlo por costumbre: cuando le mandaban algo, le daban un trastazo, diciéndole:

—¡Haz esto, holgazán! ¡Lleva esto a tu madre!

El corazón se le quería salir del pecho; enfermo, estuvo tres días en el carro con una manta encima, con calentura, sin ver a nadie más que al capataz, que iba a darle de beber y a tomarle el pulso. Entonces se creía perdido e invocaba desesperadamente a su madre, llamándola mil veces por su nombre.

—¡Oh, madre mía! ¡Madre mía! ... ¡Oh, pobre madre mía, que ya no te veré más! ¡Pobre madre, que me encontrarás muerto en medio del camino!

Juntaba las manos sobre el pecho, y rezaba. Después se puso mejor, gracias a los cuidados del capataz, y se curó por completo; mas con la curación llegó el día más terrible de su viaje, el día en que debía quedarse solo. Hacía más de dos semanas que estaban en marcha. Cuando llegaron al punto en que el camino de Tucumán se apartaba del que va a Santiago, el capataz le avisó que debían separarse.

Le hizo algunas indicaciones respecto al trayecto, le cargó el equipaje sobre las espaldas, de modo que no le incomodase para andar, y abreviando, como si temiera conmoverse, lo despidió. El muchacho apenas tuvo tiempo para besarle en un abrazo. También los demás hombres que tan duramente le habían maltratado, sintieron, al parecer, un poco de lástima al verle quedarse solo, y le decían adiós con la mano al alejarse. Él devolvió el saludo en igual forma, quedó mirando el convoy, que se perdió entre el rojizo polvo del campo, y después se puso en camino, tristemente.

Una cosa, sin embargo, le animó desde el principio. Después de tres días de viaje, a través de aquella llanura interminable y siempre igual, veía delante de sí una cadena de altísimas montañas azules, con las cimas blancas, que le recordaban los Alpes y le parecía que iba a acercarse a su país. Eran ramificaciones de los Andes, la espina dorsal del continente americano, la inmensa cadena que se extiende desde la Tierra del Fuego hasta el mar Glacial del polo ártico, por 110° de latitud. También le animaba el sentir que el aire se iba haciendo cada vez más ardiente; y sucedía esto porque marchando hacia el norte, se iba acercando a las regiones tropicales. A grandes distancias encontraba pequeños grupos de casas con una tiendecilla, y compraba algo para comer. Encontraba hombres a caballo; veía, de vez en cuando, mujeres y niños sentados en el suelo, inmóviles y serios, con caras nuevas completamente para él, color de tierra, con los ojos oblicuos, los huesos de las mejillas prominentes, los cuales lo miraban fijos y lo seguían con la mirada, volviendo la cabeza lentamente, como autómatas. Eran indios.

Durante el primer día caminó hasta que le faltaron las fuerzas, y se durmió debajo de un árbol. El segundo día anduvo bastante menos, y con menos ánimos. Tenía las botas rotas, los pies desollados, y el estómago débil por la mala alimentación. A la noche empezaba a tener miedo. Había oído decir en Italia que en aquel país había serpientes; creía oírlas, arrastrarse; se detenía, tomaba luego carrera, y sentía frío en los huesos.

A veces sentía gran lástima de sí mismo, y lloraba en silencio conforme iba andando. Después pensaba: "¡Oh, cuánto sufriría mi madre si supiese que tengo miedo!" Y este pensamiento le daba ánimos. Luego, para distraerse del terror, pensaba en tantas cosas de ella, traía a su mente sus palabras cuando salió de Génova, y el modo como le solía arreglar las mantas bajo la barba cuando estaba en la cama; y cuando era niño, que, a veces, lo tomaba en sus brazos, diciéndole: "¡Estate aquí un poco conmigo!"; y permanecía así mucho tiempo, con la cabeza apoyada sobre la suya y entregada a sus pensamientos. Y se decía entre sí: "¿Volveré a verte alguna vez, madre querida? ¿Llegaré al fin de mi viaje, madre mía?"

Y andaba, andaba, en medio de árboles desconocidos, entre vastas plantaciones de cañas de azúcar, por prados sin fin, siempre con aquellas grandes montañas azules por delante, que cortaban el sereno cielo con sus altísimos conos. Pasaron cuatro días, cinco, una semana. Las fuerzas le iban faltando rápidamente, y los pies le sangraban. Al fin, una tarde, al ponerse el sol, le dijeron:

— Tucumán está a cinco leguas de aquí.

Dio un grito de alegría y apretó el paso, como si hubiese recobrado en el momento todo el vigor perdido. Pero fue breve ilusión. Las fuerzas le abandonaron de nuevo, y cayó extenuado a la orilla de una zanja. Mas el corazón le saltaba de gozo. El cielo, cubierto de estrellas, nunca le había parecido tan hermoso.

Lo contemplaba, echado sobre la hierba para dormir, y pensaba que su madre miraría quizá también al mismo tiempo el cielo: "¡Oh, madre mía! ¿Dónde estás? ¿Piensas en tu hijo? ¿Te acuerdas de tu Marcos, que está tan cerca de ti?"

¡Pobre Marcos! Si él hubiese podido ver en qué estado se encontraba entonces su madre, hubiera hecho esfuerzos sobrehumanos para llegar hasta ella cuanto antes. Se hallaba enferma, en la cama, en un cuarto de un piso bajo de la casita solariega donde vivía toda la familia Mequínez, la cual le había tomado mucho cariño y la asistía muy bien. La pobre mujer estaba ya delicada cuando el ingeniero Mequinez tuvo que salir precipitadamente para Buenos Aires, y no se había restablecido del todo con el buen clima de Córdoba. Pero después, el no haber recibido contestación a sus cartas, del marido, ni del primo; el presentimiento siempre vivo de alguna gran desgracia, la ansiedad continua en que vivía, dudando entre marchar y quedarse, cada día esperando una mala noticia, la habían hecho empeorar considerablemente. Por último, se había presentado una enfermedad gravísima: una hernia intestinal estrangulada.

Desde hacía quince días no se levantaba. Era necesaria una operación quirúrgica para salvarle la vida. Precisamente, en aquel momento, mientras su Marco la invocaba, estaban junto a su cama los amos de la casa convenciéndola, con mucha dulzura, para que dejase hacer la operación.

Un médico afamado de Tucumán había ya venido la semana anterior inútilmente.

—No, queridos señores —decía ella—, no trae cuenta; yo no tengo ya fuerzas para resistir, y me moriré bajo los instrumentos del cirujano. Mejor es que me dejen perecer así. No me importa nada la vida. Todo ha concluido para mí. Es preferible que muera antes de saber lo que haya ocurrido en mi familia.

Los dueños insistían en decirle que no, que tuviese valor, que las últimas cartas enviadas a Génova directamente tendrían respuesta, que se dejase operar, que lo hiciese por sus hijos.

Pero aquella idea de sus hijos agravaba más y más, con mayor angustia, el desaliento profundo que la postraba hacía largo tiempo. Al oír aquellas palabras prorrumpía en llanto.

—¡Oh! ¡Hijos míos! ¡Hijos míos! —exclamaba, juntando sus manos—; ¡quizá ya no existan. Mejor es que muera yo también. Muchas gracias, buenos señores, se lo agradezco de corazón. Más vale morir. Ni aun con la operación me curaría, estoy segura. Gracias por tantos cuidados. Es inútil que pasado mañana vuelva el médico, ¡Quiero morir: es mi destino! Estoy decidida.

Y ellos, sin cesar de consolarla, repetían, asiéndole de las manos y suplicándole:

—No, no diga eso.

La enferma entonces cerraba los ojos, agotada, y caía en un sopor que la hacía parecer muerta... Los señores permanecían a su lado algún tiempo, mirando con gran compasión, a la débil luz de la lamparilla, a aquella madre admirable, que había venido a servir a seis mil millas de su patria, y a morir..., ¡después de haber sufrido tanto! ¡Pobre mujer! ¡Tan honrada, tan buena y tan desgraciada!...

Al día siguiente, muy de mañana, entraba Marcos con su saco a la espalda, encorvado y tambaleándose, pero lleno de ánimos, en la ciudad de Tucumán, una de las más jóvenes y florecientes de la República Argentina. Le parecía volver a ver a Córdoba, a Rosario, a Buenos Aires: eran aquellas mismas calles derechas y larguísimas, y aquellas casas bajas y blancas; pero por todas partes se veía nueva y magnífica vegetación; se percibía un aire perfumado, una luz maravillosa, un cielo límpido, profundo, como jamás lo había visto ni siquiera en Italia. Caminando por las calles, volvió a sentir la agitación febril que se había apoderado de él en Buenos Aires; miraba las ventanas y las puertas de todas las casas, se fijaba en todas las mujeres que pasaban, con la angustiosa esperanza de encontrar a su madre; hubiera querido preguntar a todos, y no se atrevía a detener a nadie. Todos, desde el umbral de sus puertas, se volvían a contemplar a aquel pobre muchacho harapiento, lleno de polvo, que daba señales de venir de muy lejos. Buscaba entre las personas una cara que le inspirase confianza, a quién dirigir aquella tremenda pregunta, cuando se presentó ante sus ojos, en el rótulo de una tienda, un nombre italiano. Dentro había un hombre con anteojos, y dos mujeres. Se acercó lentamente a la puerta, y con ánimo resuelto preguntó:

—¿Me sabrían decir, señores, dónde está la familia Mequínez?

—¿Del ingeniero Mequínez? —preguntó a su vez el de la tienda.

—Sí, del ingeniero Mequínez —respondió el muchacho con voz apagada.

—La familia Mequínez —dijo el de la tienda— no está en Tucumán.

Un grito desesperado de dolor, como de persona herida, de repente por artero puñal, fue el eco de aquellas palabras.

El tendero y las mujeres se levantaron; acudieron algunos vecinos.

—¿Qué ocurre? ¿Qué tienes, muchacho? —dijo el tendero haciéndole entrar en la tienda y sentarse—; no hay por qué desesperarse, ¡qué diablo! Los Mequínez no están aquí, pero no están muy lejos: ¡a pocas horas de Tucumán!

—¿Dónde? ¿Dónde? —gritó Marcos, levantándose como un resucitado.

—A unas quince millas de aquí —continuó el hombre—; a orillas del Saladillo, en el sitio donde están construyendo una gran fábrica de azúcar; en el cuerpo de casas está la del señor Mequínez; todos lo saben, y llegarás en pocas horas.

—Yo estuve allá hace poco —dijo un joven que había acudido al oír el grito.

Marcos se le quedó mirando, con los ojos fuera de las órbitas, y le preguntó precipitadamente, palideciendo:

—¿Habéis visto a la criada del señor Mequínez, a la italiana?

—¿La genovesa? La he visto,

Marcos rompió en sollozos convulsivos, entre risa y llanto. Luego, con impulso de violenta resolución:

—¿Por dónde se va? ¡Pronto, el camino; me marcho en el acto, enseñadme el camino!

—¡Pero si hay una jornada de marcha! —le dijeron todos a una vez—; estás cansado y debes reposar; partirás mañana.

—¡Imposible! ¡Imposible! —respondió el muchacho—. ¡Decidme por dónde se va; no espero ni un momento, en seguida, aun cuando cayera muerto en el camino!

Viendo que era irrevocable su propósito, no se opusieron más.

—¡Que Dios te acompañe! —le dijeron—. Ten cuidado con el camino por el bosque. Buen viaje, italianito.

Un hombre le acompañó fuera de la ciudad, le indicó el camino, le dio algún consejo, y se quedó mirando cómo reiniciaba su viaje. A los pocos minutos el muchacho desapareció, cojeando, con su baulillo a la espalda, por entre los espesos árboles que flanqueaban el camino.

***

Aquella noche fue tremenda para la pobre enferma. Tenía dolores atroces, que le arrancaban alaridos, capaces de destrozar sus venas, y que le producían momentos de delirio. Las mujeres que la asistían perdían la cabeza. El ama acudía de cuando en cuando, descorazonada. Todos comenzaron a temer que aun cuando hubiera decidido dejarse hacer la operación, el médico, que debía llegar a la mañana siguiente, llegaría demasiado tarde. En los momentos en que no deliraba, se comprendía, sin embargo, que su desconsuelo mayor y más terrible no se lo causaban los dolores del cuerpo, sino el pensamiento de su familia lejana. Moribunda, descompuesta, con la fisonomía deshecha, metía sus manos por entre los cabellos, con actitudes de desesperación que traspasaban el alma, gritando:

—¡Dios mío! ¡Dios mío! ¡Morir tan lejos! ¡Morir sin volverlos a ver! ¡Mis pobres hijos, que se quedan sin madre! ¡Mis criaturas, mi pobre sangre! ¡Mi Marcos, todavía tan pequeñito, así de alto, tan bueno y cariñoso! ¡No sabéis qué muchacho era! Señora, ¡si usted supiese! No me lo podía quitar de mi cuello cuando partí: sollozaba que daba compasión oírle. ¡Pobrecillo! Parecía que sospechaba que no había de volver a ver a su madre. ¡Pobre Marcos, pobre niño mio! Creí que estallaba mi corazón. ¡Ah! ¡Si me hubiera muerto en aquel mismo momento en que me decía adiós! ¡Si hubiera entonces muerto atravesada por un rayo! ¡Sin madre, pobre niño; él, que me quería tanto, que tanta necesidad tenía de mis cuidados; sin madre, en la miseria, tendrá que ir pidiendo limosna; él, Marcos, mi Marcos, tenderá su mano hambriento! ¡Oh, Dios eterno! ¡No! ¡No quiero morir! ¡El médico! ¡Llamadlo en seguida! ¡Que venga y que me corte, que me haga pedazos las entrañas, que me haga enloquecer, pero me salve la vida! ¡Quiero curarme, quiero vivir, marchar, huir mañana, en seguida! ¡El médicol ¡Socorro! ¡Favor!

Y las mujeres le sujetaban las manos, la acariciaban; suplicando, la hacían volver en sí poco a poco, y le hablaban de Dios y de esperanzas. Ella entonces caía en mortal abatimiento; lloraba con las manos hundidas entre sus cabellos grises, gemía como una niña, lanzando lamentos prolongados y murmurando de vez en cuando:

—¡Oh, Génova mía! ¡Mi casa! ¡Todo aquel mar!... ¡Oh, mi Marcos, mi infeliz Marcos! ¡Dónde estará ahora la pobre criatura mía!

***

Eran las doce de la noche. Su pobre Marcos, después de haber pasado muchas horas sobre la orilla de un foso, extenuado, caminaba entonces a través de vastísima floresta de árboles gigantescos, monstruos de vegetación, con fustes desmesurados semejantes a pilastras de una catedral, que a cierta altura maravillosa entrecruzaban sus enormes cabelleras plateadas por la luna. Vagamente, en aquella media oscuridad, veía miles de troncos de todas formas, derechos, inclinados, retorcidos, cruzados, en actitudes extrañas de amenaza y de lucha; algunos caídos en tierra, como torres arruinadas de pronto; todo cubierto de una vegetación exuberante y confusa que semejaba a furiosa multitud disputándose palmo a palmo el terreno; otros formando grupos, verticales y apretados como si fueran haces de lanzas gigantescas cuyas puntas se escondieran en las nubes; una grandeza soberbia, un desorden prodigioso de formas colosales, el espectáculo más majestuosamente terrible que jamás le hubiese ofrecido la naturaleza vegetal. Por momentos le sobrecogía grande estupor. Pero pronto su alma volaba hacia la madre. Estaba muerto de cansancio, con los pies sangrando, solo, en medio de aquel imponente bosque, donde no veía más que a grandes intervalos pequeñas viviendas humanas, que, colocadas al pie de aquellos árboles, parecían nidos de hormigas, y alguno que otro búfalo dormido en el camino; estaba agotado, pero no sentía el cansancio; estaba solo y no tenía miedo. La grandeza del campo engrandecía su alma; la cercanía de su madre le daba la fuerza y la decisión de un hombre; el recuerdo del océano, de los abatimientos, de los dolores que había experimentado y vencido, de las fatigas que había sufrido, de la férrea voluntad que había desplegado, le hacían levantar la frente; toda su fuerte y noble sangre genovesa refluía a su corazón en ardiente oleada de altanería y audacia. Y una cosa nueva pasaba en él: hasta entonces había llevado en su mente una imagen de su madre oscurecida y como un tanto borrada por los dos años de alejamiento, y ahora aquella imagen se aclaraba; tenía delante de sus ojos la cara entera y pura de su madre como hacía mucho tiempo no la había contemplado; la volvía a ver cercana, iluminada, como si estuviera hablando: volvía a ver los movimientos más fugaces de sus ojos y de sus labios, todas sus actitudes, sus gestos todos, todas las sombras de sus pensamientos, y apenado por aquellos vivos recuerdos, apretaba el paso, y un nuevo cariño, una ternura indecible iba creciendo en su corazón, que hacía correr por sus mejillas lágrimas tranquilas y dulces. Según iba andando en medio de las tinieblas, le hablaba, le decía las palabras que le hubiera dicho al oído dentro de poco:

—¡Aquí estoy, madre mía; aquí me tienes; no te dejaré jamás; juntos volveremos a casa, estaré siempre a tu lado en el vapor, apretado contra ti, y nadie me separará de ti nunca, nadie jamás, mientras tengas vida!

Y no advertía entretanto que sobre la cima de los árboles gigantescos iba poco a poco apagándose la argentina luz de la luna, con la blancura delicada del alba.

***

A las ocho de aquella mañana, el médico de Tucumán —un joven argentino— estaba ya junto a la cama de la enferma, acompañado de un practicante, intentando por última vez persuadirla para que se dejase hacer la operación; a su vez, el ingeniero Mequínez volvía a repetir las más calurosas instancias, lo mismo que su esposa. Pero ¡todo era inútil! La mujer, sintiéndose exhausta de fuerzas, ya no tenía fe en la operación; estaba convencida o de morir en el acto, o de no sobrevivir más que algunas horas, después de sufrir en vano dolores mucho más atroces que los que debían matarla naturalmente. El médico tenía a bien decirle una y otra vez:

—¡Pero si la operación es segura y vuestra salvación cierta, con tal de que tenga algo de valor! Y por otro lado, si se empeña en resistir, la muerte es segura.

Eran palabras lanzadas al aire.

—No —respondía siempre con su débil voz—; todavía tengo valor para morir, pero no lo tengo para sufrir inútilmente. Gracias, señor médico. Así está dispuesto. Déjeme morir tranquila.

El médico, desanimado, desistió. Nadie pronunció una palabra más. Entonces la mujer volvió el semblante hacia su ama, y le hizo con voz moribunda sus postreras súplicas.

—Mi querida y buena señora —dijo con gran trabajo, sollozando—, usted mandará los pocos cuartos que tengo y todas mis cosas a mi familia, por medio del señor cónsul. Yo supongo que todos viven. Mi corazón me lo predice en estos últimos momentos. Me hará el favor de escribirles…, que siempre he pensado en ellos…, que he trabajado para ellos…, para mis hijos… y que mi único dolor es no volverlos a ver más… Pero que he muerto con valor…, resignada…, bendiciéndoles, y que recomiendo a mi marido… y a mi hijo mayor, al más pequeño, a mi pobre Marcos…, a quien he tenido en mi corazón hasta el último momento.

Y poseída de una gran exaltación repentina, gritó juntando las manos:

—¡Mi Marcos! ¡Mi pobre niño! ¡Mi vida!…

Pero, girando los ojos anegados en llanto, vio que su ama no estaba ya a su lado: habían venido a llamarla furtivamente. Buscó al señor; también había desaparecido. No quedaban más que las dos enfermeras y el practicante. En la habitación inmediata se oía rumor de pasos presurosos, murmullo de voces precipitadas y bajas, y de exclamaciones contenidas. La enferma fijó su vista en la puerta en ademán de esperar. Al cabo de pocos minutos volvió a presentarse el médico, con semblante extraño; luego su señora y el amo, también con la fisonomía visiblemente alterada. Los tres se quedaron mirando con singular expresión, y cambiaron entre sí algunas palabras en voz baja. Parecióle oír que el médico decía a la señora:

—Es mejor en seguida.

La enferma no comprendía.

—¿Josefa? —le dijo el ama con voz temblorosa —. Tengo que darte una noticia buena. Prepara tu corazón a recibir una buena noticia.

La mujer se quedó mirándola con fijeza.

—Una noticia —continuó la señora cada vez más agitada— que te dará mucha alegría.

La enferma abrió sus ojos desmesuradamente.

—Prepárate —prosiguió su ama— a ver una persona a quien quieres mucho.

La mujer levantó la cabeza con ímpetu vigoroso, y empezó a mirar a la señora y a la puerta con ojos que despedían fulgores.

—Una persona —añadió su ama, palideciendo— que acaba de llegar… inesperadamente.

—¿Quién es? —gritó, con la voz sofocante y angustiosa, como llena de espanto.

Un instante después lanzó un agudísimo grito, de un salto se sentó sobre la cama, y permaneció inmóvil, con los ojos desencajados y con las manos apretadas contra las sienes, como si se tratase de una aparición sobrehumana.

Marcos, lacerado y cubierto de polvo, estaba de pie en el umbral, detenido por el doctor, que le sujetaba por un brazo.

La mujer prorrumpió por tres veces:

—¡Dios! ¡Dios! ¡Dios mío!

Marcos se lanzó hacia su madre, que extendía sus brazos descarnados, apretándole contra su pecho como un tigre, rompiendo a reír violentamente y mezclándose a su risa profundos sollozos sin lágrimas, que la hicieron caer rendida y sofocada sobre las almohadas.

Pronto se rehizo, sin embargo, gritando como una loca, llena de alegría y besando a su hijo:

—¿Cómo estás aquí? ¿Por qué? ¿Eres tú? ¡Cómo has crecido! ¿Quién te ha traído? ¿Estás solo? ¿No estás enfermo? ¡Eres tú, Marcos! ¡No es esto un sueño! ¡Dios mío! ¡Háblame! —Luego, cambiando de tono repentinamente—: ¡No! ¡Calla! ¡Espera!

Y volviéndose hacia el médico:

—Pronto, en seguida, doctor. Quiero curarme. Estoy dispuesta. No pierda un momento. Llévense a Marcos para que no sufra. ¡Marcos mío, no es nada! Ya me contarás todo. ¡Dame otro beso! ¡Vete! Heme aquí, doctor.

Sacaron a Marcos de la habitación. Los amos y criados salieron en seguida, quedando solo con la enferma el cirujano y el ayudante, que cerraron la puerta.

El señor Mequínez intentó llevarse a Marcos a una habitación lejana; fue imposible, parecía que le habían clavado en el pavimento.

—¿Qué es? —preguntó—. ¿Qué tiene mi madre? ¿Qué le estén haciendo?

Entonces Mequínez, bajito e intentando siempre llevárselo de allí:

—Mira, oye; ahora te diré, tu madre está enferma, es preciso hacerle una sencilla operación, te lo explicaré todo, ven conmigo.

—No —respondió el muchacho—; quiero estar aquí. Explíquemelo aquí.

El ingeniero amontonaba palabras y más palabras, y tiraba de él para sacarlo de la habitación; el muchacho comenzaba a espantarse, temblando de terror.

Un grito agudísimo como el de un herido de muerte resonó de repente por toda la casa.

El niño respondió con otro grito horrible y desesperado:

—¡Mi madre ha muerto!

El médico se presentó en la puerta y dijo:

—Tu madre se ha salvado.

El muchacho le miró un momento, arrojándose luego a sus pies, sollozando:

—Gracias, doctor.

Pero el médico le hizo levantar diciéndole:

—¡Levántate!... ¡Eres tú, heroico niño, quien ha salvado a tu madre!

Verano

Miércoles 24.

Marcos el genovés es el penúltimo pequeño héroe con quien trabaremos conocimiento por este año; no queda más que otro para el mes de junio. No restan más que dos exámenes mensuales, veintiséis días de lección, seis jueves y cinco domingos. Se percibe ya la atmósfera de fin de año. Los árboles del jardín, cubiertos de hojas y flores, dan hermosa sombra sobre los aparatos de gimnasia. Los alumnos van ya todos vestidos de verano. Da gusto presenciar la salida de las clases: ¡qué distinto es todo de los meses pasados! Las cabelleras que llegaban a tocar en los hombros han desaparecido; todas las cabezas están rapadas; se ven cuellos y piernas desnudos, sombreros de paja de todas formas, con cintas que cuelgan sobre las espaldas; camisas y corbatas de todos colores; todos los más pequeñitos siempre llevan algo rojo o azul, bien alguna cinta, un ribete, una borla, o aunque sea puramente un remiendo de color vivo, pegado por la madre, para que haga bonito a la vista; hasta los más pobres; muchos vienen a la escuela sin sombrero, como si se hubieran escapado de casa. Otros llevan el traje claro de gimnasia. Hay un muchacho de la clase de la maestra Delcato, que va vestido de encarnado de pies a cabeza, como un cangrejo cocido. Varios llevan trajes de marinero.

Pero el más hermoso sin disputa es el albañilito, que usa un sombrerote de paja tan grande, que parece una media vela con su palmatoria y, como siempre, no es posible contener la risa al verle poner el hocico de liebre allí bajo su sombrero.

Coreta también ha dejado su gorra de piel de gato, y lleva una gorrilla de viaje de seda. Votino tiene un traje escocés y, como siempre, muy atildado. Crosi va enseñando el pecho desnudo. Precusa desaparece bajo los pliegues de una blusa azul turquí, de maestro herrero. ¿Y Garofi? Ahora que ha tenido que dejar el capotón bajo el cual escondía su comercio, le quedan bien al descubierto todos sus bolsillos, repletos de toda clase de baratijas, y le asoman las puntas de los billetes de sus rifas.

Ahora todos dejan ver bien lo que llevan: abanicos hechos con medio periódico y pedazos de caña, flechas para disparar contra los pájaros, hierba y otras cosas que asoman por los bolsillos, y van cayéndose paso a paso de las chaquetas. Muchos de los chiquitines traen ramitos de flores para las maestras. También, éstas van vestidas de verano, con colores alegres, excepción hecha de la monjita, que siempre va de negro, y la maestrita de la pluma roja, que la lleva siempre, y un lazo color rosa al cuello, enteramente ajado por las manecitas de sus alumnos, que siempre la hacen reír y correr tras ellos.

Es la estación de las cerezas, de las mariposas, de las músicas por las calles y de los paseos por el campo; muchos de cuarto año se escapan ya a bañarse en el Po; todos sueñan con las vacaciones; cada día salimos de la escuela más impacientes y contentos que el día anterior. Sólo me da pena el ver a Garrón de luto, y a mi pobre maestra de primer año, que cada vez está más consumida, más pálida, y tosiendo con más fuerza. ¡Camina ya enteramente encorvada, y me saluda con una expresión tan triste!…

Poesía

Viernes 26.

"Comienzas a comprender la poesía de la escuela, Enrique; pero por ahora no ves la escuela más que por dentro: te parecerá mucho más hermosa y poética dentro de treinta años, cuando vengas a acompañar a tus hijos y entonces la verás por fuera como yo la veo. Esperando la hora de salida, voy y vuelvo por las calles silenciosas que hay en derredor del edificio, y acerco mi oído a las ventanas de la planta baja, cerradas con persianas. En una ventana oigo la voz de una maestra que dice: '¡Ah! ¡Qué rasgo de *t*! No está bien, hijo mío! ¿Qué diría de él tu padre?…'

"En la ventana inmediata se oye la gruesa voz de un maestro que dicta con lentitud: 'Compró cincuenta metros de tela... a cuatro pesos cincuenta centavos el metro..., los volvió a vender...' Más allá, la maestrita de la pluma roja lee en alta voz: 'Entonces, Pedro Mica, con la mecha encendida ...'

"De la clase próxima sale como un gorjeo de cien pájaros, lo cual quiere decir que el maestro ha salido fuera un momento. Voy más adelante, y a la vuelta de la esquina oigo que llora un alumno, y la voz de la maestra que reprende al par que consuela. Por otras ventanas llegan a mis oídos versos, nombres de grandes hombres, fragmentos de sentencias que aconsejan la virtud, el amor a la patria, el valor. Siguen después instantes de silencio, en los cuales se diría que el edificio estaba vacío; parece imposible que allí dentro haya setecientos muchachos; de pronto se oyen estrepitosas risas, provocadas por una broma de algún maestro de buen humor... La gente que pasa se detiene a escuchar, y todos vuelven una mirada de simpatía hacia aquel hermoso edificio que encierra tanta juventud y tantas esperanzas.

"Se oye luego de improviso un ruido sordo, un golpear de libros y de carteles, un roce de pisadas, un zumbido que se propaga de clase en clase, y de lo bajo a lo alto, como al difundirse de improviso una buena noticia: es el bedel que va a anunciar la hora. A este murmullo, una multitud de hombres, de mujeres, de muchachos y de jovenzuelos se aprieta a uno y otro lado de la salida para esperar a los hijos, a los hermanos, a los nietecillos; entretanto, de las puertas de las clases se deslizan en el salón de espera, como a borbotones, grupos de muchachos pequeños, que van a recoger sus capotitos y sombreros, haciendo con ellos revoltijos en el suelo, y brincando alrededor, hasta que el bedel los vuelve a hacer entrar uno por uno en clase. Finalmente, salen en largas filas y marcando el paso. Entonces comienza de parte de los padres una lluvia de preguntas: '¿Has sabido la lección? ¿Cuánto trabajo te ha puesto? ¿Qué tenéis para mañana? ¿Cuándo es el examen mensual?'

"Y hasta las pobres madres que no saben leer abren los cuadernos mirando los problemas y preguntan los puntos que han tenido. '¿Solamente ocho? ¿Diez, con sobresaliente? ¿Nueve, de lección?' Y se inquietan, y se alegran, y preguntan a los maestros, y hablan de programas y de exámenes. ¡Qué hermoso es todo esto; cuán grande y qué inmensa promesa para el mundo!

Tu padre."

La sordomuda

Domingo 28.

No podía concluir mejor el mes de mayo que con la visita de esta mañana. Oímos un campanillazo, corremos todos. Oigo a mi padre que dice maravillado:

—¿Usted aquí, Jorge?

Era Jorge, nuestro jardinero de Chieri, que ahora tiene la familia en Condove, que acababa de llegar entonces de Génova, donde había desembarcado el día antes de vuelta de Grecia, después de estar tres años trabajando en las vías férreas. Traía un gran fardo en sus brazos. Está un poco envejecido, pero conserva la cara colorada y jovial de siempre.

Mi padre quería que entrase, pero él se negó y, poniéndose serio, preguntó:

—¿Cómo va mi familia? ¿Cómo está Luisa?

—Hace pocos días estaba bien —respondió mi madre.

Jorge dio un gran suspiro.

—¡Oh! ¡Dios sea alabado! No tenía valor para presentarme en el colegio de sordomudos, sin noticias de ella. Aquí dejo el saco y voy a recogerla. ¡Tres años hace que no veo a mi pobre hija! ¡Tres años que no veo a ninguno de los míos!

—Acompáñale —ordenó mi padre.

—Perdone: una palabra más —interrumpió el jardinero desde el descansillo de la escalera.

Pero mi padre le preguntó:

—¿Y los negocios?

—Bien —respondió—, gracias a Dios; he traído algunos cuartos. Pero quería preguntar: ¿cómo va la instrucción. de la mudita? Dígame algo. Cuando la dejé parecía más bien un pobre animalito:

¡infeliz criatura! Yo tengo poca fe en los colegios. ¿Ha aprendido a hacer los signos? Mi mujer me escribía: "Aprende a hablar; hace progresos". Pero yo me decía: "¿Qué importa que ella aprenda a hablar, si yo no sé hacer los signos? ¿Cómo haremos para entendernos, pobre chiquitina? Eso es más para que se entiendan entre ellos mismos, un desgraciado con otro desgraciado". ¿Qué tal va, pues? ¿Qué tal va?

Mi padre le respondió sonriéndose:

—No le digo nada; ya lo verá. Vaya, vaya; no le quitéis vosotros ni un minuto más.

Salimos; el Instituto está cerca. Por el camino, andando a paso largo, el jardinero me hablaba y se iba poniendo cada vez más triste.

—¡Ah, pobre Luisa mía! ¡Nacer con esta desgracia! ¡Decir que jamás la he oído llamarme padre, y que ella jamás ha oído llamarse hija, y que nunca ha dicho ni oído una palabra! Y gracias que hemos encontrado un señor caritativo que ha hecho los gastos del colegio. Pero... antes de los ocho años no ha podido ir. Tres años hace que no está en casa. Está en los once ahora. ¿Está crecida, dígame, está crecida? ¿Tiene buen humor?

—Ahora verá, ahora verá —le respondí apresurando el paso.

—¿Pero dónde está este Instituto? —preguntó—. Mi mujer fue quien la acompañó cuando yo había ya marchado. Me parece que debe de estar hacia este lado.

Precisamente habíamos llegado. Entramos en seguida en el locutorio. Vino a nuestro encuentro un mozo.

—Soy el padre de Luisa Vogi —dijo el jardinero—; mi hija, en seguida, en seguida.

—Están en el recreo —respondió el empleado—; voy a decírselo a la maestra.

Y se fue. El jardinero ya no podía ni hablar, ni estarse quieto; se ponía a mirar los cuadros de las paredes, sin ver nada. Se abrió la puerta: entró una maestra vestida de negro con una muchacha de la mano.

Padre e hija se miraron un momento, y luego se estrecharon en interminable abrazo.

La niña iba vestida con una tela a rayas blancas y encarnadas, con delantal gris. Está más alta que yo. Lloraba y tenía a su padre apretado al cuello con ambos brazos.

Su padre se desligó y se puso a mirarla de pies a cabeza, con el llanto en los ojos y tan agitado como si acabase de dar una gran carrera, y exclamó:

—¡Ah! ¡Cómo ha crecido! ¡Qué hermosa se ha puesto! ¡Oh, mi querida, mi pobre Luisa! ¡Mi pobre mudita! ¿Es usted, señora, la maestra? Dígale que me haga los signos que algo comprenderé, y poco a poco iré aprendiendo. Dígale que me haga comprender alguna cosa con los gestos.

La maestra sonrió, y dijo en voz baja a la muchacha:

—¿Quién es ese hombre que ha venido a buscarte?

Y la muchacha, con una voz gruesa, extraña, destemplada, como si fuera un salvaje que hablase por vez primera nuestra lengua, pero pronunciando claro y sonriéndose, respondió:

—Es mi padre.

El jardinero dio un paso atrás y comenzó a gritar como un loco:

—¡Habla! ¡Pero es posible! ¡Pero es posible! ¿Habla? ¿Pero hablas tú, niña mía, hablas? Dime: ¿hablas?

Volvió a abrazarla besándola cien veces en la frente.

—¡Pero no habla con gestos, señora maestra! ¿No habla con los dedos, así? Pero, ¿qué es esto?

—No, señor Vogi —respondió la maestra—, no es con gestos. Ése era el método antiguo. Aquí se enseña por el método nuevo, por el método oral. ¡Cómo! ¿No lo sabía?

—¡Yo no sabía nada! —respondió el jardinero, confuso—. ¡Hace tres años que estoy fuera! Quizá me lo han escrito, y yo no lo he entendido. Tengo una cabeza de chorlito… ¡Oh, hija mía, tú me comprendes, por consiguiente! ¿Oyes lo que te digo?

—No, buen hombre —dijo la maestra—; no oye, porque es sorda. Ella comprende por los movimientos de nuestra boca cuáles son las palabras que se le dicen; pero no oye las palabras de usted ni tampoco la que ella le dice; las pronuncia porque le hemos enseñado letra por letra, cómo debe disponer los labios y cómo debe mover la lengua; qué esfuerzo debe hacer con el pecho y con la garganta para echar fuera la voz.

El jardinero no comprendió, y permaneció con la boca abierta. Aún no lo creía.

—Dime, Luisa —preguntó a su hija, hablándole al oído—: ¿estás contenta de que tu padre haya vuelto? —Levantando la cabeza, se puso a esperar la respuesta.

La muchacha le miró pensativa y no dijo nada.

El padre permaneció turbado.

La maestra se echó a reír. Luego replicó:

—Pero, buen hombre, no le responde porque no a visto los movimientos de sus labios: ¡si le ha hablado usted al oído! Repita la pregunta, manteniendo usted la cara delante de la suya.

El padre, mirándola muy fijamente a la cara, repitió:

—¿Estás contenta de que tu padre haya vuelto y de que ya no se marche?

La muchacha, que había mirado con suma atención a los labios de su padre, tratando hasta de ver el interior de la boca, respondió con soltura:

—Sí, es-toy con-tenta de que ha-yas vuelto, y de que no te marches ya nun-ca ja-más.

El padre la abrazó impetuosamente, y luego, a toda prisa, la abrumó a preguntas.

—¿Cómo se llama tu madre?

—An-tonia.

—¿Cómo se llama tu hermana pequeña?

—A-de lai-da.

—¿Cómo se llama este colegio?

—De sor-do-mu-dos.

—¿Cuántos son diez y diez?

—Veinte.

De pronto, y mientras que nosotros creíamos que iba a reír de placer, se echó a llorar. ¡Pero también las lágrimas eran de alegría!

—¡Ánimo! —le dijo la maestra—; tiene usted motivo para alegrarse, pero no para llorar. Mire qué hace usted llorar también a su hija. ¿Está contento?

El jardinero asió fuertemente la mano de la maestra y se la llenó de besos, diciendo:

—¡Gracias, gracias, cien veces gracias, mil veces gracias, querida señora maestra! Y perdóneme… que no sepa decirle a usted otra cosa…

—Pero no sólo habla —le dijo la maestra—; su hija de usted sabe escribir. Sabe hacer cuentas. Conoce los nombres de todos los objetos usuales. Sabe un poco de historia y algo de geografía. Ahora está en la clase normal. Cuando haya hecho los otros dos años, sabrá mucho, mucho más. Saldrá de aquí en disposición de ejercer una profesión. Ya tenemos discípulos que están colocados en las tiendas para servir a los parroquianos, y cumplen en sus oficios, como los demás.

El jardinero se quedó aún más maravillado que antes. Parecía que de nuevo se le confundían las ideas. Miró a su hija y comenzó a rascarse la frente. La expresión de su semblante pedía claramente alguna mayor explicación.

Entonces la maestra se volvió al portero y dijo:

—Llame a una niña de la clase preparatoria.

El portero volvió al poco rato con una sordomuda, de ocho a nueve años, que hacía pocos días había entrado en el Instituto.

—Esta —dijo la maestra— es una de aquella a quienes enseñamos los primeros elementos. He aquí cómo se hace. Quiero hacerle decir e. Esté usted atento. —La maestra abrió la boca, como se abre para pronunciar la vocal *e,* e hizo señas a la niña para que abriese la boca de la misma manera.

La niña obedeció. Entonces la maestra le indicó que echase fuera la voz. Lo hizo así la niña; pero en lugar de e, pronunció *o.*

—No —dijo la maestra—; no es eso.

Y asiendo las dos manos a la niña se puso una de ellas abierta contra la garganta y la otra contra el pecho, y repitió: "e" La niña, que había sentido en sus manos el movimiento de la garganta y del pecho de la maestra, volvió a abrir de nuevo la boca, y pronunció muy bien: "e". Del mismo modo la maestra le hizo decir *c* y *d,* manteniendo siempre las dos manos de la niña, una en el pecho y otra en la garganta.

—¿Ha comprendido usted ahora? —preguntó.

El padre había comprendido; pero parecía aún más asombrado que cuando no entendía.

—¿Y enseñan ustedes a hablar de este modo? —preguntó al cabo de estarlo pensando un minuto, y sin quitar su vista de la maestra—. ¿Tienen la paciencia de enseñar a hablar de esta manera, poco a poco, a todos? ¿Uno por uno?... ¿Años por años?... ¡Pero ustedes son unas santas! ¡Son más bien ángeles del Paraíso! ¡No hay recompensa para ustedes! ¿Qué más tengo que decir?… ¡Ah, sí! Déjenme un poco con mi hija, ahora. Siquiera cinco minutos, que esté sola conmigo.

Y habiéndola separado hacia un lado, se sentaron, y comenzó a preguntarle; la muchacha respondía, y él reía, con los ojos humedecidos, y pegándose puñetazos sobre las rodillas asía a su hija por las manos, mirándola fuera de sí por la alegría que le causaba el oírla, como si fuese una voz que viniese del cielo; luego preguntó a la maestra:

—¿Me sería permitido dar las gracias al señor director?

—El director no está —respondió la maestra—. Pero está otra persona a quien debería usted dar las gracias. Aquí cada niña pequeña está al cuidado de una compañera mayor, que hace como de hermana y madre… Su hija está confiada a una sordomuda de diecisiete años, hija de un panadero, que es buena y la quiere mucho: hace dos años que va a ayudarla a vestir todas las mañanas, la peina, le enseña a coser, le arregla la ropa, le hace compañía. Luisa, ¿cómo se llama tu madre de colegio?

La muchacha, sonriéndose, respondió:

—Ca-ta-lina Jordán. —Luego dijo a su padre—: Muy, muy bue-na.

El empleado, que había salido a una indicación de la maestra, volvió casi en seguida con una sordomuda rubia, robusta de cara alegre, también vestida de tela de rayas rojizas, con delantal gris; se detuvo en el umbral, y poniéndose colorada inclinó su cabeza sonriendo. Tenía cuerpo de mujer y parecía una niña.

La hija de Jorge corrió en seguida a su encuentro, la tomó por un brazo como a una niña, la trajo delante de su padre, diciendo con su gruesa voz:

—Cata-lina Jordán.

—¡Ah! ¡La excelente niña! —exclamó el padre alargando la mano como para acariciarla, pero pronto la retiró, repitiendo—: La buena muchacha, que Dios bendiga, y que le dé todo género de venturas, todos los consuelos, haciéndola feliz, y a todos los suyos; ¡es un honrado operario, un pobre padre de familia quien se lo desea de todo corazón!

La muchacha grande acariciaba a la pequeña, siempre con la cabeza baja y sonriéndose; el jardinero seguía mirándola como a una virgen.

—Hoy puede llevarse a su hija —dijo la maestra.

—¡Sí, me la llevo! —respondió el jardinero—. Hoy la llevaré a Condove y mañana temprano la volveré a traer. ¡Figúrese si no me la he de llevar!

La hija se fue a vestir.

—¡Después de tres años que no la veo! —insistió el jardinero—. ¡Y ahora que habla!... A Condove me la llevo en seguida. Pero antes quiero dar una vuelta por Turín, con mi mudita del brazo, para que todos la vean, y llevarla a que la oigan mis cuatro conocidos. ¡Ah! ¡Hermoso día! ¡Esto se llama un consuelo! ¡Venga acá ese brazo, Luisa mía!

La muchacha, que había retornado con una manteleta y una cofia, dio el brazo a su padre.

—¡Y gracias a todos! —dijo el padre desde la puerta—. ¡Gracias a todos con toda mi alma! ¡Volveré otra vez para repetir a todos las gracias!

Quedóse un momento pensativo; luego, separándose bruscamente de la muchacha, volvió pies atrás, hurgándose con una mano en el bolsillo del chaleco y gritando como un furioso:

—Pues bien; soy yo un pobre diablo; pero aquí están veinte pesos para el Instituto; ¡dos billetes bien nuevecitos!

Y dando un golpe sobre la mesa, dejó el dinero sobre ella.

—No, no, buen hombre —dijo conmovida la maestra—. Recoja usted su dinero. A mí no me corresponde recibirlo. Ya vendrá cuando esté el director. Tampoco él lo aceptará, esté seguro. Ha trabajado usted tanto para ganarlo, ¡pobre hombre!... Todos le quedaremos agradecidos lo mismo que si lo recibiéramos.

—No, yo lo dejo —repitió el jardinero—; y luego... ya veremos.

Pero la maestra le volvió los billetes al bolsillo, sin darle tiempo para rechazarlos.

Entonces se resignó, meneando la cabeza; envió con toda rapidez un beso con la mano a la muchacha grande, saludó a la maestra, y asiendo de nuevo a su hija, se lanzó fuera de la puerta.

—Ven, ven, hija mía, ¡pobre hija mía, mi tesoro!

La hija le decía con su voz gruesa:

—¡Oh, qué sol tan hermoso!

Junio

Garibaldi
(Mañana es fiesta nacional)

Junio, 3.

"Hoy es día de luto nacional. ¡Ayer noche ha muerto Garibaldi! ¿Sabes quién era? Es el que libertó a diez millones de ciudadanos de la tiranía de los Borbones de Italia. ¡Ha muerto a los setenta y cinco años! Nació en Niza, y era hijo de un capitán naval. A los ocho años salvó la vida de una mujer; a los trece, condujo a salvo una barca llena de compañeros náufragos; a los veintisiete, salvó de las aguas, en Marsella, a un jovencito que se ahogaba; a los cuarenta y uno, evitó el incendio en un barco en el océano. Combatió diez años en América por la libertad de un pueblo extranjero; luchó en tres guerras contra los austriacos por la libertad de la Lombardía y del Trentino; defendió a Roma contra los franceses en 1849; libró a Palermo y a Nápoles en 1860; volvió a combatir por Roma en 1867; guerreó en 1870 contra los alemanes en defensa de Francia. Tenía en su alma la llama del heroísmo y el genio de la guerra. Entró en combate cuarenta veces y salió victorioso treinta y siete. Cuando no peleó, trabajó para vivir, encerrándose en una isla solitaria a cultivar la tierra. Fue maestro, marinero, negociante, soldado, general, dictador. Era grande, sencillo y bueno. Odiaba a todos los opresores, amaba a todos los pueblos, protegía a todos los débiles; no tenía otra aspiración que el bien; repugnaba los honores, despreciaba la muerte, adoraba a Italia. Cuando lanzaba el grito de guerra, legiones de valientes corrían tras él de todas partes; hubo señores que abandonaron sus palacios, artesanos sus talleres y jóvenes sus aulas, para ir a combatir, iluminados por el sol de su gloria. En la guerra usaba una blusa roja. Era fuerte, rubio, hermoso; en el campo de batalla, un rayo; en los sentimientos, un niño; en los dolores, un santo. Miles de italianos han muerto por la patria, felices en la agonía, al verle pasar a lo lejos victorioso; millares hubieran dado su vida por él; millones le bendijeron y le bendecirán. ¡Ha muerto! El mundo entero le llora. Tú ahora no lo comprendes. Pero leerás sus hazañas, oirás hablar de él continuamente en tu vida, y según vayas creciendo, su imagen se agrandará ante tu vista; cuando seas hombre, le verás gigante; y cuando no estés ya en este mundo, ni vivan los hijos de tus hijos, ni los que nazcan de ellos, todavía las generaciones verán en lo alto su cabeza luminosa de redentor de los pueblos, coronada con los nombres de sus victorias, como si fueran círculo de estrellas, y les resplandecerá la frente y el alma a todos los italianos el pronunciar su nombre.

Tu padre."

El ejército

Domingo 11.

Fiesta nacional. Se retrasó siete días a causa de la muerte de Garibaldi. Hemos ido a la plaza del Castillo para ver la revista de los soldados que desfilaron ante el comandante del cuerpo de ejército en medio de dos grandes filas de pueblo. Según iban desfilando al compás de las cornetas y músicas, mi padre me indicaba los cuerpos y los recuerdos gloriosos de cada bandera. Iban primero los alumnos de la Academia, que serán oficiales de ingenieros y de artillería, trescientos, aproximadamente, vestidos de negros, desfilando con una elegancia firme y desenvuelta de soldados y de estudiantes. Después de ellos pasó la infantería: la brigada de Aosta, que combatió en Goito y en San Martín, y la brigada Bérgamo, que combatió en Castelfidardo; cuatro regimientos, compañía tras compañía, millares de pompones rojos que semejaban otras tantas dobles guirnaldas larguísimas color de sangre, tendidas y agitadas por los dos extremos y llevadas a través de la multitud. Después de la infantería avanzaron los soldados de ingenieros, los obreros de la guerra con sus penachos negros de crin y los galones rojos; y mientras éstos desfilaban, se veía avanzar tras ellos centenares de largas y derechas plumas que sobresalían por encima de las cabezas de los espectadores: eran los alpinos, los defensores de las puertas de Italia, todos ellos altos, sonrosados y fuertes, con sus sombreros calabreses y las divisas de hermoso color verde vivo, como la hierba de sus montañas. Aun desfilaban los alpinos cuando se dejó sentir un estremecimiento en la multitud, y los cazadores de infantería, el antiguo duodécimo batallón, los primeros que entraron en Roma por la brecha de la Puerta Pía, morenos, avispados, vivos, con los penachos agitados por el viento, pasaron como una oleada de negro torrente, haciendo retumbar toda la plaza con agudos sonidos de trompa que semejaban gritos de alegría. Pero el sonido de su cometa fue cubierto bien pronto por un estrépito sordo e ininterrumpido, que anunciaba la artillería de campaña. Pasaron, gallardamente sentados sobre altos cajones arrastrados por trescientas parejas de caballos impetuosos, los bravos soldados de cordones amarillos y los largos cañones de bronce y de acero, que saltaban y resonaban haciendo temblar la tierra. Vino luego adelantándose lenta, grave, bella en su apariencia, fatigosa y ruda, con sus altos soldados y sus poderosos mulos, la artillería de montaña, que lleva la desolación y la muerte allí donde llega la planta humana. Pasó por fin al galope, con los cascos refulgentes, con las lanzas derechas, con las banderas al viento, deslumbrados de oro y de plata, llenando el aire de polvo y de relinchos, el magnífico regimiento de caballería de Génova, que diez veces cayó como un torbellino sobre los campos de batalla, desde Santa Lucía a Villafranca.

—¡Qué hermoso es! —exclamé yo.

Pero mi padre casi me echó un regaño por haber usado aquella palabra, y me dijo:

—No hay para qué considerar el ejército como un bello espectáculo. Todos estos jóvenes, llenos de fuerza y de esperanzas, pueden, de un día a otro, ser llamados a defender nuestro país, y en pocas horas caer hechos trizas por las balas y la metralla. ¡Siempre que oigas gritar en una fiesta "¡Viva el ejército! ¡Viva Italia!", represéntate más allá de los regimientos que pasan, una campiña cubierta de cadáveres y hecha un lago de sangre, y entonces el viva al ejército te saldrá de lo más profundo del corazón, y la imagen de Italia te aparecerá más severa y más grande…

Italia

Martes, 14.

"Saluda a la patria de este modo en los días de sus fiestas: 'Italia, patria mía, noble y querida tierra donde mi padre y mi madre nacieron y serán enterrados, donde yo espero vivir y morir, donde mis hijos crecerán y morirán; hermosa Italia, grande y gloriosa desde hace siglos, unida y libre desde ha pocos años; que esparciste sobre el mundo tanta luz de divinas inteligencias, y por la cual tantos valientes murieron en los campos de batalla y tantos héroes en el patíbulo; madre augusta de trescientas ciudades y de treinta millones de hijos; yo, niño, que todavía no te comprendo y no te conozco por completo, te venero y te amo con toda mi alma, y estoy orgulloso de haber nacido de ti y de llamarme hijo tuyo. Amo tus mares espléndidos y tus sublimes Alpes; amo tus monumentos solemnes y tus memorias inmortales; amo tu gloria y tu belleza; amo y venero a todas como a aquella parte preferida donde por vez primera vi el sol y oí tu nombre. Os amo a todas con el mismo cariño, y con igual gratitud, valerosa Turín, Génova soberbia, docta Bolonia, encantadora Venecia, poderosa Milán; con la misma reverencia de hijo os amo, gentil Florencia y terrible Palermo, Nápoles inmensa y hermosa, Roma maravillosa y eterna. ¡Te amo, sagrada patria! Y te juro que querré siempre a todos tus hijos como a hermanos; que honraré siempre en mi corazón a tus hombres ilustres vivos y a tus grandes hombres muertos; que seré ciudadano activo y honrado, atento tan sólo a ennoblecerme para hacerme digno de ti y cooperar con mis mínimas fuerzas para que desaparezcan de tu faz la miseria, la ignorancia, la injusticia, el delito; para que puedas vivir y desarrollarte tranquila en la majestad de tu derecho y de tu fuerza. Juro que te serviré en lo que pueda con la inteligencia, con el brazo y con el corazón, humilde y valerosamente; y que si llega un día en el que deba dar por ti mi sangre y mi vida, daré mi vida y mi sangre y moriré elevando al cielo tu santo nombre, y enviando mi último beso a tu bendita bandera'

"Tu padre".

¡Treinta y dos grados!

Viernes 16,

En los cinco días siguientes a la fiesta nacional, el calor ha ido creciendo hasta tres grados más. Ya estamos en pleno verano; todos comienzan a estar cansados, a perder los hermosos colores sonrosados de la primavera; las piernas y los cuellos se adelgazan, las cabezas se tambalean y los ojos se cierran. El pobre Nelle, que siente mucho el calor y tiene ya una cara de color de cera, se queda alguna vez dormido profundamente con la cabeza sobre el cuaderno; pero Garrón siempre está atento para ponerle delante un libro abierto, derecho, para que el maestro no lo vea. Crosi apoya su roja cabeza sobre el banco, de modo que parece que la han separado del tronco y puesto allí. Nobis se lamenta de que somos demasiados y viciamos el aire. ¡Ah! ¡Qué esfuerzo hay que hacer para ponerse a estudiar! Yo miro desde las ventanas de casa aquellos hermosos árboles que hacen una sombra tan oscura, donde de muy buena gana iría a correr, y me da tristeza y rabia el tener que ir a encerrarme entre los bancos de la clase. Luego me reanimo cuando veo que mi pobre madre se queda siempre mirándome cuando salgo de la escuela, para ver si estoy pálido; y a cada página de trabajo me dice:

—¿Te sientes con fuerzas todavía?

Y todas las mañanas, al despertarme a las seis, para estudiar la lección:

—¡Animo! No faltan ya más que tantos días; luego quedarás libre y descansarás, irás a la sombra de los árboles.

Sí, tiene sobrada razón mi madre al recordarme a los muchachos que trabajan en los campos bajo los rayos de un sol que abrasa, o en las arenas blancas de las orillas de los ríos que ciegan y queman, o los de las fábricas de vidrio, que se pasan todo el día inmóviles, con el rostro inclinado sobre una llama de gas; todos se levantan más temprano que nosotros y ninguno de ellos tiene vacaciones. ¡Valor, por consiguiente!

También en esto es el primero Deroso, que no siente ni el calor ni el sueño, siempre vivo y alegre con sus rizos largos como en el invierno, estudiando sin cansarse y manteniendo despiertos a todos los que tiene alrededor, como si refrescase el aire con su voz. Otros dos hay que siempre están atentos y despiertos: el testarudo Estardo, que se pincha en los labios para no dormirse, y cuando más cansado está y más calor hace, tanto más aprieta los dientes y abre los ojos, que parece que se quiere comer al maestro, y el traficante Garofi, enteramente ocupado en fabricar abanicos de papel rojo, adornados con figuritas de cajas de cerillas, que luego vende a dos céntimos cada uno. Pero el más valiente es Coreta: ¡pobre Coreta, que se levanta a las cinco para ayudar a su padre a llevar leña! A las once, en la escuela, ya no puede tener los ojos abiertos, y se le dobla la cabeza sobre el pecho. Y, sin embargo, se sacude, se pega en la nuca, pide permiso para salir y se lava la cara, y hace que los que están cerca le empujen y le pellizquen. Pero esta mañana no pudo resistirlo y se durmió con profundísimo sueño. El maestro le llamó fuertemente:

—¡Coreta!

No le oyó. El maestro, irritado, repitió:

—¡Coreta!

Entonces el hijo del carbonero que vive al lado de su casa se levantó y dijo:

—Ha estado trabajando desde las cinco hasta las siete, llevando haces de leña.

El maestro le dejó dormir, y continuó explicando la lección durante otra media hora. Luego se fue al banco de Coreta, y soplándole muy despacio en la cara le despertó. Al verse delante del maestro, retrocedió amedrentado. Pero el maestro le asió la cabeza entre las manos y le dijo, besándole:

—No te regaño, hijo mío. No es el sueño de la pereza el que sientes, sino el sueño del cansancio.

Mi padre

Sábado 17.

"Seguramente que ni tu compañero Coreta ni Garrón responderían a su padre como tú has respondido esta tarde al tuyo, Enrique. ¿Cómo es posible? Tienes que jurarme que no volverá a pasar esto nunca más mientras yo viva. Siempre que a una reprensión de tu padre te venga a los labios una mala respuesta, piensa en aquel día, que llegará irremisiblemente, en que tenga que llamarte a su lecho para decirte: "Enrique, te dejo". ¡Oh, hijo mío! Cuando oigas su voz por última vez, y aun después por mucho tiempo; cuando llores en su cuarto abandonado, en medio de todos los libros que él ya no abrirá más, entonces, recordando que alguna vez le faltaste al respeto, te preguntarás a ti mismo: "¿Cómo es posible?" Entonces comprenderás que él ha sido siempre tu mejor amigo, que cuando se veía obligado a castigarte sufría más que tú, y que siempre que te ha hecho llorar ha sido por tu bien; entonces te arrepentirás y besarás llorando aquella mesa sobre la cual ha trabajado y sobre la cual gastó su vida en bien de sus hijos.

"Ahora no comprendes; él te esconde todo su interior, excepto su bondad y su cariño. Tú no sabes que a veces está tan quebrantado por el cansancio, que piensa que vivirá pocos días, y que en tales momentos no habla más que de ti, y no tiene más pena en su corazón que el dejarte sin protección y pobre. ¡Y cuántas veces, pensando en esto, entra en tu cuarto mientras duermes y se queda mirándote con la luz en la mano, y haciendo un esfuerzo, cansado y triste, vuelve a su trabajo! Y ni siquiera te das cuenta de que en muchas ocasiones te busca, está contigo porque tiene una amargura en el corazón y disgustos que todos los hombres sufren en el mundo, y te busca a ti como a un amigo para confortarse y olvidar, sintiendo necesidad de refugiarse en tu cariño, para volver a encontrar la serenidad y el valor. Piensa, por consiguiente, ¡qué doloroso debe ser para él, cuando, en lugar de encontrar afecto en ti, encuentra frialdad e irreverencia! ¡No te manches jamás con tan horrible ingratitud! Piensa que aun cuando fueses bueno como un santo, no podrías nunca recompensarlo bastante por lo que ha hecho y hace continuamente por ti. Y piensa a la vez que sobre la vida no se puede contar; una desgracia te podría arrebatar a tu padre, mientras todavía eres un muchacho, dentro de dos años, o tres meses, o quizá mañana mismo. ¡Ah! ¡Pobre Enrique mío! ¡Cómo verías cambiar todo a tu alrededor entonces! ¡Qué vacía y desolada te parecería la casa, solo, con tu pobre madre vestida de negro! Ve, hijo mío, ve dónde está tu padre; está trabajando en su cuarto. Ve de puntillas para que no te sienta entrar, ve a poner tu frente sobre sus rodillas y a decirle que te perdone y te bendiga.

Tu madre."

En el campo

Lunes 19.

Mi buen padre me perdonó una vez más, y me dejó ir a la jira que habíamos proyectado con el padre de Coreta, el vendedor de leña. Todos teníamos necesidad de alguna bocanada de aire de las colinas.

Ayer a las dos nos encontramos en la plaza de la Constitución: Deroso, Garrón, Garofi, Coreta padre e hijo, Precusa y yo, con nuestras provisiones de frutas, de salchichón y de huevos duros; teníamos vasitos de cuero y de hojalata; Garrón llevaba una calabaza con vino blanco; Coreta la cantimplora de soldado de su padre, llena de vino tinto; y el pequeño Precusa, con su blusa de maestro herrero, tenía bajo el brazo una hogaza de cuatro libras. Fuimos en ómnibus hasta la Gran Madre de Dios, y luego, arriba, a escape por las colinas. ¡Había una sombra, un verde y una frescura!... Dábamos volteretas en las praderas, metíamos la cara en todos los arroyuelos y saltábamos a través de todos los fosos.

Coreta padre nos seguía a lo lejos, con la chaqueta al hombro, fumando en su pipa de yeso, y de cuando en cuando nos amenazaba con la mano para que no nos desgarrásemos los pantalones. Precusa silbaba; nunca le había oído silbar; Coreta hijo hacía de todo, según andábamos; sabe hacer de todo aquel hombrecito, con su navajita de un dedo de largo: ruedas de molino, tenedores, jeringuillas; y quería llevar las cosas de los demás, e iba cargado que sudaba de firme, pero siempre ligero como una cabra. Deroso a cada paso se detenía para decirnos los nombres de las plantas y de los insectos; no sé cómo se las arregla para saber tantas cosas. Garrón iba comiendo su pan en silencio; pero no es el mismo que pegaba aquellos mordiscos que era un gusto verlo —¡pobre Garrón!— después que perdió a su madre.

Siempre es excelente, bueno como el pan: cuando uno de nosotros tomaba carrera para saltar un foso, corría al otro lado para tenderle las manos; y porque Precusa tenía miedo de las vacas, porque siendo pequeño le habían atropellado, siempre que pasaba una Garrón se le ponía delante. Subimos hasta Santa Margarita, y luego abajo por la pendiente dando saltos y echándonos a rodar; Precusa, trabándose en un arbusto, se hizo un rasgón en la blusa, y allí se quedó avergonzado con su jirón colgando, hasta que Garofi, que tiene siempre alfileres en la chaqueta, se lo sujetó de manera que no se veía, mientras que él no cesaba de decirle: "¡Perdóname! ¡Perdóname!" Luego, vuelta a correr de nuevo, Garofi no perdía su tiempo en el viaje: juntaba hierbas para ensalada, caracoles y todas las piedras que brillaban algo se las metía en el bolsillo, pensando que podrían tener algo de oro o de plata. Siempre adelante, corriendo, echándonos a rodar, trepando a la sombra y al sol, arriba y abajo por todas las estribaciones y senderos, hasta que llegamos sin fuerzas y sin aliento a la cima de una colina, donde nos sentamos a merendar en la hierba.

Se veía una llanura inmensa, y todos los Alpes azules, con sus crestas blancas. Nos moríamos de hambre y parecía que el pan se evaporaba. Coreta padre nos presentaba los pedazos de salchichón sobre hojas de calabaza. Todos nos pusimos a hablar a la vez de los maestros, de los compañeros que no habían podido venir y de los exámenes. Precusa se avergonzaba algo de comer y Garrón le metía en la boca lo mejor de su parte a la fuerza. Coreta estaba sentado al lado de su padre con las piernas cruzadas; más bien parecían dos hermanos que padre e hijo, al verlos colocados tan inmediatos los dos, y alegres; y con los dientes tan blancos... El padre trincaba que era un gusto, apuraba hasta los vasos que nosotros dejábamos mediados, diciéndonos:

—A vosotros, estudiantes, sin duda os hace daño el vino; los vendedores de leña son los que tienen necesidad de él.

Luego, asiendo por la nariz a su hijo, le zarandeaba, diciéndonos:

—Muchachos, quered mucho a éste, que es un perfecto caballero. —Y seguía bebiendo—. ¡Qué lástima! Ahora estáis todos juntos como buenos amigos, y dentro de algunos años, ¡quién sabe! Enrique y Deroso serán abogados o profesores, ¡o qué sé yo!, y vosotros cuatro en una tienda, o en un oficio, o el diablo sabe dónde. Entonces, buenas noches, camaradas.

—¿Qué? —respondió Deroso—; para mí Garrón será siempre Garrón; Precusa será siempre Precusa, y los demás lo mismo; aun cuando llegase a ser emperador de todas las Rusias, donde estén ellos iré yo.

—¡Bendito seas! —exclamó Coreta padre alzando la cantimplora—. Así se habla, ¡vive Cristo! ¡Venga esa mano! ¡Vivan los buenos compañeros y viva también la escuela, que crea una sola familia entre los que tienen y los que no tienen!

Tocamos todos la cantimplora con los vasos de cuero y de hojalata y bebimos por última vez. Y él gritó, poniéndose en pie y apurando el último sorbo:

—¡Viva el cuadro del cuarenta y nueve! Y si alguna vez vosotros tuvisteis que formar el cuadro, mucho cuidado con mantenerse firmes como nosotros, muchachos…

Ya era tarde; bajamos corriendo y cantando, y caminando largos trechos tomados del brazo. Cuando llegamos al Po oscurecía, y millares de luciérnagas cruzaban los aires. No nos separamos hasta llegar a la plaza de la Constitución, después de haber combinado él encontrarnos para ir todos juntos al teatro de Víctor Manuel para asistir a la distribución de premios a los alumnos de las escuelas de adultos.

¡Qué hermoso día! ¡Qué contento hubiera vuelto a casa si no me hubiese cruzado en el camino con mi pobre maestra!

La encontré al bajar la escalera de nuestra casa, casi a oscuras. Apenas me reconoció, me tomó ambas manos, diciéndome al oído:

—¡Adiós, Enrique, acuérdate de mí!

Advertí que lloraba. Subí y se lo dije a mi madre.

—He encontrado a mi maestra.

—Sí, iba a acostarse —respondió mi madre, que tenía los ojos encendidos. Luego, mirándome fijamente, añadió con gran tristeza—: Tu pobre maestra está muy mal.

La distribución de premios

A los artesanos

Domingo 25.

Según habíamos convenido, fuimos todos juntos al teatro Víctor Manuel a ver la distribución de premios a los artesanos. El teatro estaba adornado como el día 14 de marzo y lleno de gente, pero casi todas eran familias de obreros. El patio estaba ocupado por los alumnos y alumnas de la escuela de santo coral, los cuales cantaron un himno a los soldados muertos en Crimea, tan hermoso, que cuando terminó todos se levantaron palmoteando y gritando hasta que lo repitieron. Inmediatamente los premiados comenzaron a desfilar ante el alcalde, el gobernador y otros muchos que les daban libros, libretas de Caja de Ahorros, diplomas y medallas. Allá, en un rincón del patio, vi al albañilito, sentado al lado de su madre; en otro lado estaba el director, y detrás de él, la cabeza roja de mi maestro de segundo año. Primeramente fueron los alumnos de las escuelas nocturnas de dibujo: plateros, escultores, litógrafos y también carpinteros y albañiles; luego, los de la escuela de comercio; después, los del liceo musical, entre los cuales iban varias muchachas, obreras, vestidas con los trajes del día de fiesta, siendo saludadas con grandes aplausos. Por fin pasaron los alumnos de las escuelas nocturnas elementales, y era un bonito espectáculo verlos desfilar, de todas las edades, de todos los oficios y vestidos de muy diversos modos; hombres con el pelo entrecano, muchachos y operarios de larga barba negra. Los pequeños se presentaban con mucha desenvoltura, los hombres algo embarazados; la gente aplaudía a los más viejos y a los más jóvenes.

Pero ninguno, entre los espectadores, reía; al contrario de lo que sucedía el día de nuestra fiesta, todos estaban atentos y serios. Muchos de los premiados tenían a su mujer y a sus hijos en el patio, y había niños que al ver pasar a sus padres por el escenario les llamaban por su nombre y en alta voz, señalándoles con la mano y riendo fuertemente. Pasaron labradores y mozos procedentes de la escuela Buoncompagni. De la escuela de la Ciudadela se presentó un limpiabotas, a quien conoce mi padre, y el gobernador le dio un diploma. Tras él veo venir a un hombre tan grande como un gigante, y a quien me parecía haber visto otras veces... Era el padre del albañilito, que había ganado ¡el segundo premio! Me acordé de cuando lo había visto en la buhardilla, al lado de la cama de su hijo enfermo; busqué a éste con la vista en las butacas: ¡pobre albañilito! Estaba mirando a su padre con los ojos brillantes, y para esconder la emoción ponía el hocico de liebre. En aquel momento oí un estallido de aplausos y miré al palco escénico: un pequeñito deshollinador, con la cara limpia pero con el traje de trabajo; el alcalde le hablaba teniéndole asida una mano. Después del deshollinador vino un cocinero. Luego se presentó a recoger la medalla un barrendero del Ayuntamiento, de la escuela Raniero. Sentía en mi corazón un no sé qué, algo así como un grande afecto y un gran respeto, al pensar cuánto habían costado aquellos premios a todos aquellos trabajadores, padres de familia, y llenos de preocupaciones; cuántas fatigas añadidas a las suyas, cuántas horas robadas al sueño, que tanto necesitan, y también cuántos esfuerzos de parte de su inteligencia, sin tener hábitos de estudio, y de sus manos encallecidas por el trabajo. Pasó un muchacho de taller, al cual se veía que su padre le había prestado la chaqueta para aquella ocasión: le colgaban las mangas tanto que no tuvo más remedio que recogérselas allí mismo para poder tomar su premio; muchos rieron, pero pronto quedó sofocada la risa por los aplausos. Apareció luego un viejo con la cabeza calva y la barba blanca. Más tarde, soldados de artillería de los que venían a la escuela de adultos de nuestra sección; luego, guardas de consumos y vigilantes municipales de los que dan la guardia en nuestras escuelas. Por fin, los alumnos de la escuela de música coral cantaron otra vez el himno a los muertos de Crimea; pero con tanto vigor, tal fuerza de expresión brotaba francamente del alma, que la gente no aplaudió más y salieron todos conmovidos, lentamente y sin producir ruido. A los pocos minutos la calle estaba llena de gente. Delante de la puerta del teatro estaba el deshollinador con su libro encuadernado en tela roja y una porción de señores que le rodeaban haciéndole mil preguntas. Muchos operarios, muchachos, guardias, maestros, se saludaban de un lado a otro de la calle. Mi maestro de segundo año salió entre dos soldados de artillería. Se veían mujeres de obreros con sus niños en brazos, los cuales llevaban en sus manecitas el diploma del padre, enseñándolo orgullosos a la gente.

Mi maestra muerta

Martes 27.

Mientras nosotros estábamos en el teatro Víctor Manuel, mi pobre maestra agonizaba. Murió a las dos. El director estuvo ayer mañana a darnos la noticia en la escuela. Y añadió:

—Los que de vosotros hayan sido alumnos suyos, saben qué buena era y cuánto quería a los niños; fue una madre para ellos. ¡Ahora ya no existe! Una terrible enfermedad venía consumiéndola hacía mucho tiempo. Si no hubiese tenido que trabajar para ganarse el pan, se hubiera curado, o a lo menos su vida acaso se habría podido prolongar algunos meses con el descanso de una licencia. Pero quiso estar entre sus niños hasta el último día. El sábado 17, por la tarde, se despidió de ellos, con la seguridad de no volver a verlos; les aconsejó, besó a todos y se fue sollozando. ¡Ya ninguno volverá a verla! Niños, acordaos de ella.

El pequeño Precusa, que había sido alumno suyo de enseñanza primaria superior, inclinó la cabeza sobre el banco y se echó a llorar.

Ayer tarde, después de clase, fuimos todos juntos a la casa mortuoria, para acompañar el cadáver a la iglesia. Había en la calle un coche fúnebre con dos caballos y mucha gente alrededor que hablaba en voz baja. El director, los maestros y las maestras de nuestra escuela, y también de otras secciones donde ella había enseñado años atrás, estaban todos allí; los niños de su clase, llevados de la mano por sus madres, iban con velas; y muchísimos de otras y unas cincuenta muchachas de la sección Bareti, bien con coronas, bien con ramitos de rosas en la mano. Sobre el ataúd habían colocado ya muchos ramos de flores, y pendiente del fúnebre una corona grande de siemprevivas con la siguiente inscripción en caracteres negros: *A su maestra, las antiguas alumnas de la cuarta.* Bajo esta corona grande iba otra pequeña llevada por sus niños. Se veían entre la multitud muchas criadas de servicio enviadas por sus amos, con velas, y dos lacayos de librea con antorchas encendidas; un señor, rico, padre de un alumno de la maestra, había hecho ir su carruaje, forrado de seda azul.

Todos se apiñaban ante la puerta. Varias niñas enjugaban sus ojos llenos de lágrimas. Estuvimos esperando largo rato en silencio. Finalmente bajaron el ataúd. Cuando algunos niños vieron la caja fúnebre se echaron a llorar, y uno comenzó a gritar como si sólo en aquel momento se hubiera penetrado de que su maestra había muerto, dando unos sollozos tan convulsivos que tuvieron que retirarle. La procesión se puso en orden lentamente y comenzó a moverse. Iban primero las hijas del Refugio de la Concepción, vestidas de verde; luego las hijas de María, de blanco con lazos azules; luego los sacerdotes; detrás del carro los maestros y las maestras, los alumnos de la primera superior y los demás, y, por fin, la muchedumbre en tropel.

La gente se asomaba a las ventanas y a las puertas, y al ver a todos los muchachos y la corona, decían: "Es una maestra". Aun entre las mismas señoras que acompañaban a los más pequeños, había algunas que lloraban. Así que llegamos a la iglesia, bajaron del coche la caja fúnebre y la pusieron en el centro de la nave, delante del altar mayor; las maestras depositaron en ella sus coronas, los niños la cubrieron de flores y la gente toda que se había colocado alrededor, con las hachas encendidas, en medio de la oscuridad del templo, comenzó a entonar las oraciones. En seguida que el sacerdote dijo el último amén, apagaron todas las hachas y salieron apresuradamente, quedándose sola la difunta. ¡Pobre maestra, tan buena como ha sido, tan paciente, con tantos años como ha trabajado! Ha dejado sus pocos libros a los alumnos; a uno un tintero, a otro un cuadrito, todo lo que poseía. Dos días antes de morir, dijo al director que no dejasen ir a los pequeños acompañándola, porque no quería que llorasen. Ha hecho siempre el bien, ha sufrido, ha muerto. ¡Infeliz maestra, ha quedado sola en la oscura iglesia! ¡Adiós! ¡Adiós para siempre, mi buena amiga, dulce y triste recuerdo de mi infancia!...

¡Gracias!

Miércoles 28.

Mi pobre maestra ha querido terminar el año escolar; tres días antes de terminar las lecciones se ha ido. Pasado mañana iremos todavía a clase, para oír leer el último cuento mensual: "Naufragio". Luego... se acabó. El sábado, primero de julio, los exámenes. Otro año: por consiguiente, ¡ha pasado el cuarto! Y si no se hubiese muerto la maestra, habría pasado bien. Reflexiono sobre lo que sabía el pasado octubre y me parece que sé bastante más: encuentro varias cosas nuevas en la mente; soy capaz de decir y escribir mejor que entonces lo que pienso; podría también hacer cuentas para muchos mayores que no las saben sacar y ayudarles así en sus negocios; comprendo con más claridad casi todo lo que leo. Estoy contento... Pero ¡cuántos me han empujado y ayudado al aprender, quién de un modo, quién de otro; en casa, en la escuela, en la calle, en todas partes donde he ido y he visto algo. Yo doy gracias a todos en este momento. Doy gracias a ti en primer lugar, mi buen maestro, que has sido tan indulgente y afectuoso conmigo, y para quien representa un trabajo cada uno de los conocimientos nuevos de que ahora me vanaglorio. Te doy gracias a ti, Deroso, mi admirable compañero, que con tus explicaciones prontas y amables me has hecho comprender tantas veces cosas difíciles y superar muchos escollos en los exámenes; a ti también, Estardo, fuerte y valeroso, que me has mostrado cómo una voluntad de hierro es capaz de todo; a ti, Garrón, generoso y bueno, que haces generosos y buenos a todos los que te conocen, y también a vosotros, Precusa y Coreta, que me habéis dado siempre ejemplo de valor en los sufrimientos y de serenidad en el trabajo; y al daros gracias a vosotros, doy gracias a todos los demás. Pero, sobre todo, te doy gracias a ti, padre mío, a ti, mi primer maestro, mi primer amigo, que me has ofrecido tantos buenos consejos y enseñado tantas cosas, mientras trabajabas para mí, ocultándome siempre tus tristezas y buscando de todas maneras cómo hacerme fácil el estudio y hermosa la vida; a ti, dulce madre mía, mi querido y bendito ángel custodio, que has gozado con todas mis alegrías y sufrido todas mis amarguras; que has penado y estudiado conmigo, acariciándome la frente con una mano mientras que con la otra me señalabas el cielo. Yo hinco mis rodillas ante ti, como cuando era niño, y os doy gracias con toda la ternura que pusisteis en mi alma en doce años de sacrificios y de amor .

Naufragio

(Último cuento mensual)

Hace muchos años, cierta mañana del mes de diciembre, zarpaba en el puerto de Liverpool un gran buque que llevaba a bordo más de doscientas personas, entre ellas setenta hombres de la tripulación.

El capitán y casi todos los marineros eran ingleses. Entre los pasajeros se encontraban varios italianos; tres caballeros, un sacerdote y una compañía de músicos.

El buque iba a la isla de Malta. El tiempo se presentaba borrascoso.

Entre los viajeros de tercera clase, a proa, se encontraba un muchacho italiano, de doce años aproximadamente, pequeño para su edad pero robusto; un hermoso rostro de siciliano, audaz y severo. Estaba solo, cerca del palo trinquete, sentado sobre un montón de cuerdas, al lado de una maletilla usada que contenía su equipaje, y sobre la cual se apoyaba. Tenía el rostro moreno y el cabello negro y rizado, que casi le caía sobre la espalda. Vestía pobremente, con una manta destrozada sobre los hombros y una vieja bolsa de cuero colgada.

Miraba a su alrededor pensativo, a los pasajeros, al barco, a los marineros que pasaban corriendo y al inquieto mar.

Tenía el aspecto de un muchacho que acababa de experimentar una gran desgracia de familia: cara de niño y expresión de hombre.

Poco después de la salida, uno de los marineros, un italiano con el cabello gris, apareció a proa conduciendo de la mano a una muchacha, y parándose delante del pequeño le dijo:

—Aquí tienes una compañera de viaje, Mario.

Después se marchó.

La muchacha se sentó sobre el montón de cuerdas, al lado del chico. Se miraron.

—¿A dónde vas? —le preguntó el siciliano.

—A Malta, por Nápoles —respondió la muchacha, añadiendo—: Voy a reunirme con mi padre y con mi madre, que me esperan. Me llamo Julia Fagiani.

El muchacho permaneció callado. Después de algunos minutos sacó de la bolsa pan y frutas secas; la chica tenía bizcochos. Comieron.

—¡Alegría! —gritó el marinero italiano pasando rápidamente—. ¡Ahora empieza una danza!

El viento crecía y el barco rodaba con fuerza. Pero los dos muchachos, que no se mareaban, no tenían miedo. La muchacha sonreía. Representaba casi la misma edad que su compañero, pero era más alta, morena, delgada, de aspecto enfermizo y vestida más que modestamente. Tenía el cabello cortado y recogido, un pañuelo encarnado alrededor de la cabeza y en las orejas zarcillos de plata.

Mientras comían se contaron sus asuntos. El muchacho no tenía ni padre ni madre. Su padre, trabajador, había muerto en Liverpool pocos días antes, dejándolo solo, y el cónsul italiano lo había mandado a su país, a Palermo, donde le quedaban parientes lejanos. La muchacha había sido conducida a Londres el año anterior con una tía viuda que la quería mucho, y a la cual sus padres (que eran pobres) se la habían dejado por algún tiempo, confiados en la promesa de la herencia; pero pocos meses después, la tía había muerto aplastada por un vehículo sin dejar un céntimo, y entonces ella había recurrido al cónsul, que la había embárcado para Italia. Ambos habían sido recomendados al marinero italiano.

—Así —concluyó la niña—, mi padre y mi madre creían que volvería rica, y, al contrario, vuelvo pobre. Pero me quieren mucho de todas maneras, y mis hermanos también. Tengo cuatro, todos pequeños; yo soy la mayor de casa y los visto. Tendrán mucha alegría al verme. Entraré de puntillas... ¡Qué malo está el mar!

Después le preguntó al muchacho:

—¿Y tú? ¿Vas a vivir con tus parientes?...

—Sí..., si quieren —respondió.

—¿No te quieren bien?

—No lo sé.

—Yo cumplo trece años en Navidad —dijo la muchacha.

Luego empezaron a charlar del mar y de la gente que había alrededor. Todo el día estuvieron reunidos, cambiando de cuando en cuando alguna palabra. Los pasajeros creían que eran hermanos. La niña tejía medias; el muchacho meditaba. El mar seguía levantisco. Por la noche, en el momento de separarse para ir a dormir, la niña dijo a Mario:

—Que duermas bien.

—¡Nadie dormirá bien, pobres niños! —exclamó el marinero italiano, al pasar corriendo, llamado por el capitán.

El muchacho iba a responder a su amiga "Buenas noches", cuando un golpe inesperado de mar lo lanzó con violencia contra un banco.

—¡Madre mía!... ¡Que se ha hecho sangre!... —gritó la chica echándose sobre él.

Los pasajeros, que escapaban abajo, no hicieron caso. La niña se arrodilló junto a Mario, que estaba aturdido de la contusión; le lavó la frente, que sangraba, y quitándose el pañuelo rojo se lo ató alrededor de la cabeza, y, al estrechar la frente contra su pecho para anudar las puntas del pañuelo atrás, le quedó una mancha de sangre en el vestido amarillo, sobre el cinturón. Mario se repuso y se levantó.

—¿Te sientes mejor? —preguntó la muchacha.

—Ya no tengo nada —contestó.

—Duerme bien —dijo Julia.

—Buenas noches —respondió Mario.

Y bajaron por dos escaleras próximas a sus respectivos dormitorios.

El marinero había acertado en su augurio. No se habían dormido aún cuando se desencadenó una horrorosa tormenta.

Fue como un asalto inesperado de tremendas olas, que en pocos momentos despedazaron un palo y se llevaron tres de las barcas sujetas a la grúa y cuatro bueyes que estaban a proa, como si hubieran sido hojas secas. En el interior del buque reinaba confusión y espanto indescriptibles; un ruido, una batahola de gritos, de llantos y de plegarias, que hacían erizar el cabello. La tempestad fue aumentando su furia toda la noche. Al amanecer acreció. Las olas formidables, azotando el barco de través, rompían sobre cubierta y destrozaban, barrían, revolvían en el mar todas las cosas.

La plataforma que cubría la máquina se rompió y el agua se precipitó dentro con estrépito terrible, los fuegos se apagaron, los maquinistas huyeron; grandes arroyos impetuosos penetraron por todas partes. Una voz fuerte gritó: "¡La bomba!" Era la voz del capitán. Los marineros se lanzaron a la bomba. Pero un rápido golpe de mar, rompiéndose contra el buque por detrás, destrozó parapetos y escotillas y echó dentro un torrente de agua.

Todos los pasajeros, más muertos que vivos, se habían refugiado en la cámara. De allí a poco, apareció el capitán.

—¡Capitán! ¡Capitán! —gritaron todos a la vez—. ¿Qué se hace? ¿Cómo estamos? ¿Hay esperanzas? ¡Salvadnos!

El capitán esperó a que todos se callasen y dijo:

—Resignémonos.

Sólo una mujer lanzó un grito:

—¡Piedad!

Ninguno pudo emitir la voz del cuerpo. El terror los había petrificado. Mucho tiempo pasó en silencio sepulcral. Todos se miraban con el rostro blanco. El mar, horroroso, se enfurecía cada vez más. El buque rodaba pesadamente.

En un momento dado, el capitán intentó echar al mar una lancha de salvataje: cinco marineros entraron en ella, pero las olas la volcaron, y dos de ellos se sumergieron; los otros, con mucho trabajo, consiguieron agarrarse a las cuerdas y volver a salir. Después de esto, los mismos marineros perdieron toda esperanza. Dos horas después el buque estaba sumergido hasta la altura de las bordas.

Un espectáculo terrible ocurría entretanto sobre cubierta. Las madres estrechaban desesperadamente entre sus brazos a sus hijos, los amigos se abrazaban y despedían; algunos bajaban a los camarotes para morir sin ver el mar. Un pasajero se disparó un tiro en la cabeza y cayó boca abajo sobre la escalera del dormitorio, donde expiró. Muchos se agarraban frenéticamente unos a otros, algunas mujeres se retorcían en convulsiones horribles. Otras estaban arrodilladas junto a un sacerdote. Se oía un coro de sollozos, de lamentos infantiles, de voces agudas y extrañas, y se veían por algunos lados personas inmóviles como estatuas, estúpidas, con los ojos dilatados y sin vista, con rostros de muertos y de locos. Los dos muchachos, Mario y Julia, agarrados a un palo del buque, miraban el mar con los ojos fijos, como insensatos.

El mar se había aquietado un poco, pero el barco continuaba hundiéndose lentamente. No quedaban más que pocos minutos.

—¡La chalupa al agua! —gritó el capitán.

Una chalupa, la última que quedaba, fue botada al mar y catorce marineros y tres pasajeros bajaron. El capitán permaneció a bordo.

—¡Baje con nosotros! —gritaron de la barca.

—Yo debo morir en mi puesto —respondió el capitán.

—Encontraremos un barco —le gritaron los marineros—; nos salvaremos. Baje. Está perdido.

—Yo me quedo.

—¡Todavía hay un sitio! —gritaron entonces los marineros volviéndose a los otros pasajeros—. ¡Una mujer!

Una señora avanzó sostenida por el capitán; pero cuando vio la distancia a que se encontraba la chalupa no tuvo valor de dar el salto y cayó sobre cubierta. Las otras mujeres estaban casi todas desmayadas y como muertas.

—¡Un muchacho! —gritaron los marineros.

A aquel grito, el muchacho siciliano y su compañera, que habían permanecido hasta entonces petrificados por sobrehumano asombro, despertados de pronto por el instinto de la vida, se soltaron al mismo tiempo del palo y se lanzaron al borde del buque, exclamando a una: "¡Yo!", procurando el uno echar atrás al otro recíprocamente, como dos fieras furiosas.

—¡El más pequeño! —gritaron los marineros—. ¡La barca está muy cargada! ¡El más pequeño!

Al oír aquella palabra, la muchacha, como herida del rayo, dejó caer los brazos y permaneció inmóvil, mirando a Mario con los ojos apagados.

Mario la miró un momento, le vio la mancha de sangre sobre el pecho y se acordó; el relámpago de una idea divina cruzó por sus ojos.

—¡El más pequeño! —gritaron los marineros con imperiosa impaciencia—. Nos vamos.

Y entonces Mario, con una voz que no parecía la suya, gritó:

—¡Ella es más ligera! ¡Tú, Julia! ¡Tú tienes padre y madre! ¡Yo soy solo! ¡Te doy mi sitio! ¡Anda!

—¡Échala al mar! —gritaron los marineros.

Mario agarró a Julia por la cintura y la echó al agua.

La muchacha dio un grito y cayó; un marinero la sujetó por un brazo y la subió a la barca.

El muchacho permaneció derecho sobre la borda del buque con la frente alta, con el cabello flotando al aire, inmóvil, tranquilo, sublime.

La barca se movió y apenas tuvo tiempo para escapar del movimiento vertiginoso del agua, producido por el buque que se hundía y que amenazaba volcarla.

Entonces la muchacha, que había estado hasta aquel momento sin sentido, alzó los ojos hacia el muchacho y empezó a llorar.

—¡Adiós, querido Mario! —le gritó entre sollozos con los brazos tendidos hacia él—. ¡Adiós, adiós, adiós!...

—¡Adiós! —respondió el muchacho levantando al cielo la mano.

La barca se alejaba velozmente sobre el mar agitado, bajo el cielo oscuro. Nadie gritaba ya sobre el buque. El agua lamía el borde de la cubierta. De pronto, el muchacho cayó de rodillas con las manos juntas y con los ojos vueltos al cielo. La muchacha se tapó la cara.

Cuando alzó la cabeza echó una miraba sobre el mar. El buque había desaparecido.

Julio

La última página de mi madre

Sábado 1o.

"El año ha concluido, Enrique, y bueno será que te quede como recuerdo del último día la imagen del niño sublime que dio la vida por su amiga. Ahora te vas a separar de tus maestros y de tus compañeros, y tengo que darte una triste noticia. La separación no durará sólo tres meses, sino siempre. Tu padre, por motivos de su profesión, tiene que ausentarse de Turín y todos nosotros con él. Nos marcharemos en el próximo otoño. Tendrás que entrar en una nueva escuela. Esto te disgusta, ¿no es verdad? Porque estoy segura que quieres a tu antigua escuela, donde durante cuatro años, dos veces al día, has experimentado la alegría de haber trabajado; donde has visto por tanto tiempo, a la misma hora, los mismos muchachos, los mismos profesores, los mismos padres, y a tu padre y a tu madre que te esperaban sonriendo; tu antigua escuela, donde se ha desarrollado tu espíritu, donde has encontrado tantos buenos camaradas, en donde cada palabra que has oído tenía por objeto tu bien y no has experimentado un disgusto que no te haya sido útil. Lleva, pues, este afecto contigo y da un adiós del corazón a todos esos niños. Algunos serán desgraciados, perderán pronto a sus padres o a sus madres, otros morirán jóvenes; otros tal vez derramarán noblemente su sangre en las batallas; muchos serán buenos y honrados obreros, padres de familia, trabajadores y dignos como ellos, y ¿quién sabe si no habrá alguno también que prestará grandes servicios a su país y hará su nombre glorioso? Sepárate de todos afectuosamente; deja un poco de cariño en esa gran familia en la cual has entrado niño y has salido casi jovenzuelo, y que tu padre y tu madre aman tanto porque tú has sido allí muy querido. La escuela es una madre, Enrique mío; ella te arrancó de mis brazos, hablando apenas, y ahora te devuelve grande, fuerte, bueno, inteligente, aplicado. ¡Bendita sea, y no la olvides jamás, hijo mío! ¡Oh, es imposible que la olvides! Te harás hombre, recorrerás el mundo, verás ciudades inmensas, monumentos maravillosos, y acaso te olvides de algunos de éstos; pero aquel modesto edificio blanco, con aquellas persianas cerradas y aquel pequeño jardín donde se abrió la primera flor de tu inteligencia, lo tendrás presente hasta el último día de tu vida, como yo conservo siempre en mi memoria la casa en la cual escuché tus primeros ayes la primera vez.

Tu madre."

Los exámenes

Martes 4.

Henos aquí ya en los exámenes. Por las calles alrededor de la escuela no se oye hablar de otra cosa a chicos, padres, madres, hasta a las ayas: exámenes, clasificaciones, temas, suspenso, mediano, bueno, notable, sobresaliente; todos repiten las mismas palabras. Ayer por la mañana tocó el examen de composición, hoy el de aritmética. Era conmovedor ver a todos los padres conduciendo a sus hijos a la escuela, dándoles los últimos consejos por la calle, y a muchas madres que los llevaban hasta los bancos para mirar si había tinta en el tintero, probar si la pluma escribía bien, y se volvían todavía desde la puerta para decir: "¡Ánimo! ¡Valor! ¡Cuidado!"

Nuestro maestro examinador era Coato, aquel de las barbazas negras que grita como un león y que jamás castiga. Se veían caras de muchachos, blancas como el papel. Cuando el maestro rompió el sobre de oficio del Ayuntamiento enviando el problema que debía servir para tema del examen, no se oía una mosca. Dictó el problema en alta voz, mirando ya a uno, ya a otro, con miradas severas; pero se comprendía que si hubiera podido dictar al mismo tiempo la solución para que todos hubiesen sido aprobados, lo habría hecho de buena gana. Después de una hora de trabajo, muchos empezaban a desesperarse, porque el problema era difícil. Uno lloraba. Crosi se daba de calamochazos.

Muchos no tienen culpa de no saber, ¡pobres chicos!, pues no han tenido mucho tiempo para estudiar, y han sido descuidados por sus padres. ¡Pero había una providencia! Había que ver el trabajo que se daba Deroso para ayudar a todos, para hacer pasar de mano en mano una cifra y una operación, sin que lo descubriesen, interesado por unos y por otros, como si fuese nuestro propio maestro. También Garrón, que está fuerte en aritmética, ayudaba al que podía; hasta a Nobis, que encontrándose apurado, se había vuelto cortés. Estardo estuvo más de una hora inmóvil, sin pestañear, sobre el problema, con los puños en las sienes y los codos en la banca, y después hizo todo en cinco minutos. El maestro daba vueltas por entre los bancos, diciendo:

—¡Calma! ¡Calma! No hay que precipitarse.

Y cuando veía a alguno descorazonado, para darle ánimos y hacerle reír, abría la boca, imitando al león, como si fuese a tragárselo. Hacia las once, mirando al través de las persianas, vi a muchos padres impacientes que se paseaban; entre otros, el de Precusa, con su blusa azul, que había dado una escapada de la fragua y que traía la cara negra. También distinguí a la madre de Crosi, la verdulera; la de Nelle, vestida de negro, y que no podía estar quieta. Poco antes de las doce llegó mi padre, y alzó los ojos a la ventana, donde yo caía: ¡pobre padre mio!

A las doce en punto todos habíamos concluido. ¡Era de ver la salida! Venían en tropel a nuestro encuentro preguntándonos, hojeando los cuadernos, confrontando los trabajos: "¡Cuántas operaciones!" "¿Cuál es el total?" "¿Y la sustracción?" "¿Y la respuesta?" "Y la coma de los decimales?"

Los profesores iban y venían, llamados de cien partes. Mi padre me arrancó de las manos el borrador, miró y dijo:

—¡Está bien!

A nuestro lado estaba el herrero Precusa, que también miraba el trabajo de su hijo, algo inquieto, y que no acababa de comprenderlo. Se volvió a mi padre y le preguntó:

—¿Quiere usted hacerme el favor de decirme la cifra total?

Mi padre se la dijo: miró la de su chico, y era la misma.

—¡Bravo, pequeñín! —exclanló en un rapto de alegría.

Él y mi padre se miraron un momento, sonrientes, como dos buenos amigos. Mi padre le alargó la mano, él se la apretó y se separaron diciendo:

—Ahora, al ejercicio oral; ya se ha pasado el escrito. Eso es, al ejercicio oral.

A poco oímos una voz en falsete que nos hizo volver la cabeza. Era el herrero Precusa que se alejaba cantando.

El último examen

Viernes 10.

Esta mañana se verificó el examen oral. A las ocho estábamos todos en clase; a las ocho y cuarto empezaron a llamarnos de cuatro en cuatro para ir al salón de actos, donde detrás de una mesa cubierta con tapete verde estaban sentados el director y cuatro profesores, uno de ellos el nuestro. Yo fui de los primeros. ¡Pobre maestro! ¡Cómo he comprendido hoy de que nos quiere de veras! Mientras los demás nos preguntaban, él no nos quitaba la vista de encima; se turbaba cuando dudábamos, se serenaba cuando respondíamos bien; no perdía sílaba y no cesaba de hacernos gestos con las manos y la cabeza para decirnos: "Bien, no, fíjate, valor, más despacio, ánimo".

Nos habría apuntado letra por letra si en su mano estuviese hacerlo. Si en su sitio hubiesen estado sentados, uno después del otro, todos los padres de los alumnos, no habrían hecho más. De buena gana le hubiese gritado: "Gracias", diez veces delante de todos durante el examen. Y cuando los otros profesores me dijeron: "Está bien; ve con Dios", vi que le brillaron los ojos de alegría.

Volví a la clase a esperar a mi padre. Todavía estaban allí casi todos. Me senté al lado de Garrón. No estaba alegre ni pizca. Yo pensaba que era la última hora que íbamos a pasar juntos. Aún no le había dicho que no seguiría con él en la clase el año siguiente, porque tenía que salir de Turín con mi familia. Él no sabía palabra. Estaba allí acurrucado como siempre, pues apenas cabía entre el banco, con su cabezota inclinada sobre una fotografía de su padre, en la cual estaba pintando adornos alrededor, y en el que aparece vestido de maquinista un hombre alto y grueso, con cuello de toro y aspecto serio y honrado como el hijo; y mientras permanecía allí con la cabeza baja, reparé que se le veía por entre la camisa entreabierta la cruz al cuello que le regaló la madre de Nelle cuando supo que protegía a su hijo. Pero era preciso que yo le anunciase que me iba, y le dije:

—Garrón, este otoño mi padre se marcha de Turín para siempre.

Me preguntó si yo también me marchaba; le respondí que sí.

—¿No seguirás entonces el próximo año con nosotros?

—No.

Y al punto se quedó suspenso unos instantes, y luego continuó dibujando. Después me preguntó, sin levantar la cabeza:

—¿Te acordarás de tus compañeros de tercer año?

—Sí, de todos; pero de ti… mucho más. ¿Quién se puede olvidar de ti?

Se me quedó mirando fijo y serio, con una mirada que decía mil cosas, y no dijo nada. Solamente me alargó la mano izquierda por debajo del banco, fingiendo que seguía dibujando con la derecha. Yo le así aquella mano fuerte y leal, y se la estreché entre las mías. En aquel instante entró de prisa el maestro, encarnado como la grana, y balbuceó con voz baja y rápida y en tono alegre:

—¡Bravo; hasta ahora todo va bien; que sigan así los que faltan; bravo, muchacho, valor, estoy muy contento!

Y para mostrar su alegría y animarnos, al salir corriendo hizo como que tropezaba y se agarró a la pared como para no caer…, ¡él!, a quien no habíamos visto reír en todo el año, procuraba distraernos y hacernos reír. La cosa nos pareció rara, que, en lugar de reír, todos se quedaron asombrados; todos sonrieron, pero ninguno se rió. Y bien; yo no sé por qué, me produjo pena y ternura a un tiempo aquel gesto de gracia de chiquillo. Aquel momento de locura alegre era todo su premio, el premio de nueve meses de bondad, de paciencia, y hasta de disgustos. ¡Para aquel resultado satisfactorio había venido tantas veces enfermo a dar clase nuestro pobre maestro! ¡Aquéllo, y no más que aquéllo, nos pedía a nosotros en cambio de tanto afecto y de tantos cuidados! Y ahora me parece que lo veré siempre en aquella postura de chicuelo revoltoso, cuando me acuerde de él por espacio de muchos años. y si cuando sea hombre vive todavía, y nos encontramos, se lo diré, le recordaré aquel acto que tan hondo me tocó en el corazón, y besaré sus venerables canas.

¡Adiós!

Lunes 10.

Pasada la hora de la queda, nos volvimos todos a reunir por última vez en la escuela para saber el resultado de los exámenes y recoger los certificados. La calle rebosaba de padres, que también habían invadido el salón de actos, y muchos hasta se metieron en las aulas, empujándose, alrededor de la mesa del profesor. En mi clase ocupaban a lo largo de las paredes todo el espacio libre entre éstas y los bancos. Estaban el padre de Garrón, la madre de Deroso, el herrero Precusa, Coreta, la señora Nelle, la verdulera, el padre del albañilito, el de Estardo y otros que yo nunca había visto. Por todas partes se percibían rumores como si estuviésemos en medio de la plaza. Entró el maestro, e inmediatamente reinó profundo silencio. Tenía en la mano la lista, y comenzó a leer muy rápido por orden alfabético "Fulano, aprobado; Zutano, notable, el otro, bueno; el de más allá mediano; el albañilito, aprobado; Crosi, aprobado, Deroso, sobresaliente, con el primer premio".

Todos los padres que le conocían, exclamaban:

—¡Bravo, Deroso, bravo!

Y él, instintivamente, movió su linda cabecita, sacudiendo sus hermosos cabellos rubios como un león, y sonriendo con su aire desenvuelto y bello, miró a su madre, que le saludó con la mano. Garrón, Garofi, el calabrés, bueno; después, tres o cuatro seguidos suspenso, y uno se echó a llorar porque su padre que estaba en la puerta le amenazaba. Pero el maestro, que lo advirtió, se dirigió al padre y le dijo:

—Dispense usted; no, señor; no siempre es toda la culpa del alumno; entra por mucho, en ocasiones, la desgracia, y éste es su caso.

Luego siguió leyendo: Nelle, bueno; su madre le envió un beso con el abanico; Estardo era aprobado con notable, pero al escuchar la bella clasificación ni siquiera se estremeció, ni se movió, ni levantó los codos de la banca, ni movió los puños de las sienes. El último fue Votino, que venía elegantemente vestido y muy bien peinado: aprobado. Terminada la lista, el maestro se levantó y dijo:

—Ésta es la última vez que nos encontramos reunidos. Hemos estado juntos un año y ahora nos separamos como buenos amigos, ¿no es cierto? Siento separarme de vosotros, queridos hijos... —Se interrumpió un poco y continuó—: Si alguna vez me ha faltado la paciencia, si alguna vez, sin querer, he sido injusto o demasiado severo, perdonadme.

—¡No, no! —exclamaron a una muchos padres y muchos escolares—. ¡No, señor profesor, nunca, jamás!

—Dispensadme —repitió el maestro— y no dejéis de quererme. El año venidero no estaréis ya conmigo, pero os veré de vez en cuando, y permaneceréis de todas maneras en mi corazón. ¡Hasta la vista, pues, muchachos!

Dicho lo cual, adelantó hacia nosotros y todos le extendían la mano, empinándose, subiéndose en los bancos, sujetándole por los faldones, reteniéndolo por los brazos. Muchos le abrazaron y hasta lo besaron, y gritaron cincuenta voces:

—¡Hasta la vista, señor profesor! ¡Gracias, señor maestro, que se acuerde usted de nosotros!...

Cuando salió parecía extraordinariamente conmovido. Abandonamos la calle en pelotón. De las otras aulas también salían otros. Era una confusión indescriptible de saludos a maestros y a profesoras, y de despedidas mutuas entre alumnos. La maestra de la pluma encarnada tenía cuatro o cinco niñas encima, y lo menos veinte alrededor, que no la dejaban respirar. A la monjita le habían destrozado el sombrero a fuerza de abrazos y la tenían convertida en un jardín, pues por entre los botones del traje le colocaron una docena de ramitos de flores, y hasta en los bolsillos. Muchos festejaban a Roberto, que precisamente en aquel día había tirado las muletas. Por todos lados se escuchaba: "¡Hasta el año que viene! ¡Hasta el 20 de octubre! ¡Hasta la vista por todos los santos!"...

¡Ah! ¡Cómo se olvidaban de aquel momento de sinsabores y disgustos pasados! Votino, que siempre tuvo tantos celos de Deroso, fue el primero en buscarlo con los brazos abiertos. Yo di el último estrecho abrazo al albañilito, precisamente en el instante en que me ponía por última vez el hociquito de liebre… ¡Pobre chico! Saludé a Precusa, a Garofi, que me dijo había ganado un premio en la posterior rifa y que me regaló un prensapapeles de mayólica, roto por una esquina, y a derecha e izquierda distribuí apretones de manos. Fue digno de ver cómo Nelle se abrazó a Garrón, y no había medio de que se desprendiese de él, y todos rodearon a Garrón, gritando: "¡Adiós, Garrón, a más ver!", y Garrón por acá, Garrón por allá; uno le toca, otra le tira de un brazo a aquel bendito muchacho. Su padre estaba allí, admirado, contento y conmovido.

A Garrón fue el último a quien abracé, ya en la calle, y tuve que sofocar un sollozo contra su pecho; él me besó en la frente. Después corrí hacia mi padre y mi madre que me esperaban. Mi padre me preguntó si me había despedido de todos. Respondí afirmativamente.

—Si hay alguno con el cual no te hayas portado bien en cualquiera ocasión, ve a buscarle y a pedirle que te perdone. ¿Hay alguien?

—Nadie, ninguno —contesté.

—Bueno; entonces vamos —y añadió mi padre con voz conmovida, mirando por última vez a la escuela—: ¡Adiós!

Y repitió mi madre—:

¡Adiós!

Y yo…, yo no pude decir nada.

FIN

Índice

MARZO

ABRIL

Mayo